La Faux

René-Victor Pilhes

La Faux

ROMAN

Albin Michel

22, rue Huyghens, 75014 Paris

ISBN 2-226-06504-0

I

Cancer et diableries

Je suis en mesure, aujourd'hui, de relater les onze derniers mois de la vie de Régis Faucheur-Quitus, jadis gouverneur de la Banque centrale internationale, puis ministre, président enfin du groupe financier Wotan-Pacific, qui surgit, un soir de 29 novembre, au logis de mon oncle, et nous informa de sa détermination de retrouver ses racines avant de mourir.

En ce premier dimanche de l'avent, étaient présents autour de la cheminée haute lorsque survint cet événement : le major T., le conseiller B., le curé doyen Antus, ma tante Odette, mon oncle Antonin, et moi-même, Ajas Marcellin, journaliste à la ville voisine, en week-end à Faustin, village d'une trouble sensualité, quasi déserté en cette fin de siècle, blotti au pied du purulent et mystérieux Grand-Pic, berceau de la famille Ajas.

De derrière la montagne, le vent du nord s'engouffrait dans la brèche célèbre du col de Faustin et balayait la vallée. Une pluie glaciale s'était mise à tomber dès complies d'où le doyen Antus, invité à dîner par l'oncle, était revenu trempé et transi. Depuis, repu et emmitouflé, il s'était revigoré.

Il est vrai qu'il en avait vu d'autres. A vingt ans, en

1942, il s'était enfui du séminaire pour rejoindre le maquis. Arrêté, torturé, évadé, il avait terminé la guerre avec Leclerc en Allemagne. Pour réintégrer le séminaire en 1946. Le soir où apparut le gouverneur Quitus (nous apprîmes plus tard que gouverneur on l'appelait plutôt que président), le doyen Antus fumait la pipe et dégustait une eau-de-vie du pays. A ses côtés, le major T. ne faisait point pâle figure. Après « l'étrange défaite », ainsi nommée par Marc Bloch, historien éminent, résistant héroïque, martyrisé et fusillé par la Gestapo de Lyon le 16 juin 1940, notre homme, marié à une fille de Faustin, avait passé la montagne et retrouvé les *Français Libres* en Afrique.

Mon oncle, Antonin Ajas du Loum, directeur de cours complémentaire en retraite, et ma tante Odette, ancienne institutrice, recevaient rituellement à dîner le doyen et le major le dimanche soir. Souvent, le conseiller, maire de Faustin, et moi-même, nous joignions à ce groupe car, outre la bonne chère, nous ne nous lassions pas d'écouter les histoires que racontaient de bon cœur les deux étonnants personnages que nous avions eu la chance de voir échouer ici.

Et moi, Ajas Marcellin, quoique insignifiant au regard de ce tableau, force m'est, cependant, de me présenter plus avant pour la seule raison que j'ai charge de narrer l'aventure.

J'avais quarante-trois ans. Né à Faustin des œuvres de mon père Paul et de ma mère Raymonde, doué pour l'école, j'avais remporté presque tous les prix d'excellence au lycée de la sous-préfecture et réussi à la faculté des lettres de la métropole régionale. Par chance, j'entrai, à vingt-quatre ans, au G.J.R., le *Grand Journal républicain.* J'y travaillai dix-neuf années, à peu près dans tous les services.

Mon père et son frère, l'oncle Antonin, s'étaient fâchés à

la mort de mon grand-père à cause de l'héritage. Lequel des deux posséderait la maison bâtie au pied du pic loumaire ? A la fin, celui-là conserva la propriété sise à la base du contrefort mamelu ainsi que les étendues d'herbe frisottée alentour. Mon oncle disposa du reste, à savoir des vastes prairies des Domaines au centre desquelles il édifia la maison où nous étions réunis en cette soirée du 29 novembre. D'ailleurs, une étrange coïncidence. C'est un 29 novembre que le bout du dard bleuté du pic loumaire avait explosé, que les laves jaunes avaient, à la stupeur des spécialistes mondiaux de volcanologie, magiquement dégouliné.

Nous avions bien dîné et, repliés autour de l'âtre, nous écoutions la pluie cingler, le vent hurler, et les explications du doyen sur ce premier dimanche de l'avent, début de l'année liturgique et de la pénitence prescrite afin d'accueillir dans le plus pur esprit possible la naissance imminente du petit Jésus, lorsque nous perçûmes des coups frappés à la porte. Nous nous dévisageâmes, surpris, car jamais nos veillées du dimanche n'avaient été dérangées par quiconque. De plus, seule une raison majeure pouvait jeter quelqu'un dehors par une nuit pareille. Nous songeâmes que quelque chose était arrivé qui nécessitait que l'un d'entre nous fût requis. Le curé pour un mourant ? Moi par mes parents ? C'est donc avec anxiété que nous suivîmes du regard l'oncle parti vers la porte. Nous l'entendîmes ouvrir, échanger des mots avec un homme, refermer l'huis. Il revint flanqué d'un inconnu d'une soixantaine d'années, pas loin de deux mètres de haut, d'une maigreur et d'une pâleur extrêmes, vêtu d'un long manteau noir lourd de pluie, et à la main un chapeau, lui aussi noir, déformé par l'intempérie sévissant au-dehors. Mon oncle s'empressa, l'aida à ôter son manteau, prit son chapeau, s'en fut les déposer dans le vestibule tandis que nous contemplions, interdits, cette perturbante apparition.

Sous son manteau, l'étranger portait un costume trois-pièces coupé dans un tissu gris rayé blanc, une chemise bleu clair, une cravate grise à pois rouges, des chaussures de cuir marron souillées par la boue du chemin. Il arborait la barrette de commandeur de la Légion d'honneur. Il ne se souciait pas de nous et maintenait son regard en direction du hall d'entrée où s'était rendu l'oncle. Celui-ci revint promptement. Du geste, il l'invita à s'asseoir dans le large fauteuil de cerisier et d'osier qu'il occupait un instant auparavant. Lui-même s'en fut quérir une chaise de la salle à manger et avant de s'y installer, il dit : « Je vous présente M. Quitus, Régis Faucheur-Quitus, qui est venu à Faustin spécialement pour me voir. »

L'oncle avait prononcé ces mots sur un ton qui trahissait sa perplexité devant l'événement, nous prenant à témoin de la bizarrerie de celui-ci. Nous nous levâmes et saluâmes ce personnage spectral dont la taille, l'émaciation, la blêmeur, également formidables, nous incommodaient, personnage, de surcroît, venu à nous, jusqu'aux prairies loumaires, en cette nuit détestable, tiré à quatre épingles sous son interminable manteau noir.

Nous nous présentâmes avant de nous rasseoir. L'homme prit place, cassa en deux sa carcasse, coudes sur les genoux, mains longues, fines et blanches exposées au foyer. Il m'en imposait. Et je devinais que, tout avertis de la vie, pleins d'une expérience rare de la nature humaine qu'ils fussent, le doyen et le major jugeraient à sa juste valeur l'entrée en scène d'un héros si propre à aiguiser la curiosité des plus blasés. Quant au conseiller, il pensait sûrement que cet événement inopiné capterait, à lui seul, l'énergie et l'intellect de ses redoutables aînés et lui épargnerait, ce soir-là, à lui et à son parti, les sarcasmes et philippiques de rigueur. Aussi entreprit-il, comme à son habitude, de feindre le détachement et un début de somnolence tout en roulant une cigarette à la main.

Ce nom, Faucheur-Quitus, que l'oncle avait annoncé avec l'emphase d'un appariteur, évoquait quelque chose dans les fonds méandreux de ma mémoire, mais quoi ? Avais-je connu, jadis, à l'école maternelle, au collège, au service militaire, un porteur de ce patronyme ?

« Si vous preniez un réconfortant ? proposa l'oncle en se saisissant de la bouteille d'eau-de-vie.

— Volontiers, mais pas cela, répondit l'homme en esquissant un triste sourire, ça me ferait mal... » Il ajouta en un souffle : « C'est que je suis très malade. »

L'oncle hocha la tête d'un air entendu et dit : « Une bonne tisane, peut-être ?

— Voilà, une tisane, ça sera très bien. »

Ma tante s'en fut à la cuisine. Antonin s'assit. Nous attendîmes les explications de cet étrange visiteur du soir. Le vent, la pluie, le feu troublaient seuls le silence. Le conseiller n'en finissait pas de rouler sa cigarette, le doyen Antus tirait consciencieusement sur sa pipe. Le major s'affairait : muni de pincettes, il resserrait le bois sous la bûche maîtresse.

« Nous sommes de lointains cousins, prononça l'inconnu en s'adressant à mon oncle, c'est pourquoi je suis venu vous voir, j'ai l'intention, ou plutôt je ressens le besoin subit de découvrir les racines de notre famille, le village où naquirent et œuvrèrent nos aïeux, c'est la maladie qui est à l'origine de ma réaction... »

Il s'interrompit, s'affaissa légèrement, fixant le bout de ses chaussures. Il reprit à voix basse : « J'ai été opéré en août dernier d'un cancer au pancréas qui a déjà touché l'œsophage, je n'ai aucune chance de m'en sortir, tout au plus parvient-on à calmer la douleur et à prolonger ma vie suffisamment pour que je mène à bien les dernières grandes affaires que j'ai pilotées jusqu'ici... Je suis le président du groupe financier Wotan-Pacific, j'ai dirigé autrefois la Banque centrale internationale. J'ai été membre du gouvernement un peu plus d'un an, je vous donne ces détails pour qu'on en finisse au plus vite avec les présentations, et une fois pour toutes, au cas où vous auriez vu mon nom dans les journaux ou moi-même à la télévision, parce que la seule chose qui m'importe aujourd'hui, c'est de remettre mes pas dans ceux de mes ancêtres, de voir leurs maisons, leurs tombes, car je souhaite finir mes jours ici, à Faustin, et pour cela j'ai besoin qu'on m'aide, il me faut un guide, et en étudiant les papiers de la famille, j'ai vu que mes seuls parents ici étaient les Ajas, j'ai donc décidé de venir ici ; mon chauffeur, mon chef de cabinet et moi, nous sommes descendus au Grand Hôtel du Pic et je n'ai pas eu la patience d'attendre demain pour vous voir. »

Maintenant, je savais où j'avais vu le nom de Faucheur-Quitus : dans les journaux. La Wotan-Pacific, ces temps-ci, défrayait la chronique en opposant ses moyens immenses à la tentative sauvage d'offre publique d'achat sur la vénérable Compagnie bancaire d'Europe du Nord, la CO.B.E.N. Mais aussi, je l'avais vu au cimetière de Runac où l'on pouvait lire au front d'un tombeau moussu et dégradé : famille Faucheur-Quitus. Cependant, mon oncle fronçait les sourcils tout en me regardant avec insistance, comme s'il espérait de moi un commentaire de nature à le tirer d'embarras. Sa femme revint, approcha un guéridon du gouverneur, y posa tasse et tisanière, servit le breuvage, s'abstenant de sucrer sur un signe impérieux du visiteur. Puis elle prit place, seule, à l'écart, à la table de la salle à manger.

« Tout ce que je sais des Faucheur-Quitus, dit l'oncle, c'est qu'ils ont un tombeau au cimetière de Runac, qu'ils ont disparu du pays depuis plus d'un siècle, qu'ils n'y sont jamais revenus, que l'un des descendants a fait fortune à Paris pendant la guerre de 14-18, mais nous ne sommes pas parents... A la réflexion, je crois comprendre ce qui s'est passé, vous vous êtes trompé d'Ajas, nous, nous sommes les Ajas du Loum, et vos parents lointains sont les Ajas-Impérial. »

Le gouverneur parut inquiet et déçu. L'oncle le comprit et poursuivit : « Ne soyez pas contrarié pour si peu, vous ne nous avez pas dérangés du tout, nous sommes très contents ici d'avoir fait votre connaissance, et les Ajas-Impérial n'habitent pas loin de Faustin, à Runac, justement le village natal de vos ancêtres, mon neveu vous y conduira. »

Le gouverneur branla du chef. Il consulta sa montre, sortit de sa poche deux flacons de pilules et demanda un verre d'eau à la tante. Nous l'observâmes, gênés, absorber ses médicaments. Je pensai, et sans doute les autres avec moi, que le cancer, décidément, n'était pas une maladie ordinaire. Une perte de poids inexplicable, un « miaulement » du côté des bronches sonnent, un beau matin, l'avènement d'une mort prématurée, programmée, quasi certaine, tandis que jusqu'alors vous vous portiez comme un charme. De voir devant nous ce malade en somme venu pour rien par ce temps de chien nous plongeait en navrance. C'est alors que le major, grâce au ciel, donna le change.

« D'où diable sortez-vous ces sobriquets dont vous êtes presque tous affublés ! » s'exclama-t-il tout en portant son petit verre aux lèvres, ce qu'il n'avait osé faire depuis l'intrusion du potentat.

« C'est que, expliqua l'oncle, dans l'ancien temps, les familles étaient nombreuses et les patronymes peu variés, aussi les sobriquets s'avéraient indispensables tant pour les notaires que pour les marchands de bêtes, et, plus généralement, pour toutes les transactions... Les Ajas-Impérial, par exemple, s'appellent ainsi pour la raison que l'un de leurs ancêtres avait fait les campagnes de Napoléon Ier... De retour au pays, on l'avait baptisé Ajas de l'armée impériale, d'où impérial... Quant à vos ancêtres Quitus, il devait y avoir, au siècle dernier, plusieurs Quitus, et, pour les distinguer, on avait utilisé, pour eux aussi, des sobriquets... Je crois que « faucheur » vient du fait que vos aïeux, de géante stature, étaient réputés pour faucher plus et plus vite que le commun des mortels, vous devriez vérifier, je suis à peu près sûr que c'est ça, de même que vous trouverez à Faustin des Pujol-Dépiqueurs, ainsi appelés parce qu'ils produisaient plus de blé que les autres, et tout à l'avenant...

— Vous avez raison, monsieur Ajas, approuva le gouverneur, j'ai longuement étudié les papiers de la famille, mes aïeux étaient les faucheurs les plus forts du pays, et même, comme ils atteignaient couramment les deux mètres de haut, ils avaient dû commander au forgeron des faux sur mesure, des faux géantes dont j'aimerais beaucoup, d'ailleurs, retrouver au moins un exemplaire... Mais comment ? »

Le gouverneur contempla pensivement le foyer.

« Et vous, pourquoi vous appelle-t-on Ajas du Loum ? » lança le major, qui savait très bien l'origine de ce sobriquet mais qui cherchait à relancer la conversation afin d'alléger l'atmosphère. De fait, manifestement intéressé par la réponse, le gouverneur leva la tête vers l'oncle.

« Tout simplement, répondit celui-ci, parce que nous gîtons au pied du Loum de père en fils et que cela nous distingue des Ajas-Impérial. »

Il y eut un silence. Le gouverneur le rompit d'une voix où perçait la lassitude :

« Ainsi, murmura-t-il, je me suis trompé d'Ajas.

— Ce n'est pas grave, insista l'oncle, Runac est un village tout proche de Faustin, autrefois il fallait y monter à pied et ce n'était pas commode, aujourd'hui, grâce à M. le maire, il y a des routes partout, et ma voiture est à votre disposition.

— Je vous remercie, dit le gouverneur tout en se levant, mon chauffeur attend dehors, maintenant je me sens un peu fatigué, je vais rentrer à l'hôtel et me reposer, demain j'irai voir mon lointain cousin Ajas-Impérial... je suis content de m'être trompé et d'avoir ainsi fait votre connaissance. » A l'intention de ma tante, il ajouta : « Madame, je vous remercie de votre hospitalité. »

Il prit congé. Je l'accompagnai jusqu'à sa voiture, une longue limousine noire. Son manteau, son chapeau, ma pèlerine n'étaient pas de trop. Le temps ne s'améliorait pas. Un homme coiffé d'une toque en fourrure sortit de la voiture et ouvrit une portière arrière. Le gouverneur s'installa avec effort sur la banquette. Et comme je me préparais à lui souhaiter le bonsoir, il me dit : « Cela vous ennuie-t-il de me tenir compagnie jusqu'à l'hôtel ? Hubert vous ramènera. »

Déconcerté, j'embarquai dans la limousine sans trop réfléchir.

La voiture descendit lentement vers le centre du village. On se doute que pas un Faustinois ne traînait dehors. A la pluie se mêlait de la neige. Le vent ne s'apaisait pas. Nous passâmes entre l'église et la mairie, franchîmes le pont qui enjambait le Faustin et nous arrêtâmes sur la place dite de l'Allée, plantée de vieux platanes, devant le Grand Hôtel du Pic. Le trajet avait duré trois à quatre minutes, le gouverneur était resté silencieux. Je n'osais le regarder. Je le devinais prostré, probablement raidi par quelque assaut de la douleur, de cette bestiole qui le rongeait de l'intérieur. J'avais perdu un ami cher, emporté par un cancer du poumon. Je ne comprenais toujours pas pourquoi puisque la télévision avait montré des exemples édifiants de rescapés de ce mal. Mais je n'avais encore jamais observé de près un homme attaqué au pancréas et à l'œsophage. Souffrait-il autant que mon ami disparu ?

« Que faites-vous ? interrogea brusquement le gouverneur.

— Comment, qu'est-ce que je fais ? renvoyai-je, pris au dépourvu.

— Quel est votre travail ?

— Je suis journaliste au G.J.R. »

Le gouverneur hocha la tête. Il ne se décidait pas à sortir de la voiture. Un homme déboucha de l'hôtel, un vaste parapluie à la main. Je ne reconnus pas en lui un employé de l'établissement. L'homme s'approcha du véhicule mais, sur un signe du chauffeur, il s'abstint d'ouvrir la portière et attendit des instructions, stoïque sous la tourmente.

« Et vous êtes de Faustin ?

— Oui, monsieur. »

Derechef, le gouverneur hocha la tête mais, cette fois, plus longuement, comme en proie à une satisfaction certaine.

« J'ai besoin de quelqu'un comme vous », prononça-t-il.

Je demeurai muet de surprise. Pour la première fois, le gouverneur se tourna vers moi. Il répéta : « J'ai besoin de quelqu'un comme vous, du moins pour un temps, celui qui me reste à vivre, pour m'aider, me guider à Faustin... Vous pourriez être, si vous voulez, mon chef de cabinet local, comme Cominac est mon chef de cabinet à Paris. » Ce disant, il eut un mouvement du menton en direction de l'homme immobile sous le parapluie et dont j'apercevais mal les traits. Je ne savais comment réagir. Le gouverneur m'avait parlé poliment, usant du ton d'une personne habituée au commandement. Bien que n'étant pas très au fait des questions économiques et surtout financières, j'avais pleinement saisi que le personnage qui, dans cette voiture, me tenait ces propos irréels, était rien de moins que considérable et qu'il me faisait tout bonnement une proposition d'emploi.

« C'est que, je dois rentrer demain matin et reprendre mon travail, j'ai des rendez-vous, des articles à écrire, d'autres à préparer... Que penseraient mes patrons si je les quittais comme ça, sans crier gare ?

— Ne vous tracassez pas, je connais très bien votre président et toute la famille Labat, vous n'ignorez pas que votre journal a failli être cédé l'année dernière, mais ce que vous ne savez peut-être pas, c'est que c'est grâce à la banque Europe-Régions qu'il n'est pas sorti du patrimoine Labat, et que cette banque est l'un de nos nombreux satellites... Je téléphonerai demain à votre président, je vous ferai établir un contrat de détachement d'un an prolongeable, vous viendrez à mes côtés, je vous paierai trois fois plus cher, j'ajoute que si je suis satisfait de vos services, avant de rendre l'âme, je consoliderai votre position dans mes affaires. »

De m'entendre proposer pareil marché par pareil homme en pareilles circonstances, dans cette voiture, sous la tourmente, tandis que, pétrifié sous son parapluie, ce pauvre Cominac, chef du cabinet parisien du président de Wotan-Pacific, attendait que son patron lui fît signe de bouger enfin, me brouilla la cervelle.

« Alors ? » lança le gouverneur, un rien impatienté.

En quelques secondes, je conçus que, de toute façon, une créature comme moi n'avait pas la force de caractère de dire non à ce potentat qui, irrité par une réponse négative, était tout aussi bien capable de me faire mettre à la porte du journal. Et donc, j'acceptai cette incroyable embauche. Quand j'y songe aujourd'hui, je me délecte de ce lieu commun que, assurément, nous sommes peu de chose dans les mains du destin.

« Que sera mon travail ? articulai-je, pour la forme.

— Je vous expliquerai tout ça demain en détail, mais quoi qu'il en soit, je ne vous demanderai rien de déshonorant. »

Seule esquisse de bonne humeur de la soirée.

Le gouverneur me tendit la main. Je la pris. Elle était moite. Hubert sortit sous la neige et la pluie, ouvrit la portière, aida le président à s'extraire du véhicule. Cominac le relaya. Il abrita son maître, le conduisit à la porte de l'hôtel à l'intérieur duquel ils disparurent. Hubert me ramena chez mon oncle.

« Monsieur vous attend à l'hôtel demain à 10 h 30 », me dit-il, laconique.

Ainsi se scella mon statut de futur narrateur des onze derniers mois de la vie du magnat cancéreux Régis Faucheur-Quitus.

Le lundi 30 novembre, je m'étais présenté au Grand Hôtel du Pic à 10 h 30 précises. La veille, sous le coup de l'événement, j'avais demandé à Hubert de me ramener chez mon oncle plutôt que chez moi car j'avais ressenti le besoin de soumettre l'extraordinaire proposition du gouverneur et, plus généralement, la situation pour moi créée par elle, à l'appréciation de mes aînés. Certes, ni mon oncle ni le doyen ni le major, pas même le conseiller, n'étaient capables de mesurer avec précision les avantages, les inconvénients, les fructueuses ou néfastes conséquences à terme d'une acceptation de l'offre, plus exactement de l'intimation de ce potentat des affaires dont l'invraisemblable irruption à Faustin était en passe de bouleverser mon existence. Aucun d'entre eux ne connaissait les règles, arcanes, frasques et lubies en honneur dans la haute finance. Ils pouvaient, cependant, encadrer ma réflexion, confirmer des appréhensions ou, au contraire, les dissiper.

Ils m'attendaient, en dépit de l'heure tardive, étonnés de cette longue absence quand j'avais eu la seule intention de raccompagner le visiteur à sa voiture. Je leur fis un compte rendu de ce qui m'était arrivé, à la suite de quoi ils sombrèrent en méditations, lesquelles les conduisirent à une conclusion unanime : le côté vicié de la situation résidait en ce que le gouverneur Quitus disposait d'un réel pouvoir de nuire au cas où je refuserais de l'assister, ce qui réduisait singulièrement mes marges de manœuvre. J'avais pesté contre cette impulsion d'homme bien élevé qui m'avait poussé à escorter le visiteur jusqu'à son véhicule et jeté dans ses griffes. Mais le doyen Antus s'était alors écrié : « Eh quoi, Marcellin ! L'homme est malade, ne l'oublie pas, très malade, il va mourir bientôt, il est donc sincère ! Ses extravagances s'expliquent par la mort qui s'approche à grands et pesants pas, ses gros souliers ferrés, son lourd manche de frêne frappent le sol en une épouvantable résonance ! Cet homme ne ment pas quand il dit avoir besoin de quelqu'un comme toi, quelqu'un de Faustin, pour retrouver ses racines avant qu'il n'ait plus de foie, après pancréas et œsophage, il ne ment pas non plus quand il se déclare puissant et capable aussi bien d'assurer ton avenir que de détruire ta situation présente si tu te dérobes... Aussi, mon avis, le voici : rends-toi, demain, au Grand Hôtel du Pic et entre en fonction sur-le-champ... »

Ayant, de la sorte, bizarrement déclamé, le doyen avait vidé son petit verre, s'était levé et dirigé vers la porte, aussitôt imité par ses amis. Dans le vestibule, ils avaient endossé capes épaisses et pelisses fourrées. Les derniers mots du doyen, ce soir-là, furent sentencieusement prononcés, un doigt en l'air : « *Fraximus excelsior !* » A quoi il avait ajouté, devant notre incompréhension : « Le frêne d'excellence, dur et blanc, dépourvu de nœuds, le meilleur bois pour les manches de faux. »

Le gouverneur avait loué pour lui les trois grandes chambres du premier étage de l'hôtel tandis que son chef de cabinet Cominac, le chauffeur Hubert et une secrétaire, Mlle Hobé, d'environ quarante-cinq ans, qu'il nommait Hobé tout court, s'étaient logés au troisième. L'une des chambres de la « suite » comportait déjà un téléphone supplémentaire et des fax. Le propriétaire de l'hôtel, un enfant du pays baptisé Johnny en raison d'un long séjour aux États-Unis où, en qualité de cuisinier, il avait gagné et économisé l'argent qui lui avait permis d'acquérir et de moderniser quelque peu le Grand Hôtel du Pic, m'avait soufflé à l'oreille toutes les innovations effectuées à la hâte la semaine précédente, en précisant : « Cette fois, j'ai une huile, une vraie, ça sera bon pour les affaires, j'ai dû déménager des clients pour lui, changer des réservations, tu me diras, je l'ai pas fait pour rien, il en a des pépettes. »

J'avais souri en songeant à sa surprise lorsqu'il apprendrait mon embauche auprès de « l'huile » en question.

Je me fis annoncer par Johnny lui-même et fus introduit dans la chambre aménagée en bureau où m'attendaient Hobé, Cominac, et le patron, en un nouveau costume trois-pièces, cravaté, pochetté, assis, les jambes croisées, dans un petit fauteuil. La veille, il m'avait paru blême. Ce matin-là, je le trouvai plutôt jaunâtre.

A mon entrée, le gouverneur me salua avec un demi-sourire en me tendant la main.

« Vous voilà, dit-il, c'est bien, nous allons pouvoir travailler tout de suite, je vous présente Cominac, mon chef de cabinet, et Hobé, ma secrétaire particulière, vous ferez équipe avec eux ; pour ce qui concerne le G.J.R. ne vous tracassez pas, j'ai réglé l'affaire avec Labat, il est très fier de vous savoir avec moi et n'a pas tari d'éloges à votre sujet... Asseyez-vous. Bien que vous soyez de Faustin, un survol rapide de mes origines et de l'histoire des Quitus ne vous sera pas inutile et vous mettra dans le bain. Allez-y Cominac. »

Le chef de cabinet déroula une grande feuille de plastique qu'il fixa sur un tableau et sur laquelle s'étalait la généalogie des Faucheur-Quitus. Muni d'une baguette, il entreprit de la commenter.

Avant de poursuivre, il m'est impossible de ne point consacrer quelques lignes à ce chef de cabinet. Contrairement à l'impression que peut-être j'ai donnée au lecteur, Cominac n'était pas un chambellan, un larbin ordinaire voué à porter la serviette et le parapluie de son maître, quoiqu'il fût aussi, en l'occurrence, astreint à ces tâches, mais il venait de l'inspection générale des Finances, le corps le plus prestigieux de notre fonction publique. Il avait exercé des responsabilités de premier plan au sein d'un service chargé de veiller sur les recettes fiscales de l'État, plus spécialement sur les impôts dus par les grosses entreprises privées, notamment les sociétés financières. A ce titre, le jeune homme doué avait contrôlé la gigantesque Wotan-Pacific, et c'est ainsi que, d'abord attiré dans son cabinet quand le gouverneur était ministre, celui-ci l'avait convaincu plus tard de changer de statut, de mettre sa compétence et ses relations dans l'appareil d'État au service du puissant groupe international. A l'époque où survinrent les faits narrés ici même, à savoir vers la fin du XXe siècle en France, un tel transfert n'était nullement considéré comme une trahison. Les temps avaient changé depuis la Libération et les années d'après-guerre, quand les élites alors qualifiées de « grands commis » de l'État avaient à cœur et se faisaient honneur de reconstruire et de servir la France. Leurs successeurs, eux, appâtés par les fortunes qu'ils devaient normalement surveiller au nom du peuple, par ces fortunes rendues fébriles, ainsi que par l'exhibition des jouissances dont ils étaient les spectateurs privilégiés, excités sur l'oreiller par la suggestion lancinante de leurs femmes : pourquoi pas toi ?... Les successeurs, donc, afin de ne point passer pour des imbéciles n'ayant su, quand il le fallait, profiter de la licence générale, s'étaient rués, eux aussi, vers les tas d'or. Cominac était de ceux-là. Le gouverneur le chargeait de nombreuses missions confidentielles. Des relations de père à fils s'étaient instaurées entre le président et l'ambitieux collaborateur. Quand le gouverneur se sut condamné, ces relations s'accélérèrent et se densifièrent. L'intimité grandit. Les missions confiées à Cominac changèrent de nature. Des bruits circulèrent selon lesquels le malade consultait son chef de cabinet au sujet de certaines dispositions testamentaires, et aussi de sa succession. A trente-huit ans, et quelles que fussent ses qualités, Cominac restait trop jeune et tendre pour diriger la Wotan et, de toute façon, les actionnaires ne l'eussent point permis. D'ailleurs, le gouverneur cancéreux mais non gâteux ne le proposait nullement. Par contre, le chef de cabinet pouvait influencer le choix du patron, favoriser une brigue contre une autre, démasquer un complot pour en ourdir un autre, s'entendre avec le futur président, monnayer son influence, l'échanger contre un poste à venir exceptionnel, ou, au contraire, trahir au dernier moment et au prix fort le dauphin désigné. Depuis quelques mois, Cominac était donc fort courtisé par un état-major de la Wotan rendu nerveux par la terrible maladie du président, et très entrepris par la famille de celui-ci.

Maintenant, on comprend sûrement mieux pourquoi ce jeune homme si prometteur et si peu enclin aux futilités se retrouvait dans un hôtel de montagne porteur de parapluie et conférencier improvisé sommé de plancher sur les origines et l'histoire des Faucheur-Quitus. Il suivait les derniers pas et se pliait aux ultimes fantaisies de son maître, prix à payer pour maintenir, voire accroître, une influence qui lui permettrait, dès la seconde où expirerait le gouverneur, de brûler des étapes supplémentaires dans la marche vers encore plus de pouvoir et de réussite. Ce faisant, il appliquait les principes du bon roi Henri IV : si Paris avait valu une messe, son avenir et sa fortune, à lui Cominac, valaient bien qu'il se mobilisât quelques mois autour de tâches inattendues.

Il exposa les faits avec le sérieux et la méthode que lui avait naguère inculqués l'École nationale d'administration, et la souplesse de l'échine grâce à laquelle il était sorti « dans la botte », c'est-à-dire dans les vingt premiers. Comme, peu après l'exposé, je m'étais extasié, lors d'une conversation en tête à tête qui nous avait permis de mieux faire connaissance, sur la clarté de son discours, son brio dans le maniement de l'analyse et de la synthèse, il m'avait expliqué, avec beaucoup de modestie, qu'il s'en était tenu au système appris à l'E.N.A., le célèbre B.C.P. : Bilan-Critique-Proposition.

« La famille Quitus est sans conteste l'une des plus anciennes du pays de Faustin, avait commencé Cominac, peut-être même la plus ancienne car l'éminent généalogiste que nous avons consulté a trouvé un Quitus au XIe siècle, sous le règne de Robert le Pieux, qui fut tué au col du Faustin lors d'un combat entre contrebandiers, mais le premier Faucheur-Quitus apparut très exactement en 1855, année où le trisaïeul du président, Augustin, adjoignit ce sobriquet à son patronyme afin qu'il fût distingué de son frère Paul, qui, lui, se fit appeler Quitus-Lépétit. Ces sobriquets s'expliquent ainsi : Augustin, un colosse, se fit connaître au pays par son utilisation de faux géantes, fabriquées pour lui sur mesure, et de pareils outils entre ses mains lui permettaient d'abattre une tâche qui impressionna ses contemporains, aussi fut-il surnommé Faucheur-Quitus, en somme le roi des faucheurs ; son frère Paul, quoique grand lui aussi, était cependant plus petit que son frère, il fut donc baptisé Quitus le petit. Il mourut en 1865, célibataire et sans descendance. C'est pourquoi il n'existe plus de Quitus en dehors de la branche du président. Augustin eut un fils, Albert, l'arrière-grand-père du président, par qui, si j'ose ainsi m'exprimer, tout est arrivé. Albert naquit en 1850 et il épousa en 1873 Eugénie Lannes, une fille de Faustin, elle-même sœur jumelle d'une certaine Hortense qui se maria en 1872 avec Adrien Ajas-Impérial. Là se situe le lien de parenté entre le président et cette famille Ajas : le grand-père du président, Odilon Faucheur-Quitus, n'était autre que le cousin germain de Gaétan Ajas-Impérial fils d'Adrien. Mais Albert avait engrossé Eugénie avant le mariage, ce qui provoqua la fureur de son père Augustin. A la fin de la guerre de 1870, il ne revint pas au pays et s'établit à la ville, où lui et sa femme trouvèrent des emplois d'employés de maison chez de riches industriels, les Assas, propriétaires de savonneries. M. Assas succomba à une apoplexie. Son fils unique, la femme et les deux enfants de celui-ci périrent au large de Montevideo dans un naufrage en 1901. Les Quitus qui, entre-temps, avaient abandonné leur sobriquet, soignèrent avec un grand dévouement Mme Assas jusqu'à son dernier souffle. Elle avait vendu ses usines et s'était retirée à Paris avec ses serviteurs dans un hôtel particulier, rue Saint-Ferdinand, où le président joua enfant. Car Albert et Eugénie avaient engendré Odilon, lequel reçut une éducation choisie. Mme Assas légua sa fortune aux Quitus. En 1902, Odilon se maria avec Josiane Tuc-Bagnères, fille d'un illustre avocat. Il s'intéressa à une petite chocolaterie qui figurait dans l'héritage. Il la développa puis créa la firme France-Chocolat-Sucre aujourd'hui devenue Sucre-International. Odilon laissa à sa mort les bases d'un empire industriel qui s'épanouira entre les mains de son fils Édouard, père du président. Édouard épousa en 1927 Mlle Suzanne Grolin, des cimenteries Grolin, à qui l'on doit la réapparition du sobriquet Faucheur qu'elle avait jugé, à juste titre, particulièrement élégant... Ce bilan resterait incomplet si je n'ajoutais, à l'intention de M. Ajas, que le président a épousé en 1950 la baronne Agnès Afardo, de mère française et de père argentin, propriétaire des mines Afardo, qu'ils ont un fils, Victorien, et une fille, Julie... Que M. Victorien s'est marié en 1979 avec Mlle Gabrielle de la Crouzette, qu'ils ont deux enfants, Serge et Pauline... Que Mlle Julie a épousé M. Hubert Pouligny d'Indre, directeur général de la société multinationale R&M, qu'ils ont deux filles, Véronique et Salomé... »

Le gouverneur avait écouté l'exposé de ce bilan avec une sorte de tension, presque d'exaltation, et moi, je l'avoue, j'en avais éprouvé du vertige. Tant d'années, tant de hasard et de chance en si peu de mots. Et je n'avais pu m'empêcher de m'interroger sur les réactions de la famille Faucheur-Quitus à ce désir subit et violent de son chef de retrouver ses racines avant que l'œsophage ne fût détruit à son tour. Les membres de cette famille se montreraient-ils aussi à Faustin un de ces jours ?

Cominac passa à la critique de son bilan. « Objectivement, avait-il poursuivi, force est de constater que jusqu'au président jamais un Faucheur-Quitus n'a eu la curiosité de se pencher sur le passé, et cette si longue absence, ces brutales retrouvailles rendent inexplicable voire choquante la démarche du président, tant au sein de son milieu, de Paris à New York *via* Tokyo, qu'à Faustin où l'on a oublié les Quitus depuis longtemps... Par ailleurs, comment remettre au jour les vestiges authentiques, les traces des ancêtres ? Et quand on les aura repérés, comment en disposer ? Où est la maison où la femme d'Augustin, Adélaïde, accoucha d'Albert ? Les bois et les ronces n'ont-ils pas envahi les prés d'antan ? Est-il encore possible de découvrir des objets ou des meubles ayant appartenu au trisaïeul du président ? Les anciens de Faustin accepteront-ils de coopérer ou en seront-ils dissuadés par la puissante et intimidante personnalité du patron de la Wotan-Pacific ? Telles sont quelques-unes des questions qui se posent à nous et, précisément, nous comptons beaucoup sur vous, monsieur Ajas, pour nous aider à y répondre... »

A cet instant, le gouverneur avait posé sur moi un regard curieux, assez dur, tandis qu'un léger sourire avait tenté de l'atténuer.

Cominac avait alors abordé le chapitre des propositions : « L'objectif majeur d'une stratégie de reconquête est sans conteste le village de Runac, berceau des Quitus, où sont réunies les maisons, étables, granges et terres où vécurent et travaillèrent jadis les aïeux du président. Pour ce faire nous disposons du cadastre que j'ai déjà étudié de près, mais nous devrons aussi compter avec la lointaine parentèle des Ajas vivant encore à Runac, dont le concours sera précieux si nous parvenons à l'obtenir, notamment celui de Julien Ajas-Impérial, veuf de Solange Ajas, née Baubère, cousin issu de germains de M. Édouard, père du président... Julien Ajas, âgé de quatre-vingt-sept ans, est la seule personne au monde en mesure de nous parler du formidable Augustin Faucheur-Quitus car il avait neuf ans quand il mourut en 1914, et à cet âge on se souvient de beaucoup de gens et de choses, en particulier il a sûrement vu l'ancêtre à l'œuvre avec sa faux géante, il sera capable de reconstituer avec précision les aîtres de la maison Quitus ainsi que les dépendances... M. Julien Ajas habite à Runac, au foyer de son fils Étienne Ajas-Impérial qui a soixante-cinq ans, un an de plus que le président, et de sa belle-fille Josette, née Salat... Ils ont un fils de quarante ans, Alphonse Ajas, employé de la S.N.C.F. à Marseille, marié à une certaine Adeline Fouguère. Eux-mêmes ont deux garçons, Paul et Martial... Je conseille d'aborder cette famille Ajas avec grande prudence, de façon à ne pas les effaroucher, les braquer dès le début, le pire serait qu'ils se méfient de ces riches étrangers qui débarquent soudain dans le pays le plus pauvre et le moins peuplé de France comme s'ils avaient été brusquement informés de la présence d'un sous-sol d'or ou de pétrole, ou du trésor des Templiers enfoui profond au-dessous d'une ancienne bergerie ; en ce cas, nous irions à la catastrophe, on refuserait de vendre la moindre ruine au président, et, pour éviter ça, je propose de nous en remettre, pour ce qui est de la marche d'approche, à M. Ajas du Loum qui me paraît l'ambassadeur idéal auprès de ses homonymes de Runac, et je ne puis faire autrement que saluer, une fois de plus, l'étonnante perspicacité du président, son intuition exceptionnelle, qui l'ont conduit, en une seconde, à appeler auprès de lui l'homme de la situation... Aujourd'hui, par exemple, M. Ajas pourrait tâter le terrain, préparer les Ajas-Impérial à notre visite, ce qui permettrait au président de se consacrer à ses dossiers, en particulier à la CO.B.E.N., et de libérer une grande partie de la journée de demain...

Voilà l'essentiel de ce que j'avais à dire, et je suis, bien sûr, à la disposition de M. Ajas s'il souhaite me poser des questions. »

Durant l'exposé, Hobé n'avait pas cessé d'aller et venir entre les pièces adjacentes et celle où nous nous tenions et de remettre au gouverneur des messages provenant d'un peu partout dans le monde et sur lesquels il avait jeté un œil rapide avant de les poser à côté de lui, sur une table où ils finirent par s'entasser. A deux reprises, elle s'absenta après avoir fermé la porte de la chambre voisine. J'avais compris que les affaires continuaient. Et apprécié la manière de M. Cominac. Sa façon subtile de flagorner tout en sauvant les apparences d'une personnalité bien affirmée en disant la plupart du temps « nous » comme si lui-même était partie prenante de cette étrange reconquête, pour restituer à son patron l'exclusivité du premier rôle dès lors qu'on retrouvait les « dossiers » qui, eux, redevenaient ceux du « président ». Voilà comment passer aisément d'un dossier fiscal, de la direction d'un cabinet de ministre, à la « gestion » d'un « retour aux racines » de son président cancéreux. Désormais, c'était à moi de jouer. Je connaissais bien les Ajas-Impérial. Alphonse, le cheminot de Marseille, fils d'Étienne, archétype des enfants de Faustin expulsés de leur terre ingrate et de leurs montagnes brehaignes par l'impossibilité d'y rentabiliser un troupeau, de s'y marier, avait été mon condisciple à l'école communale et restait l'un de mes compagnons de chasse. Mais son père était teigneux, et son grand-père Julien imprévisible. Comment leur présenter cette stupéfiante situation ? Je me levai et sortis de la chambre suivi de Cominac tandis que le malade allongeait le bras vers ses médicaments. Au-dehors, devant la porte, nous eûmes une conversation au cours de laquelle, emporté par la curiosité, je demandai : « Comment le président et vous-même pouvez-vous contrôler de si loin des affaires aussi complexes que les vôtres ? » M. Cominac avait alors esquissé un sourire avantageux : « Ce n'est pas au président de la Wotan-Pacific d'aller vers les autres mais bien l'inverse... D'ailleurs, vous ne tarderez pas à vous en apercevoir... Bientôt, tout ce qui compte ou presque dans le monde de la finance se succédera à Faustin, au moins jusqu'à la conclusion du dossier de la CO.B.E.N., sans parler de l'état-major de la Wotan... Du reste, nous sommes équipés, nous avons déjà mis en place à l'hôtel des moyens de communication efficaces que nous allons perfectionner dans les jours qui viennent. »

Je rentrai songeur à la maison. Que s'était-il passé, au juste, dans le cerveau du gouverneur, le jour où il avait appris sa condamnation ? Quelle voix avait-il entendue, montée de ses viscères mutilés, de ses boyaux exposés à la corruption métastatique imminente, signal du supplice de la morphinique agonie ? Elle aurait pu, cette voix, se borner à un lamento du genre : président, toi si puissant, si haut dessus les masses, et qui as encore tant de lourds et subtils dossiers à régler, desquels dépendent la vie, l'emploi, le sort de populations transies, terrorisées par les aléas des sociétés postindustrielles, quelle poisse d'apprendre soudain que le dedans de ton ventre est entré en pourriture ! A soixante-quatre ans, âge auquel le commun des mortels n'a plus grand-chose à apporter à ses semblables, parfois à peine capable d'arroser les capucines de son lopin de retraité, que n'entreprennent ceux qui dirigent et que les peuples voient poser lors des « sommets » de toutes espèces, solennels, souvent majestueux, quasi imbus ! N'envie-t-on point leur santé ? Ne dit-on pas, ici et là : comment font-ils, si vieux pourtant, pour ne perdre ni l'équilibre ni la mémoire, dormir si peu, comprendre si vite, et même, paraît-il, copuler à perdre haleine ? Pour ces gens, assurément, le pire est bien la maladie. Se souvenir de Georges Pompidou, sournoisement terrassé, et de Joseph Staline confiant en un soupir au général de Gaulle : il n'y a que la mort qui gagne. Et voilà que cette mort s'était annoncée en la caverne intestinale du président de la Wotan-Pacific quand il conduisait la plus formidable et passionnante opération « anti-opéatique » de son temps ! Et la voix, plutôt que de se contenter d'exhaler rage et désespoir, voire d'inciter le gouverneur au suicide, lui avait soufflé une suggestion singulière : Va, président, avait-elle intimé, va, Faucheur-Quitus, transporte vite ton ventre agressé, ton canal rongé, tes glandes dévorées, là où sont enfouis les os de tes aïeux, découvre les lieux où tu aurais dû ahaner si le vieil Augustin n'avait chassé son fils de la montagne, si le fils Assas et sa famille n'avaient péri, une nuit de 1901, au large de l'Uruguay, c'est là-bas, au pied du Loum, que tu souffriras le moins, car les miasmes lénitifs du dard de granit glandulaire et bleuté et le fumet des moiteurs imprégnant les mottes touffues tout autour de sa racine s'avéreront un heureux complément des drogues à toi prescrites...

Cela fut-il le langage perçu des profondeurs par le gouverneur et qui le détermina à se poser, toutes affaires cessantes, au pays de ceux qui, jadis, engendrèrent sa lignée ? Tout porte à le croire. Sans quoi, comment expliquer, en ces circonstances, le comportement de l'un des financiers les plus importants de son temps ? Il ne s'agissait sûrement pas d'un caprice de potentat. Mais bien d'une mise au net, presque incongrue, à l'approche de la mort. Le saura-t-on jamais ?

J'AVAIS dit à Étienne Ajas-Impérial : il y a quelqu'un à Faustin qui veut vous voir, c'est un lointain parent à vous, par les femmes, un descendant des Quitus, il est venu faire un tour au pays, histoire de jeter un coup d'œil à la terre des ancêtres, il m'a envoyé vous le dire...

Étienne était resté un long moment sans répondre, assimilant lentement mes paroles. Certes, il demeurait solide mais il s'était récemment séparé de ses vaches à l'exception de deux, pour le lait. Cela l'obligeait à faucher, encore à la main, les deux grands prés plainiers qui jouxtaient la maison, les plus faciles. Tandis que bientôt la friche, les ronces envahiraient les herbages pentus à jamais délaissés par la main de l'homme pour cause de non-rentabilité, problème compliqué, quasi maléfique, considéré comme insoluble par la haute technocratie européenne à l'époque où les viscères et les entrailles du président de la Wotan subissaient de monstrueuses avaries.

Sa femme, Josette, vaquait au potager et à la basse-cour, sous la surveillance, toujours critique, de son beau-père Julien, petit-fils d'Hortense sœur d'Eugénie qui, en 1873, avait choisi, sans le savoir, le bon numéro, la fortune, la voie magique de la grande bourgeoisie financière internationale, en épousant Albert Quitus, en s'enfuyant en ville avec lui, puis là-bas, à Paris, abandonnant sa jumelle dans la haute, sauvage, reculée vallée du Faustin, au cœur des souillures de l'effrayant pic loumaire. Au début, elles s'étaient écrit, au moins une fois par trimestre, des billets rudimentaires mais suffisants pour que leur relation privilégiée ne fût point coupée. Cette correspondance s'était espacée, ensuite avait disparu vers 1900, ainsi qu'en témoignent les papiers que j'eus le loisir d'examiner plus tard. Dans une dernière lettre, datée de 1929, Eugénie Quitus renonce à tous les biens susceptibles de lui revenir en héritage à Faustin en faveur d'Hortense, sa sœur jumelle. C'est de cette manière que la maison, les granges, les prés des Faucheur-Quitus grossirent le patrimoine des Ajas-Impérial. En 1929, Eugénie, avec son mari, jouissait de la fortune des Assas et, sans désir de retour, pouvait bien céder sa part à Hortense. Celle-ci mourut en 1933. Celle-là en 1936. Hortense, mariée à Adrien Ajas-Impérial, avait engendré Gaétan qui avait engendré Julien, lequel, marié à Solange Baubère, avait engendré Étienne, ce même Étienne qui, assis au bout de sa lourde table de chêne au milieu de la pièce unique du rez-de-chaussée de sa maison, servant, comme autrefois, de salle à manger, de cuisine et de chambre à coucher, semblait éprouver des difficultés à apprécier l'information que je venais de lui apporter. Sa femme Josette, née Salat, était rentrée et s'activait devant le vaste évier, feignant de se désintéresser de l'affaire mais, en réalité, aux aguets.

« Un Quitus ? avait-il enfin grogné.

— Oui, Régis Faucheur-Quitus, c'est l'arrière-petit-fils d'Albert, celui qui a quitté le pays juste après la guerre de 70, avec Eugénie Lannes, la sœur jumelle d'Hortense, votre arrière-grand-mère, vos grands-pères étaient cousins quoi... »

Étienne avait réfléchi une bonne trentaine de secondes à ce fait indubitable qui, pourtant, lui paraissait prodigieux. Voire inquiétant comme l'indiquèrent les propos suivants :

« Qu'est-ce qu'il veut ? S'il y avait des diableries là-dessous ?

— Je vous l'ai dit, il veut vous voir, il a un cancer, il en a au maximum pour un an, il a eu envie de voir au moins une fois le pays des ancêtres.

— Ici, les affaires ont été réglées depuis longtemps, prononça alors Étienne, on a tous les papiers, ils sont en règle. »

Il craignait pour les biens jadis cédés à Hortense par Eugénie.

« Il ne vient pas pour ça, le rassurai-je aussitôt, vous savez, il est riche, c'est l'un des hommes les plus riches du monde.

— C'est quand même bien bizarre que ça lui prenne tout d'un coup de venir ici, intervint Josette, il a raison Étienne, c'est bien peut-être une diablerie. »

Je n'étais guère surpris de ces réactions, je les attendais, ce que je voulais c'était apaiser suffisamment leur méfiance afin d'obtenir un premier contact entre eux et leur parent gouverneur. Cet accueil confirmait que ce ne serait pas facile. Un bruit de sabots se fit entendre et un vieillard immense, maigre, à peine voûté, appuyé sur un aiguillon noueux, s'encadra dans la porte. Je le connaissais. C'était Julien, le père d'Étienne qui, à quatre-vingt-sept ans, avait toujours bon pied bon œil, grand gosier et, murmurait-on, verdeur enviable qui le poussait souvent vers les granges de la femme « hippie » à qui il offrait champignons et saucissons au grand dam de son fils et de sa belle-fille.

« Ah, te voilà toi ! Comment ça va à Faustin ?

— Ça va, dis-je, je suis venu faire une petite visite.

— Une visite ? Alors, c'est qu'il y a quelque chose dans l'air. »

Josette débarrassa l'aïeul de sa cape brune de berger, puis s'en fut lui quérir un verre de vin tandis qu'il prenait place au coin de la cheminée. Il se frotta les mains, s'empara sans mot dire du verre tendu par sa bru, le vida d'un trait et le posa par terre. Étienne et sa femme parurent contrariés. Dans le pays, on savait qu'ils n'imposaient que faiblement leur volonté à ce vieillard encore si lucide et valide. Celui-ci avait élevé son fils à la dure, à l'ancienne, longtemps dirigé la ferme lui-même, passé la main très tard à son rejeton. Ma mission consistant à ouvrir la voie de la famille Ajas au gouverneur, j'eus l'inspiration, devant les mauvaises grâces des « jeunes », de faire juge leur patriarche, de jouer le père contre le fils.

« Père Ajas, dis-je, si vous saviez ce que je suis venu faire ici, vous seriez bien étonné. »

Il avait ramassé son verre, d'un mouvement de tête intimé à sa bru de le servir derechef et à moi il avait lancé : « Alors ?

— Figurez-vous qu'un certain Faucheur-Quitus est à Faustin, c'est un descendant d'Albert, vous savez, celui qui était parti avec Eugénie Lannes, la sœur jumelle d'Hortense, votre grand-mère, il s'appelle Régis, il a à peu près l'âge d'Étienne, c'est un grand banquier, il a été ministre il y a six ou sept ans, peut-être que vous vous souvenez, aujourd'hui il a un cancer, il a pas plus d'un an à vivre, du coup il a voulu connaître le pays d'où est sorti Albert, et aussi Eugénie, ne me demandez pas pourquoi, je n'en sais rien, il est arrivé hier soir chez l'oncle, il s'était trompé d'Ajas, et comme j'étais là il a demandé que je le guide, il voudrait bien vous voir, c'est pour ça que je suis venu... »

Le vieux avait compris l'importance de l'événement. Tout gaillard qu'il était en dépit de son âge, il discernait toujours les limites à ne pas franchir dans ses relations avec le fils et la bru qui, malgré tout, assumaient l'essentiel de la vie commune. De plus, il pouvait, à tout moment, tomber malade et devenir dépendant. Aussi interrogea-t-il Étienne d'un coup de menton, manifestant qu'il le laissait maître de la décision à prendre. Ma stratégie avait échoué. Mais rien ne m'empêchait de faire valoir des arguments.

« Je comprends que vous vous posiez des questions, dis-je, c'est ce que l'oncle et moi nous avons fait hier soir, mais quand vous aurez vu ce Quitus, vous ferez comme nous, vous aurez pitié ; on lui a ouvert le ventre au mois d'août, on lui a enlevé plein de pourriture, on voit bien qu'il a mal, il n'arrête pas de prendre des cachets, ce qu'il veut, j'ai l'impression, c'est mourir ici, peut-être qu'il a des remords d'avoir attendu si longtemps, en tout cas, je vous répète, il a des milliards et des milliards, il n'attend rien par ici, et nous on a à gagner, il a le bras long, il connaît tout le monde, qui sait, il pourrait aider Alphonse et Adeline à se rapprocher de Faustin... »

Cette dernière idée m'était venue subitement. A l'avance, j'en pressentai l'efficacité. Le rôle majeur assigné, tacitement, aux élus de la région de Faustin ne consistait-il pas à intervenir auprès des administrations et des cabinets ministériels afin que, par le jeu des mutations, reviennent au pays ou tout au moins s'en rapprochent ses enfants exilés ? Alphonse Ajas et sa famille vivaient à Marseille. Il eût été étonnant que le gouverneur n'eût point dans ses relations le président de la S.N.C.F.

« On va réfléchir, avait prononcé Étienne.

— Si c'est juste pour nous voir, c'est pas dérangeant », s'était enhardie Josette.

La perspective d'une mutation d'Alphonse à la gare de la ville voisine avait joué à plein auprès de la mère. Du coup, Julien s'était autorisé un court soliloque, preuve que l'atmosphère s'était détendue.

« Albert, je l'ai pas connu, il était parti quand je suis né, mais j'ai bien connu Augustin, le grand faucheur, dit-il comme s'il parlait au feu, je me rappelle bien quand il est mort, c'était le lendemain de la déclaration de guerre, un lundi, le 3 août 1914... Le samedi avant, les gendarmes de Faustin étaient montés pour l'avis de mobilisation, j'avais neuf ans, le vieux Quitus n'était pas remis du fait que son fils Albert était parti avec Eugénie déjà grosse, la sœur de ma grand-mère Hortense, pourtant c'est bien lui qui les avait mis dehors, sur son lit de mort, il l'a encore maudit... A ce moment-là, Albert n'était pas encore riche, lui et Eugénie ils étaient que des domestiques... Hortense non plus elle s'en est pas remise de plus voir sa sœur, c'est vrai que c'est triste pour des jumelles... Qu'Albert ait voulu partir, moi je le trouve normal, c'est dur de vivre ici, alors, si on peut faire autre chose... Il y en a beaucoup à Faustin qui sont partis en Amérique mais eux ils sont toujours revenus pour les congés voir leurs vieux, et à la retraite presque tous se sont installés au pays... Ce qui est pas bien, c'est qu'Eugénie, tout d'un coup, ait jamais revu Hortense, c'est tout cet argent qui a dû lui monter à la tête, elle devait avoir honte de sa sœur, pourtant, elle est sortie d'ici, tout comme elle, je me souviens de ma grand-mère quand elle pleurait toute seule, qu'elle croyait qu'on la voyait pas, elle pleurait à cause de sa sœur, elle a toujours gardé sur elle une photo où elle et Eugénie étaient en communiantes, et souvent elle regardait d'autres photos aussi... C'est loin ça, maintenant... »

Ayant ainsi parlé, le vieux Julien avait continué de fixer l'âtre sans se soucier de nous. Son fils, durant le soliloque, avait hoché la tête à deux ou trois reprises. Et maintenant, il consultait sa femme du regard, l'air de dire : que faut-il faire ? Quant à moi, je n'avais pas manqué de noter une évidence : l'histoire des Faucheur-Quitus n'était nullement enfouie sous le siècle mais, au contraire, présente à l'esprit des Ajas qui n'en ignoraient rien. Tout au plus fallait-il s'assurer de ce qu'ils savaient ou non sur la suite, c'est-à-dire sur l'ascension constante et spectaculaire de la descendance d'Albert au firmament de la bourgeoisie d'affaires du deuxième après-guerre. Comme dans toutes les vieilles maisons des paysans de France, on trouvait chez les Ajas un récepteur de télévision, bien déplacé dans ce décor, posé entre d'antiques chaudrons de cuivre et l'évier, et donc il se pouvait qu'ils connussent la réputation du président, en particulier qu'ils l'aient repéré dans les médias à l'époque où il était ministre et en raison de son nom. La rêverie à voix haute de Julien m'avait facilité la tâche, il ne me restait qu'à la poursuivre en remontant le temps, à battre le fer quand il était chaud.

« Le Faucheur-Quitus qui est arrivé à Faustin est l'arrière-petit-fils d'Albert et d'Eugénie, M. Julien a raison, Albert et sa femme ont eu de la chance, ils sont entrés au service d'une riche famille de la ville qui s'est retrouvée sans enfants ni héritiers à la suite d'un naufrage alors, en récompense de leur dévouement, ils touchèrent l'héritage, une fortune, que le fils Odilon a fait prospérer, et aujourd'hui, ce Régis Faucheur-Quitus qui est si malade et qui veut retrouver ses racines, c'est l'une des personnes les plus riches et les plus puissantes de France, et même d'ailleurs. »

J'avais débité cela sur un ton volontairement détaché, neutre, morne, celui que je savais, moi, Ajas Marcellin, seul convenir pour émettre le message sans effaroucher le trio.

« On l'a vu quelquefois à la télé, avait alors concédé Josette Ajas-Impérial, avec ce nom de Faucheur-Quitus, on avait bien pensé que c'était un descendant d'Albert. »

Elle avait bravement débroussaillé le terrain. La pêche était bonne : pour les Ajas de Runac, le gouverneur n'était pas totalement inconnu. En outre, il transparaissait que le conte de fées écrit voilà plus d'un siècle par un petit paysan du coin, un voisin, qui, lui, au lieu de trimer sur les contreforts pentus, parfois gluants, du pic loumaire, avait émigré et rencontré la fortune à la ville puis à Paris, que ce conte avait marqué la vie du pays, les familles concernées, qu'il suffisait de s'y référer pour intéresser la communauté autochtone. Restait la réponse qu'Étienne ferait à ce qui, au fond, n'était rien d'autre qu'une demande d'audience du président de la Wotan. Moi qui connaissais mes compatriotes, je savais qu'elle ne serait pas simplement formulée.

Étienne s'exprima enfin : « Je ne vois pas bien pourquoi il veut nous voir, mais moi je suis pas contre, lui ou un autre, c'est pareil, pas vrai ? » avait-il ponctué en se tournant vers son père et sa femme, en quête d'approbations qui vinrent aussitôt par deux mouvements de tête. Satisfait, rasséréné, il avait répété : « Ce que je comprends pas bien, c'est pourquoi il veut me voir moi, s'il veut respirer le pays, il peut se promener là où il veut, c'est pas moi qui l'en empêcherai... C'est vrai que, d'un côté, on est un peu parents, mais c'est loin tout ça, on est quoi exactement ? Tu le sais, toi, Marcellin ? Qu'est-ce qu'on est ?

— C'est vrai que c'est loin, avais-je approuvé, justement, en venant ici j'y pensais... D'après mes calculs, son père et M. Julien seraient des cousins puisqu'ils sont des enfants de cousins germains...

— Oui, c'est ça, avait dit Josette, sûre d'elle.

— Après cousins, qu'est-ce qu'il y a ? avait insisté Étienne. Il y a quelque chose ?

— Ça, je sais pas, avais-je répondu, il faudra demander au notaire, lui il doit le savoir. »

Étienne avait longuement branlé du chef. Je pesai la légèreté, aux yeux de ces Ajas, du mobile proclamé du gouverneur : retrouver ses racines. Mobile qui, de plus, ne plaisait guère aux populations encore accrochées à ces zones de montagnes, abandonnées, en ce dernier demi-siècle, car elles avaient l'impression d'être considérées comme une curiosité folklorique, une réserve d'êtres d'un autre temps, à visiter en tant qu'ultimes spécimens d'une vie rurale disparue pour toujours. Aussi, conscient du danger, m'étais-je empressé de rappeler : « Il va mourir bientôt, alors il a eu envie de voir au moins une fois le pays d'où venait son arrière-grand-mère, si vous le voyez, monsieur Étienne, sûr qu'il vous fera peur, il mesure presque deux mètres, il est encore plus grand que M. Julien, il n'a que la peau et les os, et il arrête pas de prendre des pilules...

— S'il est si grand que ça, c'est un vrai Quitus, avait observé le vieux. Augustin, lui, il les faisait les deux mètres, quand il fauchait, les gens venaient le voir, lui et sa faux géante, et aussi il chantait, on l'entendait de l'autre côté de la vallée, je me souviens bien. Albert, lui, je l'ai pas connu mais lui aussi il était grand, presque aussi grand que son père, et mon grand-père Adrien Ajas, c'était encore un grand, c'est pour ça aussi qu'ils ont marié les jumelles Lannes, les filles les plus grandes du pays, et c'est pour ça que je suis grand moi aussi, et chez nous, les Ajas, on fauchait aussi bien que chez les Quitus, mais on se faisait moins remarquer... »

Étienne avait écouté ces paroles avec un plaisir visible.

« C'est vrai, avait-il commenté, chez nous aussi on a été des grands faucheurs, mais on était moins grands et on avait des faux normales. »

Après quoi nous avions médité un moment. Le vieux avait poussé un tison, et Josette entrepris de nettoyer l'évier. C'est Julien qui avait rompu le silence :

« Le cancer, on entend que ça aujourd'hui, partout les gens meurent du cancer, autrefois on en parlait pas.

— Avant, avait suggéré Josette, les gens mouraient d'un cancer quand même mais on savait pas que c'était un cancer. »

Nous avions approuvé en bougeant nos têtes.

« S'il veut me voir et qu'il est si malade, je peux pas lui dire non », avait lâché Étienne.

Et sa femme et le vieux d'approuver derechef.

Maintenant, le gouverneur et moi descendions de la limousine, à deux cents mètres environ de la maison des Ajas-Impérial, tandis que Cominac et Hubert avaient reçu consigne de rester à distance, dans la voiture. C'était un 1er décembre aux alentours de 11 heures. La neige était tombée toute la nuit. L'équipe municipale de Faustin venait à peine de dégager la petite route montant à Runac. De légers flocons dansaient dans l'air. Les crépitements spasmodiques provenant de la limousine hérissée d'antennes et bourrée d'équipements électroniques permettant au président de communiquer avec le monde entier créaient, en ce lieu majestueux et désolé, une forte impression d'incongruité. Le gouverneur portait un manteau de loutre noir, fourré, si long qu'il lui battait les chevilles, un de ces manteaux que j'avais observés parfois sur les hors-la-loi de westerns, que je m'étais étonné de voir sur lui pour ensuite conjecturer qu'il devait le tenir au chaud et s'adapter à la perfection à son état de grand malade. Il avait coiffé une espèce de chapka haute et cubique plus remarquable que celle de son chauffeur Hubert.

Le gouverneur s'était arrêté. Il contemplait le paysage qui s'offrait à lui, les contreforts mamelus au sein desquels avaient engendré les ancestrales Quitus femelles, et que les mâles avaient entretenus, rasés, fauchés à surhumains ahans, sans craindre les éruptions, les éjaculatoires crises du Grand Pic culminant au-dessus des Domaines et des vallées. Et c'est le Loum, précisément, qui retenait l'attention présidentielle, semblait le plus intriguer le potentat prodigue, enfin venu humer les langes ancestraux, flairer l'odeur testiculaire d'Augustin le géant quand il était temps encore, et c'est au sujet du dard de granit bleu, au bout glandulaire et fendu, qu'il posa sa première question :

« Pourquoi la neige recouvre-t-elle les épaules, le ventre et le bas-ventre du mont et pas l'extrême pointe de la cime ? Pourquoi le gland demeure-t-il étincelant et nu en dépit des épaisses tombées ?

— Il en fut toujours ainsi, président, la science ne l'a jamais expliqué, pas plus que les coulées subites des excavations purulentes de ces trois entailles que vous apercevez là-bas, au-dessous de la grosse veine, et que nous appelons les Cuns... On pense, au pays, que l'incandescence du chapeau du dard fait fondre la neige à la pointe à peine l'a-t-elle touchée, ce qui provoquerait le phénomène.

— Ah, murmura le gouverneur, comme c'est curieux, peut-être créerai-je une fondation, la fondation loumaire, afin de percer le secret de cette anomalie géologique... Qu'en pensez-vous ?

— Je ne sais, avais-je risqué, s'il est bon que les hommes pénètrent le secret du Loum, beaucoup de gens, par ici, vous diront que ça pourrait porter malheur.

— C'est possible », avait admis le gouverneur.

Puis il s'était inquiété de l'aspect désertique du lieu, de ces maisons fermées, de ces deux seules cheminées qui fumaient.

« Il n'y a donc presque plus personne ici ?

— Ces villages et hameaux de la montagne ont été abandonnés, monsieur, ils ne revivent un peu que durant les congés scolaires, surtout l'été... Les vieux encore en vie sont descendus à Faustin, chez des parents ou à la maison de retraite... Ici, à Runac, il ne reste que les Ajas-Impérial et Rieu-Chasseur, un braconnier de soixante-dix ans qui refuse de quitter sa maison malgré les pressions de ses enfants, il est vrai qu'il est solide et que, pour le moment, il s'occupe très bien de lui-même, en dehors des hippies, il est l'unique voisin de vos cousins Ajas.

— Mais alors, il n'y a plus ici ni école, ni curé... L'église que je vois là ne sert donc plus à rien ?

— Le doyen Antus, que vous avez rencontré chez mon oncle l'autre soir, y a officié pour la dernière fois il y a un an et demi environ, pour l'enterrement de la femme de Rieu-Chasseur, depuis, il ne monte ici qu'une fois par an, à Pâques, il donne la communion aux habitants qui restent... Quand ceux-ci auront disparu, Runac n'ouvrira ses portes qu'à l'occasion des congés des descendants des morts du village, peut-être que quelques-uns reviendront à leur retraite pour y mourir et s'y faire enterrer, mais ce n'est même pas sûr, Runac est trop isolé, les anciens préfèrent finir leurs jours à Faustin où il demeure encore du monde, un docteur, un pharmacien, une poignée de commerçants et surtout des gendarmes, santé et sécurité sont les principales préoccupations de ce qu'on appelle aujourd'hui le troisième âge... Pour compléter le tableau, les seuls jeunes qui vivent dans ce coin sont des étrangers, on les baptise ici des marginaux, des hippies, vous en avez là-haut, sur la bosse, au hameau de Punuseth...

— Allons voir monsieur Ajas, avait dit le gouverneur pensif, après quoi, si je ne suis pas trop fatigué, j'irai faire un tour à l'église et au cimetière. »

Et alors nous avions cogné à l'huis des Ajas-Impérial. Ils nous attendaient sur le pied de guerre. Le vieux Julien, au coin du feu, tassé sur une petite chaise, sa carcasse immense courbée presque jusqu'au sol, donnant l'impression de devoir, à tout instant, tomber dans l'âtre. Josette, plus nerveuse et affairée que jamais devant son évier. Étienne, assis à la table de chêne, ses grosses mains à plat, de la roguerie plein la figure. Évidemment, j'avais prévenu le gouverneur de l'obstacle majeur : la méfiance. Pour le franchir, il fallait convaincre les Ajas-Impérial que leurs biens ne couraient aucun danger, que la branche Quitus ne méditait pas de dépouiller ses lointains cousins de la part jadis cédée par Eugénie à Hortense. Sait-on jamais avec ces financiers dont la rapacité et l'absence de scrupules sont proverbiales ? Bien que la copie de la lettre de renonciation d'Eugénie fût certainement là, quelque part au fond d'une armoire, et son original probablement chez le notaire Dontome, lui-même petit-fils de tabellion, dont l'étude conservait en archives la plupart des actes passés en Faustinois au début du siècle, la suspicion était de rigueur. Car, comment faire accepter par ces paysans montagnards un autre mobile que l'intérêt à l'initiative extravagante du gouverneur ? Là blessait le bât. Qu'un homme aussi riche, influent, aux commandes d'opérations financières mondiales, décidât tout de go de se poser au pays de ses ancêtres, de rendre visite aux humbles descendants de la branche d'Hortense, cela apparaissait déjà plus que singulier à sa propre famille, à ses collaborateurs, à ses partenaires en affaires ; dès lors, et *a fortiori*, pourquoi les Ajas auraient-ils mieux compris ? C'est donc là-dessus que, d'emblée, le gouverneur devait mettre l'accent, s'expliquer, emporter la conviction. C'est, du moins, ce que j'avais fortement conseillé après avoir moi-même tâté le terrain lors de ma visite à Runac. Cominac et Hobé en étaient convenus. Le président avait manifesté un complet étonnement. Tenter, au moyen d'une incertaine et tortueuse procédure, de récupérer la maison, les granges, les lopins de ses aïeux, n'avait jamais effleuré son esprit. Moi qui narre aujourd'hui, je puis en témoigner. Ni lui ni Cominac n'avaient aperçu le grain de sable, pourtant aveuglant, qui, par hasard, tomba sous mon œil. Ce que voulait le président, c'était se tapir, se lover là où jadis ses aïeux avaient copulé, ahané, engendré et rendu l'âme, et aussi prié Dieu que celle-ci fût exemptée du feu de l'enfer. Au pire, racheter ces lares au double, au quintuple, voire plus cher encore, afin d'épuiser en leur compagnie ses derniers mois de vie. C'est ce que Cominac avait impliqué dans son exposé « B.C.P. » en usant d'expressions comme « en disposer » ou « stratégie de reconquête ». Au cours de l'échange de vues auquel cet aspect de la question avait donné lieu, j'avais indiqué avoir insinué aux Ajas de Runac que le président, s'il était bien accueilli, s'occuperait peut-être des Ajas de Marseille, obtiendrait leur mutation en piémont loumaire.

« Vous avez bien fait, avait commenté mon surprenant employeur, c'est, en effet, dans mes possibilités. »

J'avais gardé pour moi un fait nouveau, ne sachant s'il était raisonnable, ou simplement prématuré, de le communiquer au président. J'avais conscience que je ne pourrais le celer indéfiniment.

Au sortir de ma première visite à Runac, j'étais allé tout droit chez le notaire Dontome à qui j'avais présenté la situation et posé la question des degrés de parenté. La nouvelle du surgissement d'un Quitus à Faustin l'avait intéressé au point de m'accorder un entretien toutes affaires cessantes. La personnalité du gouverneur l'avait appâté. Les circonstances de mon recrutement provisoire l'avaient laissé pantois. Qu'un homme aussi important et lointain que le président de la Wotan-Pacific dont il détenait, lui Dontome, et à titre personnel, de nombreuses actions, fût en vadrouille entre Faustin et Runac, était apparu au notaire quasi surnaturel. Je pouvais compter sur sa discrétion, même en ce cas hors du commun, sans quoi je m'y serais pris autrement. Chacun savait au pays que Dontome emporterait dans sa tombe des secrets explosifs qui, révélés, auraient mis le village et ses hameaux à feu et à sang.

Ainsi feu Édouard Quitus, père de Régis, et Julien Ajas étaient-ils précisément cousins issus de germains utérins, puisque leur parenté procédait des femelles Lannes, des ventres des jumelles qui, en 1874, avaient porté, l'une Odilon Quitus, petit-fils du faucheur géant Augustin et grand-père du gouverneur, l'autre Gaétan Ajas-Impérial.

Voilà beau temps que les deux branches n'étaient plus liées du point de vue des lois sur l'héritage. Celles-ci ne jouent pour les collatéraux que jusqu'au sixième degré. Outre ces explications, Dontome m'avait assuré qu'il n'existait en ses archives nulle trace d'enregistrement d'une lettre d'Eugénie à sa sœur Hortense. Dès lors, si ce document dormait au logis des Ajas, avait-il seulement une valeur ? De plus, en tout état de cause, même si cette lettre avait été, en son temps, dûment enregistrée, le notaire m'avait indiqué qu'Eugénie l'ayant écrite alors qu'elle avait déjà son fils Odilon, elle ne pouvait céder à sa sœur jumelle que sa quotité disponible, à savoir la moitié de sa part. Ce qui signifiait simplement ceci : ou la lettre avait été enregistrée chez un autre notaire de la région, hypothèse hautement improbable, et en ce cas la moitié des biens d'Eugénie revenaient au président Quitus, héritier en ligne directe de son arrière-grand-mère, ou la lettre n'avait pas été enregistrée du tout et alors la part totale d'Eugénie Lannes était échue au gouverneur. Aussi inquiet que stupéfait, j'avais demandé à maître Dontome : « Cela signifie-t-il que M. Faucheur-Quitus pourrait légalement exiger de rentrer en possession et en jouissance de la moitié de l'héritage des Lannes établi dans les années 30 ?

— Bien plus, avait répondu le notaire, il y a aussi les biens des Quitus, Eugénie ne pouvait céder à quiconque les biens de son mari Albert en raison de l'existence de son fils Odilon, et au total, la situation est la suivante : en l'absence de partage entre les jumelles, la totalité de leur patrimoine est aujourd'hui en indivision entre les Ajas-Impérial et les Quitus... Par ailleurs, tout ce qui appartenait aux Quitus jadis revient à leurs descendants, c'est-à-dire à Régis...

— Que reste-t-il aux Ajas ?

— Oh, ils ne sont pas en peine : le patrimoine des Ajas-Impérial, la moitié des biens Lannes, ce qui fait beaucoup, mais pas à Runac, plutôt du côté du Mirabat et du Cos... Évidemment, ils sont bien mieux là-haut...

— Si je comprends bien, ils n'ont pas le droit d'occuper leurs maisons et de travailler leurs terres, ce qu'ils font pourtant depuis plus de soixante ans...

— Je n'ai pas tout ça en tête, mais je pourrai vous le dire, j'y serai même obligé si M. Faucheur-Quitus l'exige, il se peut qu'ils soient propriétaires de la maison où ils vivent, pour le reste, je n'en sais rien...

— S'ils apprennent ça, ils auront du mal à s'en remettre, marmonnai-je.

— Tout le monde par ici est convaincu que ces biens leur appartiennent, avait observé maître Dontome, les Quitus ont déserté le pays depuis tant de temps, mon père et mon grand-père qui ont tenu l'étude avant moi ont pensé que ce n'était pas au notaire de prendre des initiatives dans des cas comme ça, du moment que personne ne se manifeste et que tout semble dans l'ordre.

— Je ne sais que faire, après tout je ne suis pas payé pour semer la pagaille là où tout a toujours été calme, surtout que quelque chose me chiffonne beaucoup... »

Maître Dontome m'avait alors interrogé du regard.

« Je sais, avais-je poursuivi, que M. Quitus et quelques-uns de ses collaborateurs, avant d'arriver ici, ont épluché le dossier, dans ces conditions, comment ces problèmes de succession ont-ils pu leur échapper ?

— Qui vous dit qu'ils les ignorent ? » avait lancé le notaire.

Une question qui me tracassait encore quand nous nous présentâmes à Runac en ce mardi 1er décembre. Au fond, j'avais accepté mon rôle par un goût insatisfait de l'aventure. J'étais un reporter frustré. J'enviais mes confrères bourlingueurs. Je rêvais de plaies et de bosses tandis que je m'échinais dans mon bureau à écrire un commentaire littéraire et à mettre en pages les articles des autres. C'est pourquoi je m'étais réjoui de ce chambardement miraculeux que je n'attendais plus dans ma vie. Mais les considérations du notaire Dontome gâchaient mon plaisir. J'étais du pays. Ces Ajas me connaissaient depuis ma naissance. Et jusqu'alors personne n'avait jamais soulevé le problème de leurs droits patrimoniaux. Les Quitus avaient disparu du pays voilà plus de soixante ans. Des générations s'étaient succédé depuis qui ne connaissaient même plus leur nom. Aucun Quitus n'avait, en soixante années, revendiqué un droit quelconque sur ces terrains et ces granges pour la plupart abandonnés, en friche, en ruine, et ces pauvres vieilles maisons d'un autre temps accrochées aux flancs des contreforts loumaires. L'un des potentats financiers de notre monde « post-industrialisé » allait-il soudain arguer de son bon droit et réclamer sa légitime part de ce malheureux patrimoine, plonger dans une affliction cruelle de si modestes et braves gens ? Plus j'y réfléchissais, moins je concevais que l'aspect successoral ait échappé au gouverneur et à Cominac, qu'il n'ait pas figuré au fameux « Bilan-Critique-Proposition » de l'ex-énarque. En tout état de cause, j'avais décidé que je ne serais pas celui par qui le scandale et le malheur arriveraient. J'étais absolument assuré de la discrétion du notaire qui, faisant ses affaires dans la région, avait encore moins intérêt que moi à ce que cette situation s'ébruitât par sa faute. Et donc je résolus de ne pas aborder le sujet avec le gouverneur et son entourage. Par contre, si ceux-ci savaient ou apprenaient la vérité et décidaient d'en user, il ne serait pas en mon pouvoir de les en empêcher. C'est dire combien, tout en donnant le change, je me sentais contrarié quand nous entrâmes dans la maison des Ajas-Impérial. Il advint qu'à peine à l'intérieur se joua une scène qui devait, en un éclair, donner le ton et la dimension des événements dont je risque ici la narration. Julien Ajas-Impérial se leva de sa petite chaise, déployant lentement sa carcasse, et alors nous tous prîmes conscience de la ressemblance du gouverneur, de l'arrière-petit-fils d'Eugénie Lannes, et du vieux montagnard, petit-fils d'Hortense la jumelle. Une ressemblance qui ne m'avait pas à ce point frappé auparavant, qui s'imposait maintenant qu'ils étaient l'un devant l'autre, et qui, de toute évidence, les troublait eux aussi. On eût dit d'un père et d'un fils. Le président ressemblait infiniment plus à Julien Ajas que le pauvre Étienne qui, du coup, s'était levé à son tour, comprenant qu'il se passait comme un microdrame qui le reléguait au second plan.

Je fis les présentations. Le gouverneur s'avança et serra les mains. Aussitôt revenue à son évier, Josette essuya un carreau de la fenêtre et, les sourcils froncés, regarda longuement au-dehors. Sans doute voyait-elle pour la première fois une voiture comme celle du président. Manifestement, le spectacle ne lui disait rien qui vaille. D'un geste, Étienne nous invita à nous asseoir autour de la table. Ce que nous fîmes. Lui-même reprit sa place. Son père semblait hypnotisé par ce lointain neveu utérin qui lui rappelait si fort l'homme qu'il avait été vingt-cinq ans plus tôt. De son côté, le gouverneur ne détachait pas ses yeux de ce spécimen représentant le vieillard qu'il serait devenu si Dieu lui avait épargné le cancer qui trouait ses boyaux. Cette seule rencontre justifiait son expédition.

« Il me semble que nous nous ressemblons, dit le gouverneur.

— C'est ce qu'il me semble aussi, répondit Julien.

— Combien mesurez-vous ?

— Un mètre quatre-vingt-dix-huit.

— Et moi un mètre quatre-vingt-dix-sept... Nous devons tenir ces tailles de nos aïeules qui étaient elles-mêmes de très grandes femmes.

— Mon grand-père Adrien était très grand lui aussi, autant que votre arrière-grand-père Albert, un peu moins qu'Augustin qui, lui, passait deux mètres.

— Vous les avez connus ?

— J'ai connu Augustin, j'avais neuf ans quand il est mort, à la déclaration de guerre. Albert, lui, il avait déjà quitté le pays quand je suis né, mais ma grand-mère Hortense en parlait souvent. »

Ils avaient tous deux occupé la scène. J'eus le sentiment, dès ces instants, qu'ils ne la céderaient plus. Ne restaient en dehors d'eux que des personnages subalternes.

A l'exception de Josette en faction derrière sa fenêtre, toujours aussi soupçonneuse à l'encontre de Cominac, de Hubert et de leur véhicule noir immense, joyau de la technologie, farci d'antennes et aménagé en bureau présidentiel, nous étions attablés, ce qui conduisit Étienne à proposer à boire. Il était difficile d'échapper à la coutume. De plus, cette initiative permettait à notre hôte de rappeler son existence, de se rétablir dans une contenance mise à mal par les personnalités envahissantes de l'ancêtre et du visiteur.

« Buvons un verre ! » lança-t-il, ce qui suffit à rappeler Josette à ses devoirs de femme tels qu'on les concevait encore à Faustin en ce temps-là.

Elle abandonna son poste d'observation, disposa une

bouteille de vin rouge et des verres sur la table, après quoi elle regagna l'évier. Étienne entreprit de servir, en commençant par le gouverneur. Celui-ci l'arrêta du geste comme il l'avait fait chez nous dimanche soir, en disant : « Non, pas de vin pour moi, seulement un peu d'eau, s'il vous plaît. »

Josette apporta aussitôt une carafe tandis que le gouverneur sortait de sa poche un flaconnet de pilules.

« Je pense que M. Marcellin Ajas vous a prévenu, s'excusa-t-il, l'alcool m'est interdit à cause des médicaments, je suis très malade, j'ai été opéré en août dernier, mais j'ai un mauvais cancer, le chirurgien n'a pu enlever toute la tumeur parce que celle-ci s'appuyait contre la veine cave et qu'il était hasardeux de couper et gratter jusqu'au bout, en fait je n'ai qu'un répit de six ou huit mois ; le problème essentiel, désormais, c'est de savoir si on pourra maîtriser la douleur, j'espère que oui, j'ai encore quelques grosses affaires à régler, je voudrais rester valide le plus longtemps possible pour retrouver mes racines par ici avant d'y mourir... Parce que, je dois vous le dire, j'ai l'intention de mourir ici et de m'y faire enterrer, j'ai pris mes dispositions pour ça, ma famille est avertie, et M. Ajas du Loum, ici présent, veillera à ce que tout soit conforme à mes dernières volontés. »

Le gouverneur se servit un demi-verre d'eau avec lequel il avala ses pilules. Puis il se leva et se défit de son long manteau de loutre noir. Je me levai à mon tour pour l'aider. Josette vint à nous, s'en saisit et fut le suspendre à une patère dans l'entrée.

Nous nous étions rassis. Les Ajas-Impérial, remués par les paroles de leur hôte sur la maladie et la mort, ne savaient que faire et que dire. Conscient de cela, et en homme bien élevé, le gouverneur prononça : « Tout ça ne doit pas vous empêcher de boire ce vin. »

Il s'empara de la bouteille et servit lui-même le vieux Julien. Je me levai et jetai un œil vers l'extérieur. La neige retombait plus serrée. Accoudé au volant de la limousine, Hubert téléphonait. A l'arrière, Cominac agissait de même en prenant des notes. Nul n'avait ouvert la bouche après les lugubres propos du malade. Nous bûmes du bout des lèvres, même Julien, dont on devinait la perplexité profonde. Qu'est-ce que cette histoire ? semblait-il s'interroger en fixant de ses yeux écarquillés son espèce de petit-neveu utérin, pourquoi ce Quitus qui n'a jamais mis les pieds ici, pas plus que son père et son grand-père Odilon, fils d'Albert le réprouvé, y vient-il tout d'un coup pour y mourir et s'y faire enterrer ? A quoi ça peut bien lui servir ? Ça lui fera une belle jambe, à l'ancien ministre, au banquier, de pourrir ici plutôt qu'ailleurs ! N'y a-t-il pas à Paris de beaux et vastes cimetières pour ceux qui savent et qui dirigent ? Et nous, les Ajas-Impérial, qu'est-ce qu'on peut faire pour lui ? Pourtant, à tout prendre, il n'est pas si antipathique, il pourrait être mon fils et il a l'air vraiment malade, mais ces gens sont trop compliqués pour qu'on sache ce qui se passe dans leurs têtes... Qui sait ce que je serais devenu, moi, Julien, si le grand-père Adrien était parti, lui aussi, avec la grand-mère Hortense, pour la ville ou pour l'Amérique, je n'étais pas plus bête qu'un autre, et avec un peu de chance... Sûrement qu'il se disait quelque chose de ce genre, Julien Ajas-Impérial, qu'il ne pouvait s'empêcher d'éprouver, au fond de lui, un peu plus que de la sympathie pour ce parent tombé d'un ciel inconnu, comme un attachement naissant, sans compter qu'il était condamné... En même temps qu'il avait du mal à assimiler l'extrême bizarrerie de son comportement.

Le gouverneur fouilla dans la poche intérieure droite de sa veste et en sortit une enveloppe jaune non cachetée qu'il ouvrit et d'où il tira deux photographies. « Tenez, dit-il en les tendant à Julien, j'ai trouvé ça à Paris dans les archives de la famille, je ne sais pas si vous les connaissez. »

Le premier document était une carte stéréoscopique datant de l'année 1865, prise probablement par un touriste éclairé, fanatique de la photographie alors balbutiante, quelque amoureux de la nature amateur de clichés bucoliques. Il représentait un homme très grand d'environ quarante ans, doté d'imposantes moustaches à la gauloise, portant une chemise de chanvre ouverte et sans boutons, une culotte de drap du pays retroussée jusqu'à mi-mollets, les pieds nus dans des sabots de bois à pointes recourbées, avec, à la taille, une ceinture d'étoffe noire et, sur la tête, un bonnet à plis. C'était Augustin Faucheur-Quitus, l'ancêtre géant, le maître des faucheurs de Faustin au siècle dernier. Armé d'un aiguillon, il conduisait une charrette de foin tractée par deux bœufs. Et, tout en haut sur la charrette, assis en tailleur dans le foin, un garçon d'une quinzaine d'années, son fils Albert, futur arrière-grand-père du président de la Wotan-Pacific.

Sur le deuxième document, un négatif au collodion de 1873 pris à la ville, deux jeunes mariés souriants, ne se doutant pas de la belle et bonne fortune qui les attendait : Albert et Eugénie.

« Celle-là je l'ai ! » s'exclama Julien en agitant la photo de mariage. « Eugénie l'avait envoyée à ma grand-mère Hortense qui s'était mariée avec mon grand-père Adrien l'année d'avant, mais l'autre je l'avais jamais vue... Ça alors, regarde..., conclut-il en tendant la carte à son fils

Étienne, si on m'avait dit qu'à l'époque on prenait déjà des photos, surtout par ici, dans ce coin perdu, il devait pas y en avoir beaucoup, des appareils. »

Étienne prit la carte et la contempla longuement. Josette s'approcha et regarda par-dessus son épaule. D'une certaine façon, l'étranger les provoquait en exhibant un document aussi ancien et inédit. Il leur forçait la main en produisant d'emblée les preuves de ses origines, signifiant en somme : « Oubliez un instant que je suis à moi seul un centre d'influence mondial et que je mets les pieds ici pour la première fois, cela n'enlève rien à l'authenticité de ma démarche... Songez, s'ils vous voient de là où ils sont, à l'émotion qui doit étreindre Adélaïde Paloubar, brave et sainte femme d'Augustin, qui pleura secrètement, au fond de l'étable, toutes les larmes de son corps rudoyé par le labeur et qui attendit en vain cinquante années durant un signe de son cher fils Albert chassé de la maison... Et pensez aussi au faucheur géant lui-même pris de remords et qui me voit, moi, Régis Quitus, effectuer le trajet inverse de celui du fils, et qui m'entend décider de mourir et d'être enterré à Runac... »

Voilà, oui, des idées qui voltigeaient dans la maison des Ajas-Impérial et qui chargeaient l'atmosphère.

Et Julien dit soudain à sa bru : « Nous aussi on en a des photos de famille, là-haut, dans le dernier tiroir de la commode, va les chercher. »

Elle y fut, sous le regard mécontent d'Étienne qui sentait lui échapper le contrôle de la situation. Et s'il y avait un piège ? Et si le vieux y tombait à pieds joints ? Pourquoi brusquer les choses, se comporter si vite en parents, accepter si tôt un début d'intimité ? Était-il opportun de montrer ces photos à un homme assis à la table de famille depuis un quart d'heure ?

Josette reparut un tiroir dans les mains. Elle le déposa devant le gouverneur. Julien y farfouilla et finit par découvrir la photo qu'il cherchait.

« Tenez, le voilà notre ancêtre faucheur, avec son outil, il est vieux mais il tient encore debout, c'est vrai qu'il était solide, le bougre. »

C'était une photo prise en 1902 avec un Rolleiflex ou un Express Nadar. Qui était le photographe ?

« Je ne sais pas, dit Julien. En 1902, je n'étais pas né. »

On y voyait Augustin avec une chevelure blanche ébouriffée, à demi couché dans l'herbe, reposant sur son coude gauche et tenant, dressée, de la main droite, une faux cyclopéenne. Il portait une veste de drap, une chemise blanche fermée au col, un pantalon retroussé jusqu'aux genoux. Il était pieds nus dans des sabots d'où émergeaient des brins de paille.

Le visage du gouverneur avait changé. Les traits tendus, les yeux immobiles, en proie à une émotion visible, il dardait un regard un peu halluciné. Étienne et Josette eux-mêmes en paraissaient impressionnés.

Julien franchit un pas supplémentaire : « Si vous la voulez, je vous la donne, après tout, ici, vous êtes le seul Quitus. »

Et, comme s'il en avait assez fait et dit pour cette entrevue, il se leva et marcha vers la porte.

« Prenez votre cape, il fait froid dehors, conseilla Josette.

— Je vais à l'étable », grommela-t-il.

Il sortit.

L'incident avait ramené le gouverneur à la réalité. Il comprit que l'aval du fils simplifierait ses relations futures avec la famille Ajas, et donc il le demanda :

« Vous n'y voyez pas d'inconvénient ? s'enquit-il en désignant la photo.

— Non, non », répondit Étienne, pris au dépourvu.

Le gouverneur enfouit les trois photos dans sa poche.

« Quelle heure est-il ? m'interrogea-t-il.

— 11 h 35.

— Je ne me sens pas trop mal, j'aimerais bien, si c'est possible, voir la maison ancestrale des Quitus et, si je le peux, passer à l'église et au cimetière sur les tombes de ma famille. »

Cette fois, il incombait à Étienne d'assumer ses responsabilités. Le souhait exprimé par le président déboucherait, sans aucun doute, sur la question du patrimoine des Quitus. J'attendis donc avec curiosité la réaction d'Étienne. Je me pris à les plaindre, lui et sa famille, de braves et pauvres gens n'ayant jamais connu que le dur travail du petit paysan de montagne, d'autre horizon que celui des pentes engluées du Loum et sa cime obscène, soudain dérangés, inquiétés, agressés par l'intrusion interlope du maître banquier observé et redouté par la spéculation de haut vol, les caïmans de Londres et de New York, ce Quitus poussé par son cancer vers le cimetière de Runac, hameau breneux au pied du dard blessé où s'entassaient les os des mâles géants dont il descendait, en droite ligne il est vrai. Ne vivions-nous pas, en effet, sans trop l'apercevoir, quelque diablerie, ainsi que l'avaient suggéré les Ajas-Impérial lors de ma première visite ? Était-il possible d'accueillir ce petit-cousin utérin ainsi qu'on l'aurait fait pour un touriste ordinaire s'enquérant d'un bon coin à champignons ?

« La maison des Quitus », prononça Étienne, comme à contrecœur, « elle est un peu plus haut, au lieu-dit Punuseth... Mon fils Alphonse, celui qui est à la S.N.C.F.

à Marseille, l'a restaurée, sinon elle serait en ruine depuis longtemps, il y habite quand il vient pour la chasse et pour ses congés, et à côté, les anciennes granges ont été louées à des hippies, ils les ont aménagées eux-mêmes ».

C'était là une information de première importance. S'il devait y avoir conflit entre le gouverneur, héritier d'au moins la quotité disponible d'Eugénie, et les Ajas-Impérial, il porterait sur ces biens, perchés juste au-dessus de Runac, à quatre cents mètres de distance, et non sur la maison où nous nous tenions.

Le gouverneur hocha gravement la tête. Derechef, j'eus du mal à imaginer qu'il ignorait ses droits.

« Le dedans n'a pas beaucoup changé, précisa tout à coup Josette, à part les appareils dans la cuisine, un petit salon, les nouveaux meubles, les salles de bains aux étages, sinon, la grande pièce du bas elle est tout comme avant. »

Voilà qui pouvait traduire un désir de ne pas s'exposer à des reproches. Et Étienne de renchérir sur sa femme : « Il n'y a plus le lit mais l'alcôve est toujours là. »

Ces paroles, manifestement destinées à plaire au gouverneur, répondaient peut-être aussi au dessein d'obtenir son influence au profit d'une mutation de l'exilé marseillais. En tout cas, je constatai que l'atmosphère s'était imperceptiblement détendue.

« Puis-je visiter ?

— Si ça vous fait plaisir », prononça Étienne.

Il se leva et s'en fut décrocher une clef suspendue au mur d'à côté. Puis, s'adressant à sa femme : « Tu viens ? »

Elle fit oui de la tête et s'essuya les mains. Après quoi ils endossèrent leurs capes à capuchon et chaussèrent leurs sabots. J'aidai le président à remettre son long manteau noir.

La neige tombait de plus en plus vite et serrée.

« Nous avons de la chance, observai-je, ouvrant enfin la bouche, dans deux ou trois heures, Runac et Punuseth seront engloutis. »

Punuseth ! Quel nom bizarre. Une probable diablerie de plus. Une étude approfondie des noms de lieux de la région n'avait pu fournir une étymologie convaincante à Punuseth. Ce nom n'avait cessé de me tourmenter depuis que, jeune étudiant, je l'avais découvert en travaillant mon mémoire de maîtrise de lettres sur l'œuvre de James Joyce. Il était écrit, en deux mots, dans *Finnegans Wake : Ici le sèméternel des semences de lumière à vous humbles hâmes gelées gisant ès domnatoires de Defmut après la nuit de l'accomplissement de la parole de Nuèh et de la nuit de la confection des Mehs calinés, Pu Nuseth, sire les levers dans l'ultrafond de Ntamplin, simme de triomphe, parle.*

J'avais obtenu la meilleure note pour avoir proposé à ce fragment l'adaptation que voici : *ici au Loum-Lumière celui qui possède une vue subtile et non erronée de l'affaire s'adresse aux immenses masses laborieuses gisant aux portes de l'enfer après la nuit de l'accomplissement de l'engendreuse et la longue nuit de la confection soignée de l'œuvre, à toi, soleil, patron des grands surgissements magiques, merci, et maintenant œuvre, de ta cime de triomphe, parle.*

« A mes yeux, avais-je exposé au jury avide d'éclaircissements, ce passage annonce une grande narration, et celle-ci est placée sous le signe et la protection d'un Dieu semblable au Dieu-Soleil des Incas, patron des “ grands surgissements ”, et son nom est Pu Nuseth car un tel nom évoque une puissance diabolique.

— Et qu'est ce Loum-Lumière ? avait interrogé un professeur.

— C'est le nom d'un pic de mon pays qui ressemble à

un membre masculin en érection blessé, crevassé et purulent en trois endroits et dont les contreforts drûment herbagés font penser à de géants testicules, aussi l'ai-je cavalièrement introduit dans la traduction, usant en cela de la liberté verbale dont Joyce lui-même fut le génial promoteur, car Loum, en patois de mon pays, est dérivé de Lum qui signifie lumière. »

Je n'avais pas osé ajouter qu'il existait en ce pays un lieu-dit Punuseth, craignant, comme on dit, de trop charger la barque, pourtant, c'était bel et bien le cas. Au fond, il était écrit quelque part que ce minuscule et misérable pâté de maisons et de granges portant un nom si lourd de sortilèges abriterait un jour quelque drame hors du commun.

Et comme nous nous étions engagés dans le petit chemin dégagé le matin et que la neige recouvrait à nouveau, Cominac nous rattrapa, un téléphone portatif à la main, et dit d'un ton suppliant au gouverneur : « Monsieur, il faut absolument que vous preniez M. Élisée, il essaie de vous joindre depuis plus d'une heure, il a un message urgent de Caius. »

La colonne que nous formions, Étienne en tête, suivi du gouverneur, de moi-même et de Josette, s'était arrêtée.

« Quel message ?

— Caius serait disposé à payer plus cher nos actions de la CO.B.E.N.

— Combien ?

— Il ne me l'a pas dit, monsieur.

— Demandez-le-lui, faites croire que ça pourrait nous intéresser, ça donnera un répit à Anthelme, et maintenant qu'on me laisse tranquille au moins jusqu'à la fin de l'après-midi, j'aurai besoin d'une bonne sieste après le déjeuner, nous allons là-haut, ça monte un peu mais ce n'est pas très loin.

— Mme Faucheur-Quitus a aussi appelé pour prendre de vos nouvelles.

— Qu'avez-vous répondu ?

— J'ai dit que l'air de ce pays vous faisait du bien, monsieur.

— Ah, très bien, je vous reconnais là, Cominac, au surplus vous n'avez pas tort, rappelez-la et dites-lui que je téléphonerai dans la soirée. »

Cominac rejoignit la voiture.

Après un quart d'heure d'une marche lente qui convint au gouverneur, nous atteignîmes la maison natale des Faucheur-Quitus. Elle s'élevait sur deux étages, et, au deuxième, un beau balcon de bois jouissait d'une vue imprenable sur la face nord du phallus de granit. Adossée à son flanc est, une grange restaurée avait été transformée en garage. Toujours à l'est, à trois cents mètres environ, un bloc formé d'une maison et de deux granges. Là vivaient les hippies, un homme, une femme, deux garçonnets, une fillette, entourés de chiens qui aboyèrent fort en réponse à cette intrusion et que les maîtres s'efforcèrent de calmer. Ils nous observaient avec curiosité.

Avant d'ouvrir, Étienne expliqua : « Cette maison, les granges occupées par les hippies, le bois qui est au-dessus et les prés qui sont en dessous, tout ça appartenait aux Quitus, on a changé le crépi et la peinture des portes et des volets, on a fait le garage à côté, dans le grenier à foin du deuxième étage on a fait des chambres pour les enfants, sinon l'apparence est restée la même, mon père vous le dira, je crois qu'il a vu ici Augustin sur son lit de mort. »

Ce disant, il avait désigné d'un coup de menton Julien Ajas-Impérial qui, à son tour, montait à Punuseth.

« On va l'attendre avant d'entrer, dit le gouverneur, comme ça, je reprendrai mon souffle. »

Quand Julien fut parmi nous, Étienne ouvrit, entra, et nous tous à sa suite. Josette poussa les volets du rez-de-chaussée. Tant d'empressement me renforça dans l'opinion qu'en échange de leur coopération ils demanderaient sûrement un geste du président en faveur de leur fils Alphonse.

« Hein, papa, que ça n'a pas beaucoup changé ici depuis Augustin ? lança Étienne.

— C'est-à-dire, intervint Julien, qu'ici la pièce est comme avant, ça c'est vrai, mais c'était pas arrangé pareil. »

Le gouverneur s'assit sur la chaise la plus proche de lui, disposée contre le mur à côté de l'entrée, ce qui rappela sa maladie et alluma de la gêne dans l'œil des uns, de la compassion dans celui des autres. Il encouragea Julien à poursuivre.

« Là-bas, dans le coin, à la place du canapé et des fauteuils, il y avait le grand lit des Quitus, dit-il en pointant son aiguillon sur le salon, je me souviens comme si c'était hier, c'est là que je l'ai vu mort, tout raide et tout blanc dans son habit du dimanche et avec des pantoufles noires aux pieds, et à côté, appuyée contre le mur, il y avait sa faux de géant, avant de passer il avait voulu la voir, ah ! c'était quelque chose, lui couché, la faux debout, moi j'étais petit, j'avais neuf ans, j'étais venu avec ma mère, ça me faisait peur, la mort d'Augustin ç'a été le commencement des malheurs de Runac et de Punuseth. Il y avait beaucoup de jeunes par ici, tous ceux qui avaient vingt ans et qui étaient juste mobilisés, ils étaient venus voir Augustin le géant et sa faux terrible contre le mur, les pauvres, il y en a seulement deux qui sont revenus de la guerre, les autres ils ont été tués ou ils sont morts de la grippe espagnole, et, quand j'y pense, son fils Albert, en 1914, à ce qu'on a dit il était déjà riche, il avait hérité de ceux chez qui lui et sa femme Eugénie ils s'étaient placés, il a été averti par ma grand-mère Hortense que son père le faucheur était mort, il est pas revenu l'enterrer, c'est vous dire qu'il a jamais pardonné à son père de l'avoir mis à la porte, ah oui ! je le revois bien ici, dans ce coin, et aussi je me souviens de l'enterrement, j'étais enfant de chœur, c'est pas que je croyais beaucoup, je comprenais pas, mais ma mère elle y tenait, elle était fière de me voir servir la messe, et ce jour-là tout le pays était excité à cause de ces deux événements, la mobilisation et la mort d'Augustin le faucheur géant, il y avait du monde partout ici, il y en a qui étaient montés de Faustin, la petite église d'ici elle avait pas pu contenir tout ce monde, et pour porter le cercueil il avait fallu huit hommes, et derrière il y en a un qui portait sa faux, c'était pitié de voir qu'il avait fini sa vie tout seul après avoir tout commandé dans le pays, sa femme Adélaïde elle était morte bien avant lui, de chagrin on avait dit, de plus revoir son fils. Son frère Paul, lui, Quitus-Lépétit, il était mort jeune et sans famille, et Augustin, c'est le grand-père de Pol de Boucher, un de Runac qui habite aujourd'hui à la maison de retraite de Faustin, qui l'avait trouvé un matin devant l'étable, là où il y a le garage maintenant, il était couché sur le côté, plié en deux, mais il pouvait encore parler ; quand le docteur est venu de Faustin, il était mort, on a dit que c'était le cœur… »

Julien Ajas-Impérial s'assit à son tour. Tout au long de cette soliloquée remembrance, placé légèrement en retrait, j'avais étudié le visage du gouverneur et constaté comme une absence due à une fascination extrême. Il n'avait pas quitté des yeux ce coin désigné par Julien où, jadis, se trouvait le lit de mort d'Augustin.

« Que sont devenus ce lit et cette faux ? » demanda-t-il.

A ces mots, les trois Ajas levèrent les yeux au ciel. Ils n'en avaient sans doute aucune idée. Je notai, cependant, une nuance dans les expressions. La question avait ramené un nuage de méfiance sur les visages de Josette et d'Étienne, tandis que Julien regardait le gouverneur avec un étonnement intéressé.

« Le lit, on le retrouvera pas facilement, dit-il, à une certaine époque, des marchands de la ville ont visité toutes nos maisons par ici pour acheter un bon prix nos meubles de paysans, beaucoup ont vendu, il y avait dans cette pièce, en plus du lit, un saloir, un grand buffet et une longue table, tout ça a été vendu à peu près dans les années 60.

— Par qui ? » interrogea brutalement le gouverneur.

Cette fois, Julien lui-même fut déconcerté.

« Par mon père Gaétan, la maison n'était plus habitée depuis longtemps, les meubles moisissaient sur place, pour nous ils valaient pas grand-chose, on a été contents de les vendre si bien. »

Cette question un peu agressive du gouverneur avait créé une ambiance désagréable. Les Ajas s'attendaient sûrement à son complément inévitable : « De quel droit ? » Le gouverneur s'en dispensa. N'empêche que, cette fois, je n'en doutais plus : le président se réservait la possibilité, si on l'y obligeait, d'exhumer les droits patrimoniaux légaux des Quitus.

« Et la faux ?

— La faux ? répéta Julien qui semblait avoir correctement encaissé le coup, des faux comme les siennes on n'en fait plus depuis longtemps, elles sont trop grandes et trop lourdes, mon fils fauche avec une faux d'aujourd'hui, plus courte, plus légère, sans talon, achetée à la foire de Faustin, moi j'ai l'habitude des miennes, je continue avec, et puis je fauche plus comme avant, les faux d'Augustin elles ont dû être vendues aussi, ou alors elles traînent quelque part, il faudrait chercher. »

Le gouverneur opina lentement par des mouvements de tête. Il demeura silencieux une longue minute. Allait-il revenir, insister sur ces meubles et ces faux vendus ?

« Vous voulez voir là-haut ? proposa Josette que ce silence devait insupporter.

— Là-haut ? C'est là, m'avez-vous dit, qu'on mettait le foin ?

— C'est-à-dire, répondit Julien, qu'au premier il y avait une chambre et une pièce pour les grains, et au-dessus, le grenier à foin, les bêtes étaient tout à côté et on leur jetait directement le fourrage de là-haut dans les râteliers par une trappe qui a été fermée mais elle existe toujours. »

Le gouverneur réfléchit.

« Non, décida-t-il enfin, ce qui m'intéresse c'est le bas, et puis je dois garder des forces, j'aimerais faire un tour à l'église et au cimetière. Merci de m'avoir montré la maison de mon ancêtre Quitus. »

Il se leva. Julien fit de même. Josette referma les volets et Étienne la maison. Nous nous retrouvâmes dehors, face au Loum tout blanc de neige à l'exception étrange du bout du dard où elle fondait instantanément à cause de l'inflammation de l'épine. Les hippies étaient aux fenêtres. En bas, Cominac et Hubert s'étaient enfermés dans la limousine en bonne partie enfouie sous la neige. De là où nous étions, nous percevions les borborygmes de conversations radiotéléphoniques. Il me parut déraisonnable de visiter le cimetière sous ce temps-là. Qu'y verrait-on ? Mais je n'osai livrer ma pensée au président. De toute façon, j'éprouvais que rien n'était très raisonnable dans cette histoire qui avait débuté au soir du premier dimanche de l'avent. Je compris que ce premier contact avec l'ancienne maison des Quitus avait fomenté des spéculations dans la cervelle du gouverneur et qu'il ne tarderait pas à me transmettre des instructions.

Nous redescendîmes prudemment, à petits pas, moi tout contre mon patron, prêt à enrayer le moindre faux pas. Julien Ajas-Impérial était, d'évidence, plongé dans d'importantes ruminations. Son fils et sa belle-fille semblaient toujours aussi dépassés et, depuis les questions au sujet des meubles et de la faux, renfermés dans leurs coquilles fugacement entrouvertes.

Cominac jugea bon de s'extirper du véhicule présidentiel de manière à prendre sa part des intempéries, marcha à notre rencontre et annonça au gouverneur : « Le président Caius vous appellera à 16 heures à l'hôtel.

— Très bien, dit le gouverneur, nous allons à l'église et au cimetière. »

Qui était Caius ? Je l'ignorais alors. Il s'agissait de l'un des hommes d'affaires et de finance les plus entreprenants de cette fin de siècle, et c'est lui qui s'attaquait à la Compagnie bancaire d'Europe du Nord, avec une audace et une violence inouïes. Or, la Wotan-Pacific, non seulement détenait des intérêts dans la CO.B.E.N. mais entretenait avec son président M. Anthelme de très anciennes relations d'amitié. Aussi M. Faucheur-Quitus avait-il volé au secours de son vieux compagnon alors que, d'après ce que je compris plus tard, du strict point de vue des intérêts de la Wotan, d'aucuns chuchotaient, dès le début des opérations, c'est-à-dire à peu près à l'époque où le potentat cancéreux apparut en piémont loumaire, que cette résistance ne s'imposait pas. Le président de la Wotan eût mieux fait d'accepter une certaine prise de contrôle de la CO.B.E.N. par M. Caius plutôt que de s'y opposer au prix fort. On aura saisi que les actionnaires et l'entourage du gouverneur étaient pour le moins divisés. C'est pourquoi Caius tentait, par tous les moyens, avouables ou non, d'amener Faucheur-Quitus à un renversement d'alliance. Ces quelques lignes suffiront à fixer la toile de fond sur laquelle se déroula l'histoire des onze derniers mois de la vie du président de la Wotan. Les partisans d'un fructueux compromis avec Caius, tant au sein du groupe financier qu'au-dehors, ne manquèrent pas d'exciper de l'étrangeté, pour ne pas dire plus, du comportement du gouverneur pour monter contre celui-ci une partie des actionnaires. Ils ne ménagèrent ni effets ni mises en scène. Et moi qui n'ai jamais entendu grand-chose aux secrets et arcanes de la vie financière mondiale, il me fut donné d'assister à des spectacles que je ne me priverai pas de rapporter, aujourd'hui que je suis à l'abri de la prescription.

La porte de l'église n'était pas fermée à clef. Ce n'était pas la première fois que j'y mettais les pieds. Mes parents et moi nous avions été, autrefois, souvent invités à des baptêmes et communions par des familles amies, comme celles des Boucher, des Kandal, dont les maisons, désormais, restaient fermées la plus grande partie de l'année dans l'attente que les descendants viennent en vacances les rouvrir pour quelques semaines. Nous avions aussi assisté à plusieurs enterrements. Nous nous étions tous signés en pénétrant dans la petite nef. Le gouverneur avait même esquissé une génuflexion, à notre surprise car nous ne l'avions pas imaginé si pieux. J'appris ensuite qu'il était membre d'une association de patrons chrétiens, un centre de réflexion chargé de concilier les enseignements des Évangiles et les rudes impératifs de la guerre économique : rentabilité du capital, productivité, restructurations, reconversions, mobilité de l'emploi. Régis Faucheur-Quitus passait pour une figure de proue de cette noble institution. Il allait à la messe et communiait chaque dimanche, priait deux fois par jour, ainsi qu'il l'avait, à maintes reprises, déclaré à des journalistes dans des interviews que je devais discrètement et facilement me procurer afin de le mieux connaître. Cette dévotion ne l'empêchait pas de siéger à de multiples conseils d'administration, de gagner en un mois sept à huit fois le salaire annuel d'un ouvrier ou d'un employé, ce dont il s'accommodait en expliquant : « Ma volonté n'est pas de changer le monde d'un coup de baguette magique mais de faire comprendre, tant à mes confrères patrons qu'aux millions de salariés qu'ils dirigent, que la création de richesses dans un système d'économie libérale peut et doit bénéficier au plus grand nombre, et, pour tenter de démontrer cela, je ne puis m'habiller en haillons, ni circuler en Mobylette, ni manger à la soupe populaire, car alors je ne serais crédible ni auprès des uns ni auprès des autres... Avant de répandre la bonne parole, je dois faire la preuve que je suis, moi aussi, capable de réussir en appliquant les règles ordinaires du capitalisme, si j'avais voulu enseigner directement les Évangiles, je serais devenu prêtre, ce qui, d'ailleurs, a failli arriver. »

« C'est donc là que vous avez été enfant de chœur, murmura le gouverneur à l'intention de Julien.

— Oui, la sacristie est là-bas, à gauche. »

Le gouverneur avança de quelques pas.

« Et l'enterrement d'Augustin Quitus a eu lieu ici ?

— Bien sûr, tous les gens de Runac étaient enterrés ici, à l'époque il y avait du monde. »

Le gouverneur continua, comme s'il se parlait à lui-même :

« Et le catafalque était dressé ici, dans l'allée centrale...

— Oui, on le montait la veille, précisa Julien. Un étage seulement, on mettait des grands chandeliers en bois noir et blanc, des gros cierges dedans, et sur la planche du dessus on posait des petits chandeliers... Pour les enterrements de première classe le catafalque avait deux étages... Partout, derrière l'autel, sur les murs, sur le catafalque, il y avait des tentures noires avec des franges d'argent, en haut, le lustre était allumé, et aussi les chapelles de la Vierge, de saint Jacques de Compostelle et de saint Antoine de Padoue... Autour des cierges de l'autel on attachait un morceau de crêpe noir, et sur l'autel, à gauche, il y avait des têtes de mort appuyées contre les bougeoirs, six têtes de mort, et à droite une photo du mort... Le curé avait une grande cape noir et argent... Pour un enterrement de première classe c'est la grosse cloche qui sonnait le glas, et nous, les enfants de chœur, on accompagnait le curé chez le mort, et là, je me rappelle bien, il chantait le *De Profundis*... En revenant à l'église avec la famille et les voisins, il chantait le *Miserere*, et quelquefois les femmes chantaient avec lui, et même à une époque, après la guerre de 14, il y a eu un grand chanteur ici à Runac, le père de Rieu-Chasseur, il avait une belle voix... Au cimetière, on chantait *Requiem Aeternam*, et ça on le savait, le curé nous obligeait à l'apprendre et tout le monde suivait sur le livre, le curé chantait *Requiem Aeternam dona ei Domine*, et nous et les femmes on répondait : *Et lux perpetua luceat ei*... Ah, c'est loin tout ça... »

Le président de la Wotan, maigre, interminable, blafard, de noir vêtu, comme pétrifié par quelque vision, ressemblait à un personnage du sculpteur Giacometti et paraissait hypnotisé par le transept. Julien Ajas-Impérial, revenu de ces années lointaines, manifesta qu'il n'avait plus du tout envie de s'attarder en ce lieu.

« Bon, grogna-t-il, moi je sors, il fait plus froid ici que dehors, et si vous voulez voir quelque chose au cimetière, il vaut mieux y aller tout de suite à cause de la neige. »

Le gouverneur se tourna vers lui et dit : « Vous avez raison, monsieur Julien, allons-y. » Nous nous retrouvâmes donc au cimetière, qui jouxtait l'église, et les Ajas nous menèrent au tombeau des Quitus. La neige le recouvrait mais les noms inscrits sur la stèle étaient lisibles. Celui d'Augustin figurait au dernier rang. Après lui, aucun Faucheur-Quitus n'avait été inhumé là. Albert et sa lignée reposaient loin de cette montagne aux gluantes crevasses, à Paris, au cimetière huppé de Passy. Avant Augustin, sa femme Adelaïde (1830-1905), et des Quitus du temps de Napoléon. Le gouverneur, l'esprit on ne savait où depuis qu'il visitait ces lieux, posa cette question : « Sait-on s'il reste de la place dans ce tombeau ? »

Nous nous consultâmes du regard. Voulait-il s'y faire inhumer ?

« Nous, on peut pas le dire, répondit Étienne, c'est la mairie de Faustin qui est maintenant responsable de l'église et du cimetière de Runac, il faudra demander à M. Canitreille, le secrétaire de mairie, il saura vous renseigner.

— C'est pas sûr, observa Julien, il connaît Faustin

par cœur mais le cimetière de Runac, comment il pourrait savoir ?

— A Faustin, ils ont les registres de Runac, il y aura qu'à compter les morts chez les Quitus.

— De toute façon, dis-je, M. Faucheur-Quitus étant le seul descendant de la lignée, en dehors de ses propres enfants, il pourra toujours demander une ouverture du tombeau. »

Une brusque inspiration m'avait jeté à l'eau. Je redoutais une éventuelle accusation de double jeu dans le cas où un conflit quelconque opposerait les Ajas-Impérial au président, je ne voulais pas y prêter le flanc et passer pour un traître dans mon pays, je préférais donc lever le lièvre avant, tout au moins tâter le terrain en rappelant que le gouverneur possédait des droits en qualité de descendant Quitus, et je suggérai que ces droits pourraient, en toute légalité, s'appliquer à autre chose qu'au tombeau de famille. Ce qui, j'en eus la conviction, n'échappa à personne.

« C'est pour ça que j'ai donné les photos », prononça Julien, en apparence tout heureux d'avoir discerné le fait avant son fils et sa belle-fille.

« Et là, je suppose, c'est le frère d'Augustin Quitus, qui est mort jeune », dit le gouverneur en désignant une dalle à côté du tombeau : Antoine Quitus-Lépétit-1828-1865. « J'aimerais bien savoir pourquoi il n'a pas été enterré dans le caveau de famille, marmotta-t-il.

— Quand j'étais gosse, j'avais entendu dire qu'il ne s'entendait pas avec la famille, qu'il était parti vivre seul du côté du Loum, il braconnait, il faisait de la contrebande. »

Ayant dit, Julien s'éloigna vers un autre caveau, sis à une trentaine de mètres. Étienne et Josette lui emboîtèrent le pas. Nous les vîmes se recueillir et nous comprîmes qu'ils honoraient là les défunts de la famille Ajas-Impérial. Aussi, par respect de nos hôtes, marchâmes-nous d'un même élan dans leur direction. Nous ne repartîmes qu'après que le vieux Julien en eut donné le signal.

Comme nous longions le jardin de Rieu-Chasseur pour rejoindre la limousine, nous entendîmes soudain des tintements. Le gouverneur s'arrêta net à la façon d'un chien de chasse.

« Qu'est-ce qu'on entend ?

— C'est Rieu-Chasseur qui pique une faux, expliqua Julien.

— Il pique une faux ?

— Avec un marteau, il faut la taper pour refaire le tranchant ; quand il a trop servi on peut plus l'aiguiser avec la pierre, alors il faut piquer. »

Les tintements provenaient d'une grange mitoyenne de la maison de Rieu-Chasseur, configuration en tout point semblable aux autres maisons de Runac. Le gouverneur parut nous oublier, se dirigea péniblement, à cause de la neige, vers cette grange et regarda à l'intérieur par une petite fenêtre vitrée. Le sachant fatigué, inquiet de la neige qui nous montait jusqu'à mi-mollets, je parcourus, moi aussi, la cinquantaine de mètres qui nous séparaient de la maison de Rieu-Chasseur. Je vis le vieux contrebandier, assis à même le sol de terre battue, la lame d'une faux posée en travers sur ses genoux, le tranchant reposant sur une enclumette fichée dans la terre. Il tenait un marteau à masse légèrement convexe et, les yeux écarquillés de surprise, il fixait la tête du gouverneur qui s'encadrait dans la fenêtre. Il faut avouer que ce pauvre Rieu-Chasseur, vivant seul depuis la mort de sa femme, plus proche du gros gibier de montagne que des gens, grand ennemi des hippies devant l'éternel, n'avait guère l'habitude de ce type d'apparition. Quand il m'aperçut aux côtés de l'intrus, il sembla rassuré. Il écarta la lame, laissa là son marteau et entreprit de se lever.

« Non, non ! s'écria le gouverneur, ne vous dérangez pas ! »

C'était trop tard. Rieu-Chasseur ouvrait la porte. Les Ajas-Impérial s'approchèrent alors et Julien, qui connaissait le caractère sauvage de son voisin, prit aussitôt la parole : « Ce monsieur, qui vient de Paris, visite Runac et Punuseth, quand il a entendu que tu piquais, il a voulu voir. »

Rieu-Chasseur hocha la tête, l'air de dire : ah bon, c'était ça...

« C'est l'arrière-petit-fils d'Albert Quitus, celui que le faucheur avait mis dehors après la guerre de 70, et d'Eugénie, la sœur jumelle de ma grand-mère Hortense. »

Rieu-Chasseur en resta bouche bée.

« Il paraît que votre père avait une très belle voix », dit le gouverneur, démontrant ainsi qu'il n'avait pas perdu une miette du récit d'Ajas-Impérial et, du même coup, créant un effet de surprise générale. Moi-même, je n'avais plus ce détail présent à l'esprit. Devant l'ébahissement du braconnier, son aîné et complice Julien expliqua : « Je lui ai raconté des choses d'autrefois, la messe, les enterrements...

— Excusez-nous de vous avoir dérangé, dit le gouverneur quand j'ai entendu ces tintements, ça m'a fait quelque chose, j'aimerais bien qu'un jour vous m'appreniez à piquer une faux comme le faisaient mes ancêtres, au revoir monsieur Rieu. »

Nul, ce jour-là, n'attribua une importance particulière

à ces paroles du président. *A fortiori* ne se douta qu'elles étaient grosses des prémices de fauchaisons délirantes.

Menée par Étienne, qui ne cachait plus le malaise à lui causé par cette matinée impalpable, la colonnette s'ébranla vers la voiture. Le gouverneur, qu'on devinait maintenant très las, salua les Ajas, les remercia de leur accueil et des photos, promit de revenir bientôt, puis, aidé par Cominac, il s'engouffra dans la voiture. Nous l'y suivîmes, moi à côté du chauffeur, Cominac à côté de son patron. A peine installé, Hubert lui tendit un téléphone. C'était le ministre français des Finances. Une conversation agitée s'engagea. J'en déduisis que la décision du président de la Wotan de soutenir un certain Anthelme, président de la CO.B.E.N. contre l'agression de Caius, n'était pas du goût du gouvernement. Je n'eus pas le loisir de surprendre longtemps les secrets d'État. Les pneus de la limousine dérapaient sur l'épaisse couche de neige. Cominac et moi dûmes descendre. Ensuite, quérir l'aide des Ajas et de Rieu-Chasseur. Au grand dam de celui-ci, il fallut mobiliser par surcroît les hippies qui avaient des idées et deux forts chevaux. Grâce à eux, la limousine put gagner une portion de route, elle aussi enneigée mais goudronnée. Hubert, dans le louable but d'amener le président à pied d'œuvre, juste devant la maison des Ajas-Impérial, s'était garé sur un terre-plein bourbeux. Nous ahanâmes et manigançâmes un bon quart d'heure durant lequel Régis Faucheur-Quitus parla avec nombre d'interlocuteurs français, belges, italiens, anglais et américains. Les chevaux ayant secouru la limousine, Cominac et moi reprîmes nos places.

Le gouverneur émit ce commentaire : « Finalement, ces hippies sont des gens très serviables. »

Après quoi il avala ses pilules et resta immobile, les yeux ouverts, la nuque raide, silencieux, jusqu'à Faustin.

Au soir de ce mardi 1er décembre, le gouverneur me manda dans sa chambre, et voici, en substance, ce dont je me souviens qu'il me dit : « Je souhaite m'installer à Punuseth dans la maison de mes ancêtres Quitus... De plus, vous avez remarqué, comme moi, et d'ailleurs vous le saviez, qu'en dehors de celles des Ajas et de Rieu-Chasseur, toutes les autres maisons de Runac sont fermées, cela dix ou onze mois sur douze, mais elles semblent entretenues, reconverties en résidences secondaires soit par les descendants, soit par des étrangers amateurs de pêche et de chasse qui se sont rendus acquéreurs, aussi doit-il être possible, en y mettant le prix, d'en louer deux pour loger à mes côtés mes collaborateurs et l'entourage qui m'est indispensable, qui arrivera ici dès que je pourrai l'accueillir... Il s'agit d'une infirmière qui m'est attachée depuis mon opération, de ma cuisinière et du valet de chambre qui s'occupe de moi depuis trente ans... Je vous serais reconnaissant de régler au plus vite ces problèmes d'intendance, et, comme je n'en méconnais pas les difficultés, je vous nantis de deux atouts maîtres : d'abord, sachez que, volontairement, Cominac et moi-même nous ne vous avons pas tout dit au sujet de ma situation dans ce pays, en réalité, je suis tout bonnement propriétaire du patrimoine Quitus que je tiens directement de mon arrière-grand-mère Eugénie morte en 1936, sept ans après son mari Odilon, et qui possédait seule non seulement la totalité des biens des Quitus mais la moitié de ceux des Lannes, sa famille, l'autre moitié revenant à sa sœur jumelle Hortense, la grand-mère de l'excellent M. Julien...

« J'ai vérifié qu'il n'existait aucun document enregistré dans les études de la région de nature à modifier cette situation et, quand bien même il y en aurait un dans quelque étude lointaine, un tel document ne changerait que peu de chose à ce que je vous ai décrit... De cela, je n'ai pas voulu vous parler au départ pour la raison que je ne vous connaissais pas et que je ne voulais pas apparaître comme un étranger arrogant, revendicatif, car, est-il besoin de le préciser, je ne nourris aucun dessein d'appropriation des biens de Runac, de Punuseth, de Faustin ou d'ailleurs... Mon intrusion ici n'est que provisoire, la mort, bientôt, y mettra fin, les raisons de mon attitude ne concernent que moi, je n'ignore pas qu'on commence à en sourire voire à s'en apitoyer ici ou là, et je ne serais pas étonné que quelques-uns, dans mon milieu d'affaires, en fassent des gorges chaudes et tentent de l'exploiter, mais je saurai y répondre... Pour l'heure, ce que je souhaite, c'est m'installer à Punuseth, faire venir à Runac ceux dont j'ai besoin, y recevoir ma famille, si possible dès les fêtes de Noël, et de cela je vous charge, avec, si nécessaire, l'autorisation d'exercer une pression sur les Ajas en faisant allusion à mon bon droit... Ensuite, informez-les de mon intention d'intervenir en faveur de leur fils de Marseille et de payer grassement un loyer alors que rien ne m'y oblige... N'omettez pas de proposer des dédommagements financiers exceptionnels à ceux qui accepteraient de me louer leurs maisons de Runac pour l'année, après quoi nous déciderons rapidement des aménagements à apporter... Par exemple, je veux que soit reconstitué le rez-de-chaussée de la maison Quitus, avec un grand lit d'autrefois semblable à celui d'Augustin où je coucherai, une table, un buffet, mais, de cela, nous aurons l'occasion de reparler... Allez, soyez diligent, monsieur Ajas, mon vœu est que tout se passe en douceur, je ne suis pas venu ici pour embêter les braves gens mais pour vivre mes derniers mois comme j'en ai envie. »

Ce soir-là, je rentrai chez moi fixé. Ce que j'avais subodoré s'était vérifié : le gouverneur connaissait très bien ses droits. Un instant, j'avais hésité : devais-je lui révéler ma petite enquête prouvant mon esprit d'initiative et ma capacité d'anticipation ? Finalement, j'avais préféré me taire, craignant qu'il ne me prenne pour un intrigant manigançant à son insu, capable de retenir par-devers lui des informations précieuses. Par ailleurs, j'avais la conviction que le gouverneur n'avait pas improvisé ces instructions précises, que son idée de s'installer dans la maison de ses ancêtres préexistait à sa visite à Runac et je compris mieux le pourquoi de mon recrutement. Seul un homme du pays, familier de ses habitants et de ses usages, point trop sot, avait des chances de réussir cette opération étrange, burlesque, cavalière, consistant à exprimer tout de go des *desiderata* impérieux, attitude propre aux riches, aux puissants personnages persuadés que tout s'achète pour avoir passé leur vie dans le monde de l'argent, des O.P.A., des « tours de table » : les marquises, les courtisanes, les blasons, les diplômes de résistance à l'ennemi, un pan du manteau de saint François d'Assises, *a fortiori* les lopins et les oripeaux des pauvres gens quand, d'aventure et au gré d'une pulsion ou d'une fantaisie, ils en décident ainsi. Dans le cas du gouverneur Quitus, il convenait de nuancer le tableau. L'homme allait mourir, et, au fond, à Punuseth il avait quelque droit de se sentir chez lui. Rétrospectivement, les événements précipités des jours précédents m'apparaissaient bien moins loufoques. J'offrais un « profil » idéal : enfant de paysan né au pied du Loum, dégrossi par dix-neuf années de journalisme. Une aubaine. Habitué à juger les hommes, le président de la Wotan-Pacific ne s'y était pas trompé.

Dès le lendemain, je me mis à l'ouvrage. Avec les Ajas, je fus direct, sincère, apaisant aussi. En échange d'une mise à disposition du gouverneur de la maison de Punuseth, ils obtinrent, d'une part un acte de donation en bonne et due forme, contresigné, à tout hasard, par les enfants du président, en foi duquel après la mort de Régis les biens Quitus et Lannes reviendraient, légalement cette fois, aux Ajas-Impérial, d'autre part la mutation d'Alphonse dans l'année à la grande gare de la capitale de la région.

Contrairement à ce que j'avais imaginé, la question de savoir si l'étrange perturbateur n'était pas, en fait, le seul et légal héritier du patrimoine des Quitus et de la moitié de celui des Lannes, s'était posée et avait été débattue au sein de la famille Ajas. Le vieux Julien avait le premier assuré que la lettre d'Eugénie à Hortense que l'on était allé quérir dans le tiroir de l'armoire, que l'on avait examinée sous tous les angles, non enregistrée chez un notaire n'avait aucune valeur. Ils en avaient conçu angoisse, révolte, nervosité, et s'étaient préparés à en discuter durement avec leur illustre et lointain cousin utérin.

Et voilà que ma proposition résolvait leur problème. A y réfléchir bien, avais-je exposé en substance, ce Quitus, en digne représentant de sa race, était un original. Il voulait finir ici sa vie, dormir et mourir dans un lit en tout point semblable à celui du géant Augustin, se faire enterrer dans le cimetière de Runac. Pourquoi pas ? Au total, tout cela s'avérerait d'un rapport excellent : de l'argent, des terres, Alphonse de retour au pays.

L'affaire fut conclue. Mon ami Rofépi, entrepreneur en bâtiment local, excellent artisan, détruisit le garage de la maison de Punuseth, le remplaça par une salle de bains et une chambre, avec l'accord des Ajas et sur les plans du gouverneur. Il remit la cheminée du rez-de-chaussée aux dimensions d'autrefois sur les indications de Julien. Les hippies, bien payés, divertis par cette agitation, prêtèrent la main aux travaux. Ceux-ci furent terminés le lundi 21 décembre, deux jours après le quatrième dimanche de l'avent. Ils avaient duré trois semaines. Au terme de recherches patientes et judicieuses, Julien Ajas, mué en conseiller technique du passé, et moi, nous avions déniché un lit paysan authentique, énorme et massif, du début du siècle, une table, un buffet, un saloir, des chaises, et nous aménageâmes le rez-de-chaussée à la satisfaction émue du président Quitus. Désormais, la maison était prête à accueillir sa famille à la Noël. En bas, logerait le gouverneur. A ses côtés, la salle de bains toute neuve et, la jouxtant, la nouvelle chambre destinée à sa femme, la baronne Agnès née Afardo. Au premier étage, les deux chambres et la salle de bains déjà existantes seraient réservées au fils du gouverneur, Victorien Faucheur-Quitus, à sa femme Gabrielle née de la Crouzette, à leurs enfants Serge et Pauline, âgés de huit et dix ans. Au-dessus, là où jadis il y avait le grenier à foin, s'installeraient la fille du gouverneur, Julie, son mari Hubert Pouligny d'Indre, leurs enfants Véronique et Salomé, onze ans et neuf ans. Le gouverneur tenait à ce que, l'année de sa mort, la dernière fête de Noël se célébrât à Punuseth. Il nous l'avait déclaré à Cominac et à moi, tout en précisant : « Ma famille est surprise, mais au moins, ce Noël-là restera, pour eux, impérissable. »

J'avais aussi réquisitionné deux maisons à Runac appartenant aux gens que je connaissais le mieux et que je savais plus souples que d'autres. Le Kandal, vivant à la maison de retraite de Faustin, et Pol de Boucher, lui aussi retiré à Faustin mais dans une pension de famille. L'entente avec les Ajas-Impérial avait frayé la voie aux rumeurs. Il s'était déjà répandu qu'en échange de peu de chose, se plier aux fantaisies de ce riche descendant Quitus rapportait de substantiels avantages tant en argent qu'en obtention d'aides et d'appuis de toutes sortes. Aussi, les enfants du Kandal et de Pol de Boucher, contactés dans leur exil urbain, ne s'opposèrent pas à ce que ces maisons fussent louées au prix fort à ce potentat à leurs yeux excentrique. Certes, cela les rendait inutilisables pour les vacances de Pâques et d'été mais ils se logeraient toujours chez quelque cousin. Le 23 décembre en fin d'après-midi, le valet Aquelbuquer, l'infirmière Agrone et la cuisinière Isidora arrivèrent à Runac et prirent leurs quartiers dans la maison du Kandal. La veille, Cominac, Hubert et Hobé avaient emménagé dans celle de Pol de Boucher. Runac reprit vie. Le gouverneur eut à cœur de pendre la crémaillère. Il invita en son nouveau logis tous ceux qui, de près ou de loin, avaient joué un rôle dans son installation. Ainsi furent réunis à midi dans le vaste espace du rez-de-chaussée remis en son état originel, les Ajas-Impérial, Rieu-Chasseur, le Kandal, Pol de Boucher, les hippies, Rofépi, mon oncle Ajas du Loum, ma tante Odette, le doyen Antus, le major, le conseiller, Cominac,

Hubert, Hobé et moi-même. N'était-il pas naturel qu'il remerciât ceux qui s'étaient dévoués sans trop d'états d'âme au service de ce que d'aucuns, en haut lieu, qualifieraient bientôt de morbide et vésanique delirium ? A nous, gens de campagne et de montagne, ce qu'on appelle la folie est familière. Ceux qui en sont habités déambulent librement par nos chemins et haranguent sur nos ponts et nos places. C'est pourquoi le gouverneur fut si rapidement adopté chez nous quand il stupéfia, irrita, épouvanta ailleurs, dans les conseils et les aréopages, là où délibèrent et ourdissent ceux qui savent et ceux qui dirigent, les manitous, petits, moyens et grands qui montrent au monde postindustriel son chemin. Car bientôt, dans cette histoire, viendra le temps des manitous, quand ils déferleront à Faustin, Runac et Punuseth afin de voir de leurs propres yeux le gouverneur Quitus à l'ouvrage. Manitous sarabandant, hurlant à la lune, au cœur du spectral hiver loumaire.

Au mur de l'alcôve avait été apposé un agrandissement géant de la photographie d'Augustin et de sa faux titanesque. C'est ce jour-là que je fus témoin d'un aparté entre le doyen Antus et le gouverneur, celui-ci chuchotant à l'oreille de celui-là :

« Je vous remercie, monsieur le curé, d'avoir accédé à ma demande. »

Et le doyen de répliquer :

« J'obéis aux ordres, monsieur Quitus, mon évêque lui-même obéit aux ordres... Si j'ai bien compris, vous avez la faveur des plus hautes autorités de l'Église de France, dans ces conditions, un vieux et humble curé de campagne ne pouvait que s'incliner.

— Dois-je entendre, monsieur le curé, que s'il n'avait tenu qu'à vous, je n'aurais pas obtenu gain de cause ?

— A quoi bon cette question, monsieur le gouverneur, si je puis me permettre, la messe est dite, l'église de Runac sera rouverte à votre seule intention, j'y viendrai dire la messe tous les dimanches mais vous pourrez y prier tout votre saoul chaque jour... En attendant, j'y célébrerai la Noël à minuit ce qui m'obligera à avancer la messe de Faustin, car, tout de même, nous n'allons pas forcer les fidèles de la vallée à monter à Runac en pleine nuit d'hiver pour y entendre la messe de minuit, n'est-ce pas ?

— J'ai pensé à tous ces dérangements, monsieur le curé, mais, de toute façon, je ne vous embêterai pas longtemps, le prochain Noël se fera sans moi et vous pourrez refermer l'église de Runac. »

Le doyen avait hoché la tête et vidé son verre de vin. Puis il avait murmuré :

« Vous tenez absolument à ce que je vous enterre à l'ancienne ?

— A l'ancienne et en latin, oui, monsieur le curé, si ce n'est pas trop vous demander.

— Vous avez de la chance de tomber sur un curé plus vieux que vous et donc qui n'aura aucune difficulté à revenir aux rites et usages d'antan mais, sans vous offusquer, vous êtes un bien curieux personnage. »

Cominac qui passait par là cueillit au vol cette réflexion et ne fit pas d'effort pour travestir en jovialité artificielle l'inquiétude qui le taraudait en son for intérieur et que j'avais, ces derniers jours, perçue plusieurs fois. D'ailleurs, il ne s'attarda pas dans la maison et, un sandwich à la main, il sortit, sans doute pour reprendre sa faction auprès des radiotéléphones de la limousine qui stationnait devant la porte, à l'écoute des messages du monde.

C'est Josette Ajas qui s'était occupée de l'organisation de ce buffet montagnard simple et appréciable : du vin rouge, du pain de campagne, du saucisson, de la saucisse sèche, du jambon, du pâté, le tout confectionné par elle à la maison car, tant chez mes parents que chez mon oncle et ma tante, que chez les Ajas-Impérial, on élevait et on tuait encore le cochon. Cela s'exécutait courant décembre et les voisins du gouverneur y avaient procédé huit jours plus tôt. Nous eûmes droit à ce boudin artisanal et frais qu'on ne trouve presque plus aujourd'hui.

Le gouverneur, assis entre Julien et Rieu-Chasseur qui mangeaient lentement, semblait heureux. Il s'était excusé à l'avance de ne pouvoir participer pleinement aux agapes et s'était contenté d'un verre d'eau, d'une tranche de pain grillé beurrée et d'un morceau de fromage. Maintenant, il absorbait ses pilules. De temps à autre, il jetait un coup d'œil vers l'alcôve, le grand lit, la photographie murale puis vers l'immense cheminée. Chacun savait que pour ne pas le fatiguer il ne fallait pas s'attarder. Les invités partirent aux alentours de 14 heures. Personne n'avait prêté attention à Julien qui s'était éclipsé peu avant. Comme tout le monde prenait congé, il réapparut armé de l'une de ses faux qu'il utilisait depuis un demi-siècle. Cette vision imposa le silence.

« Tenez, dit-il, je vous l'offre pour fêter votre installation ici, elle n'est pas aussi grande que celle d'Augustin mais c'est une vraie. »

Le gouverneur s'était levé. Julien lui avait remis la faux. Le descendant des Quitus la tenait d'une main mal assurée, comme un suisse une hallebarde. Il donnait l'impression d'être sous une espèce de choc.

« Attention, dit Julien, je l'ai piquée et aiguisée ce matin, on a vite fait de se faire mal avec ça, vous ne savez pas encore la tenir, je vous apprendrai, en attendant, on va la mettre là-bas, et que personne n'y touche, dites-le bien à votre famille quand elle sera là demain, surtout aux enfants... »

Julien reprit la faux et s'en fut l'appuyer dans un coin de mur, au fond de l'alcôve, au pied du lit. Le gouverneur le suivit et alors il lui donna l'accolade.

« *Fraximus Excelsior*, me chuchota le doyen Antus à l'oreille, le frêne d'excellence, dur et blanc, dépourvu de nœuds, le meilleur bois pour les manches de faux ».

A ma surprise, il se signa discrètement et nous précéda vers la sortie.

En ce 24 décembre, le président se retrouvait installé dans la maison de ses aïeux, les aîtres en partie reconstitués, ainsi qu'il l'avait voulu, et deux autres maisons étaient à sa disposition pour y loger domestiques et collaborateurs. Quand on se souvient de l'emphase du « Bilan-Critique-Proposition » de Cominac, de l'impression qu'il avait donnée que des complications immenses rendaient aléatoires les desseins du gouverneur, et que l'on constatait combien tout cela s'était vite et bien passé, on mesurait la propension de ces jeunes technocrates à présenter des perspectives de simples échauffourées sous les traits de futures grandes batailles. Je considérai, pour ma part, que j'avais achevé ma tâche mieux et plus tôt que prévu, et le signifiai au gouverneur dans la matinée.

« Vous n'aurez plus guère besoin de moi, monsieur, avais-je avancé, maintenant que vous êtes là où vous souhaitiez être.

— Détrompez-vous, monsieur Ajas, ce sont seulement les problèmes d'intendance qui sont réglés, les plus faciles, ou les moins difficiles, comme vous voudrez, je vais devoir, maintenant, passer à un stade supérieur pour ce que je médite dans le temps que Dieu me réserve encore, j'aurai plus que jamais besoin de vous... Tous les matins à 9 h 30, vous viendrez à Punuseth prendre les instructions de la journée, je vous ai engagé jusqu'à ma mort, tel est notre contrat, je vous demande de le respecter, d'autant que j'ai apprécié hautement vos capacités tout au long de ce dernier mois... J'ai toujours su choisir les hommes en fonction des tâches spécifiques à exécuter, et je suis content de vérifier que mon cancer n'empêche pas mon cerveau de fonctionner. »

Ces paroles avaient été prononcées devant le feu où le gouverneur avait disposé, pour son usage propre, l'un de ces fauteuils, usés jusqu'à la corde, que, souvent, les vieillards affectionnent parce qu'ils ont fini par constituer une partie d'eux-mêmes, dont ils refusent de se séparer et qu'il faut sans cesse rafistoler en quelque endroit. Ce fauteuil-là lui avait été offert par une très lointaine parente de la famille Lannes espérant ainsi s'attirer les bonnes grâces du potentat que l'on disait sous cape prêt à toutes excentricités et largesses.

« Ce fauteuil, avait assuré la bonne femme, avait appartenu à un cousin des jumelles Lannes et donc il resterait dans la famille à Punuseth. »

Le gouverneur s'était satisfait de l'explication. Il avait surtout constaté qu'en dépit de sa piètre apparence et de sa vétusté il s'avérait étonnamment confortable.

« J'ai décidé, ce matin, de modifier l'attribution des maisons », m'avait-il annoncé, revenant ainsi aux affaires courantes, « finalement, j'enverrai ma fille Julie, sa famille et mon majordome Aquelbuquer à la maison Kandal qui est, de loin, la plus grande de toutes, cela me permettra de loger ici, au deuxième étage, la cuisinière et l'infirmière, je préfère les avoir toutes deux sous la main ».

Le gouverneur s'était interrompu avant d'ajouter : « Il

faut que je vous parle de ma famille, monsieur Ajas, elle doit arriver vers 11 heures, contrainte et forcée, il faut les comprendre, ils n'ont pas l'habitude de passer Noël dans un endroit comme Runac, nous avons une propriété agréable en Suisse, mon gendre en a une autre à Megève et, par tradition, nous nous réunissons depuis toujours ici ou là pour la fête de Noël, nous n'avons jamais dérogé à cette règle, aucun impératif professionnel n'a prévalu contre elle, sauf cette année où mes enfants seront à coup sûr dépaysés, mais, comme je l'ai expliqué à ma femme au téléphone, ainsi qu'à mon fils et à ma fille, ce Noël sera mon dernier et cela vaut que la famille se plie à ce qu'elle appelle ma lubie, je ne suis pas dupe, monsieur Ajas, de ce qui se murmure dans mon dos. »

Nous fixâmes l'âtre en silence. De l'ancien grenier à foin du deuxième étage nous parvenaient les voix étouffées de la cuisinière et de l'infirmière. Celle-ci avait ému la gent mâle de ces hameaux qui, par la grâce de Régis Faucheur-Quitus, étaient revisités. C'est qu'elle excitait les désirs. Âgée d'environ trente-cinq ans, grande et charpentée, de lourds cheveux blonds ramenés en chignon, des hanches et une croupe suggestives, cette infirmière-chef mise à la disposition du gouverneur par le grand hôpital de Paris où il avait été opéré l'été précédent respirait la force, la santé, l'autorité, la compétence, toutes impressions qui ne me laissaient pas insensible.

Le gouverneur m'ayant suggéré de ranimer le feu, je saisis une bûche et la disposai judicieusement dans le foyer. Comme je m'affairais, le président dit dans mon dos : « Et mes affaires, monsieur Ajas ? Vous ne m'interrogez pas sur mes affaires ?

— D'abord, monsieur », répondis-je en me redressant, très surpris de cette réflexion, « ce n'est pas pour en parler que vous m'avez recruté, et ensuite, je n'ai jamais rien compris aux questions financières.

— Vous auriez tôt fait de vous y mettre, assura-t-il, ce n'est pas si compliqué, Cominac commence à passer pour un expert, alors... »

J'avais repris ma place. De belles flammes s'élevaient et chantaient dans l'âtre. Au-dehors, nous avions la vue, au-delà des larges vitres de la fenêtre, sur le bois de Punuseth. Un paysage blanc, cotonneux, immobile, des arbres habillés de givre. Nous apercevions aussi quelques branches du grand arbre de Noël que le gouverneur avait fait dresser devant la maison. Cette perfidie à l'encontre du malheureux Cominac me mettait mal à l'aise et m'enseignait que sous des aspects affables, des hommes comme le gouverneur n'estimaient vraiment qu'eux-mêmes. On les croyait attachés à tel ou tel de leurs collaborateurs, en vérité il n'en était rien. Ils les estimaient seulement à l'aune des dossiers réglés en leur nom et leur mesuraient au trébuchet une infime part des qualités qu'ils se reconnaissaient à eux-mêmes. Ils n'étaient intéressés réellement que par leurs pairs, ceux qui, comme eux, dirigeaient au sommet de puissants groupes, et, chaque année, chacun jetait un œil envieux ou compatissant sur les dividendes distribués aux actionnaires par leurs concurrents. Ou alors ils montaient des « coups » contre lesdits concurrents, et ne jouissaient jamais tant que lors des dîners en ville, là où leur vanité pouvait pleinement s'exprimer, au sein d'une intimité d'initiés, quand ils révélaient à la cantonade : un tel est fichu, je lui ai piqué sa compagnie d'assurances. C'est ainsi que ce matin-là, juste avant l'apparition de la famille Faucheur-Quitus à Runac et Punuseth, j'entendis les stupéfiants propos suivants :

« Vous savez quand même, j'imagine, que je suis

actuellement engagé dans une rude bataille sur la Compagnie bancaire d'Europe du Nord.

— Je le sais vaguement, monsieur le président, j'ai entendu Cominac et vous-même y faire des allusions, on en a parlé à la télévision l'autre jour, mais le commun des mortels n'y comprend pas grand-chose.

— La CO.B.E.N. est une des plus anciennes banques coloniale et industrielle de notre vieille Europe ; l'époque où elle faisait surtout ses affaires entre l'Asie, l'Afrique et l'Europe du Nord est depuis longtemps derrière nous, elle est devenue l'un des principaux établissements financiers du monde occidental, elle détient des intérêts stratégiques dans de nombreux secteurs... Certes, son management a vieilli, ses méthodes et ses conceptions aussi, et c'est ce qui explique la formidable et brutale agression de Caius, un homme ambitieux et habile qui a réussi de superbes opérations industrielles et financières et qui, prenant tout le monde par surprise, a lancé une offre publique d'achat sur la CO.B.E.N., c'est un pari d'une audace incroyable ! Caius était sur le point d'atteindre ses objectifs lorsque j'ai décidé de me porter au secours de mon vieil ami Anthelme, le président de la CO.B.E.N., un peu dépassé par les événements, il faut bien le dire, j'ai pu contenir l'offensive de Caius mais je n'ai pas encore pu le faire reculer, pour l'heure nous campons sur nos positions, nous creusons nos tranchées, comme en 14-18, ce sera ma dernière affaire, mon dernier combat, une belle empoignade, Caius a pêché par orgueil, mais c'est un adversaire digne de moi, plein de ressources, je suis bien certain qu'il va exploiter mon cancer. » Le gouverneur avait pausé avant de reprendre : « Savez-vous pourquoi, monsieur Ajas, je me suis opposé à Caius ?

— Vous avez invoqué votre amitié pour le président Anthelme.

— C'est vrai... C'est mon ami, nous étions ensemble à l'université, mais cela n'aurait pas suffi à engager des capitaux si considérables... En affaires, monsieur Ajas, gagner ou perdre de l'argent est la seule alternative qui vaille... »

Il s'était tu. Ces confidences, délivrées par bribes, comme s'il avait besoin d'un déversoir autant que de ses pilules, excitaient ma curiosité. Assurément, l'homme était un spécimen exceptionnel de notre humanité, qu'il est rarement donné aux gens ordinaires de contempler et d'écouter de près.

« La vraie raison, monsieur Ajas, c'est que je vais mourir. »

Je l'avais regardé, interloqué.

« Mais, demandai-je, cela signifie-t-il que si vous aviez été en bonne santé, vous auriez agi autrement ?

— C'est cela même, monsieur Ajas. »

Souriant de ma stupéfaction, il avait épilogué : « Ne cherchez pas à comprendre, soyez sûr qu'en dépit de ma motivation, disons irrationnelle, la Wotan ne perdra pas un sou dans cette affaire, et un jour elle en gagnera, c'est M. Caius qui en perdra, mais, pour autant, sans mon cancer pourquoi serais-je intervenu ? Mon groupe pouvait gagner bien davantage ailleurs... Simplement, en m'opposant à cette O.P.A. sauvage d'un *condottiere* qui a le vent en poupe, moi le vieux Quitus à l'agonie, je finis ma vie dans un rôle shakespearien, à la limite, je lui donne un véritable sens, je fais plaisir à mes boyaux martyrisés, je compense mon pancréas amputé, je mêle la mort à mes affaires, je suis curieux de voir comment Caius va gérer, au sens propre du mot, ce mélange effrayant et grandiose, et cette perspective me procure une sensation indicible, comme si mon cancer, lui aussi, s'était mis à camper sur mes positions, une sorte de sentinelle terrifiante se profilant la nuit tombée derrière mes lignes, semant l'épouvante chez Caius et ses soldats... »

J'avais englouti cette métaphore glacée, doutant de mieux comprendre, maintenant, les méandres de la psychologie du financier cancéreux. C'est alors que nous ouïmes des bruits de voix. « Les voilà », dit le gouverneur.

Nous nous levâmes et allâmes à la porte. Le gouverneur accueillit son épouse Agnès, une petite dame vêtue comme au pôle Nord, emmitouflée dans d'épaisses fourrures, dont on n'apercevait que les joues, la bouche et le nez. « Bonjour, Agnès, avez-vous fait bon voyage ? » Puis il l'attira et l'embrassa deux fois, avant d'accorder un regard à la colonne composée du reste de sa famille, du hippie Hemmo, des hommes Ajas et de Rieu-Chasseur improvisés porteurs de bagages.

« Que se passe-t-il ? s'enquit le gouverneur, les voitures auraient pu monter jusqu'ici.

— Nous ne l'avons pas conseillé, expliqua Étienne Ajas, il a beaucoup gelé cette nuit, les grosses voitures sans chaînes ni clous seraient restées sur place à mi-pente.

— Ce n'est pas si loin », dit le hippie Hemmo, un Hollandais d'une trentaine d'années, qui avait abandonné un emploi dans un entrepôt d'Amsterdam pour élever des chèvres et cuire des confitures en piémont loumaire où il vivait en compagnie d'une ancienne professeur d'espagnol qui lui avait donné trois enfants.

« Je vous remercie, répondit le gouverneur, seulement, il faudra redescendre les bagages de Julie et Hubert Pouligny d'Indre qui logent à Runac, mais nous verrons ça plus tard. »

Les uns s'étaient affalés sur des sièges, épuisés par le périple que, sans doute, ils jugeaient insensé, que leur avait imposé le chef du clan, les autres s'étaient approchés de la cheminée. Tous découvraient avec une curiosité perplexe cette vaste salle du rez-de-chaussée où leur mari, père et grand-père avait, *subito*, décidé de finir ses jours. Les quatre enfants, en particulier, tous entre huit et onze ans, semblaient déconcertés et le manifestaient par une rigidité insolite à ces âges. Hubert Pouligny d'Indre, le gendre, directeur général à quarante ans de la célèbre filiale française de la société multinationale R & M, se donnait une contenance en frottant ses mains au-dessus des bûches. Sa femme Julie ne quittait pas son père des yeux, l'air de jauger, après une absence relativement longue, les progrès du cancer. Gabrielle de la Crouzette, la bru du malade, issue de l'une des plus anciennes familles de France, fixait, elle aussi, le gouverneur debout, immense, décharné, à côté de son fauteuil. Quant à Victorien Faucheur-Quitus, quadragénaire replet de taille moyenne, de toute évidence tenant de sa mère Agnès Afardo, il regardait obstinément, là-bas, tout au fond, l'alcôve, la photo d'Augustin et de sa faux géante. Son fils Serge, déjà très grand pour un garçonnet de dix ans, promettait, lui, d'atteindre un jour la taille de son grand-père et des ancêtres Quitus mâles. Il y avait dans la juvénile expression de son visage quelque chose de rude qui rappelait de manière surprenante certains traits de Julien Ajas-Impérial. Une étonnante synthèse des lignées Lannes et Quitus.

Le gouverneur s'était assis.

« Ne restez pas plantés là comme des statues, mettez-vous à l'aise, après tout vous êtes chez vous, n'est-ce pas ? » prononça-t-il, non sans malice.

Ils obtempérèrent en silence.

« Je vous présente M. Marcellin Ajas, déclara-t-il, que j'ai engagé pour régler mes affaires ici, il n'est nullement votre parent comme les Ajas qui sont mes voisins et qui vous ont aidé à porter vos bagages, eux sont des Ajas-Impérial et lui un Ajas du Loum... Lors de vos séjours auprès de moi — je souhaite que celui-ci ne soit pas le dernier — vous pourrez vous appuyer sur lui pour tout ce qui touche au pays... Hubert, Julie et les petites, vous logerez à Runac dans une très grande maison où Aquelbuquer sera à votre service, ce qui me permettra d'abriter ici Victorien, Gabrielle, Serge et Pauline au premier étage, Isidora et l'infirmière Mlle Agrone au deuxième... Pour être complet, sachez que Cominac, Hubert et Hobé sont aussi à Runac dans une autre maison... Voilà, nous passerons ici, pays d'origine des Faucheur-Quitus, un très bon Noël qui nous changera de nos habitudes, disons, un peu convenues, routinières... Je pense que vous avez pris vos dispositions pour rester quelques jours au-delà de Noël, au moins une partie des vacances scolaires... Cette après-midi, nous décorerons le grand sapin que vous avez vu devant la maison, ce soir nous irons à la messe de minuit à l'église de Runac, spécialement rouverte à notre intention par l'évêque, et après, il y aura un réveillon auquel j'ai convié nos voisins qui se sont montrés si hospitaliers et serviables, et qui aura lieu dans la maison réservée à Hubert et Julie, maison dite du Kandal, sobriquet de son propriétaire qui vit sa retraite à Faustin mais que j'ai invité aussi, c'est bien le moins, cette maison est si grande qu'elle se prêtera très bien aux festivités... Voilà, j'ai conscience de vous surprendre mais enfin, nous ne sommes pas en Sibérie mais en France, au pied du Loum, là où jadis travaillèrent et moururent nos ancêtres

Quitus... N'oublions pas que si notre ancêtre Augustin, le faucheur géant, celui qui a inspiré le sobriquet que nous accolons aujourd'hui fièrement à notre patronyme Quitus, dont vous voyez là-bas la photographie avec sa faux, n'avait pas chassé de chez lui son fils Albert coupable d'avoir engrossé hors mariage sa future femme Eugénie, mon arrière-grand-mère, sœur jumelle d'Hortense, la propre grand-mère du vieux et solide M. Ajas qui a porté tout à l'heure quelques-unes de vos valises, il n'y aurait jamais eu de dynastie et de puissance Faucheur-Quitus, voilà, maintenant il me semble que chacun peut se détendre... Monsieur Ajas, voulez-vous accompagner mon gendre et sa famille à Runac, après quoi je vous donne quartier libre jusqu'à ce soir. »

Ainsi fut fait. Le 24 décembre de cette année-là, la famille Faucheur-Quitus fut réunie à Punuseth autour du gouverneur. Sa façon de s'adresser à ladite famille, le ton utilisé pour délivrer ses instructions et ses informations avaient trahi un indéniable agacement. Il me sembla que tous le comprirent. Si le gouverneur était gravement malade, il était loin d'être fou : tel fut le message émis une fois pour toutes à l'intention des proches. Un Noël à Runac avait ses raisons d'être, et sûrement ses charmes.

Étienne Ajas me raconta que dans l'après-midi ils reconnurent les lieux. Les enfants, naturellement, furent les premiers à l'aise. Ils glissèrent, roulèrent dans la neige, effectuèrent dans le bois quelques incursions, découvrirent les petits hippies, deux garçons et une fille de leur âge, et leurs cris retentirent toute l'après-midi. Vers 16 heures, les Hemmo offrirent un goûter aux enfants Quitus et Pouligny. Ensuite cette joyeuse bande entreprit de secouer les adultes afin de décorer l'arbre de Noël. Le gouverneur, vers 16 heures, et tandis que sa famille se contraignait à témoigner de l'allant autour du grand sapin de Punuseth, m'avait résumé ces heures à sa façon, et quand, bien sûr, je ne lui demandais rien. Son fauteuil avancé sur le seuil de la porte ouverte, engoncé dans son manteau noir de héros de western, les mains dans des moufles de renard noir fourrées, il avait contemplé le spectacle une trentaine de minutes et ne l'avait délaissé qu'à l'annonce de la froidure loumaire, au moment où le prélude crépusculaire d'hiver se manifeste par un obscurcissement de la cheminée du Faustin, à l'embase nord du dard infecté, signe que l'ombre puis la nuit seront là une demi-heure puis une heure plus tard. Alors le gouverneur était rentré et j'avais refermé la porte. Dans l'espèce de salon organisé autour de l'âtre, l'infirmière Agrone attendait.

« Si vous voulez bien, monsieur, vous diriger vers l'alcôve, il est l'heure de vos pansements. »

Le gouverneur Quitus avait obtempéré. Et moi, comme tancé par le lourd, éloquent regard de l'infirmière, soulignant l'indécence de ma présence, je m'étais glissé au-dehors.

A quoi avait songé le gouverneur tout le temps de sa contemplation ? Peut-être jouissait-il de la perturbation que ses récentes décisions semaient dans la vie et l'esprit des membres de sa famille, de ses collaborateurs et de ses pairs ? Cela s'était vu, certainement, que des dictateurs, de richissimes patriarches, rendus amers et cruels par l'imminence de leur mort, persécutassent leurs dauphins et autres héritiers à cause de leur rage de constater l'impuissance de leur fortune et de leur gloire face à leur inéluctable fin dernière.

Ces questions m'avaient occupé tandis que, posté dans son dos, j'avais observé famille et voisins s'affairer autour du sapin de Noël de Punuseth. A la réflexion, les hypothèses que ces questions impliquaient ne m'avaient pas satisfait. Les mobiles et pulsions qui avaient imposé au gouverneur son étonnante équipée pouvaient, au fond, s'avérer plus simples que toutes ces spéculations et, par exemple, répondre à l'instinct animal d'un homme qui venait se coucher au pied de son tombeau.

Il invitait sa famille à célébrer autour de lui les fêtes de Noël. En bon chrétien, il obtenait la réouverture de la petite église du hameau de ses aïeux. Hormis le dedans corrompu de son ventre misérable, où résidaient les anomalies ? A tout prendre, quelle digne, estimable attitude ! Ah, si le président de la Wotan avait soudain tiré sa révérence au monde, à son bureau, ses OPA, ses « tours de table », ses actionnaires, ses colloques et conciliabules à New York, Tokyo, Francfort et autres Davos pour chausser les bottes du père de Foucauld et retrouver Dieu en quelque désert ou plateau inhospitalier, ou encore, ainsi que parfois le firent tels ou tels magnats du commerce ou des médias, pris la robe, s'il s'était encouventé éperdument, alors, oui, on eût pu crier au désordre, à l'extravagance. Mais le président ne s'était pas exilé aux confins du Hoggar ou du Tibet, tout au contraire, il s'était posé à l'épicentre de ses origines, il n'avait nullement répudié le monde, il ne s'était pas précipité dans les bras de Dieu sous l'emprise du cancer paniquant afin de lâchement supporter ses derniers mois de vie terrestre, il les assumait, mandant à ses côtés ses collaborateurs pour travailler, sa famille pour fêter Noël, une infirmière pour surveiller l'inouïe cicatrice qui barrait et boursouflait son abdomen jusque derrière le dos, en juguler les suppurations, en réduire les échauffements. C'est pourquoi, encore aujourd'hui, lorsqu'on m'interroge sur ce qu'un grand journal financier américain a appelé « le démentiel accès du gouverneur cancérisé », je rétablis la vérité, je ramène l'affaire à ses proportions réelles. Celles d'une héroïque retraite, en bon ordre, à certains égards exemplaire. Si les manitous n'avaient pas débarqué à Faustin, Runac et Punuseth, les uns après les autres, emplis d'arrière-pensées interlopes, s'ils n'avaient pas sarabandé sous les yeux de journalistes charognards et, pour beaucoup, très probablement stipendiés, les derniers mois de la vie du gouverneur n'eussent inspiré que hautes et douces méditations. Narrer cette dévoyante et vulgaire intrusion, ainsi offrir aux populations actuelles et futures l'histoire véritable du gouverneur, telle fut la raison majeure qui me détermina à l'issue de moult hésitations, à me saisir d'une plume, à solliciter sans ménagement ma mémoire. Cependant, jamais je ne parviendrai à restituer en sa plénitude impressionnante ce fragment où le gouverneur prit l'air à Punuseth, en cette après-midi du 24 décembre, face au sapin par sa famille et ses voisins enguirlandé, et au Loum au gland givré.

Le soir, le peuple de Faustin monta et afflua à l'intérieur et à l'extérieur de l'église à partir de 23 heures. En son sein, de nombreux natifs de Runac et qui, trop vieux pour vivre seuls au pied de leur montagne, loin des commerces, du médecin, du pharmacien, s'étaient, la mort dans l'âme, établis au fond de la vallée, à Faustin ou ailleurs, et qui n'avaient pas ouvert depuis des mois, des années parfois, leurs maisons natales. Ils avaient cueilli la rumeur selon laquelle Noël serait célébré là-haut, dans l'église depuis si longtemps abandonnée, et s'étaient fait transporter en voiture afin d'assister à l'office. Ils en avaient profité pour rouvrir les familiales demeures. Certains mêmes, incités et soutenus par leurs enfants, avaient décidé d'y réveillonner. Cette année-là, à son immense surprise, le doyen Antus dit la messe de minuit dans une église de Runac bondée d'une assistance tout à la fois émue, nostalgique, et dévorée de curiosité. Lui qui avait imaginé un office réservé à la famille Quitus et qui s'était incliné de très mauvaise grâce devant le mandement de son évêque et de la haute hiérarchie constatait un phénomène imprévu : la population de cette vallée vidée de ses activités et de ses enfants au sortir de la Seconde Guerre mondiale et qui, depuis, retentissait des complaintes chantant le temps passé, celui où les terres étaient cultivées jusqu'à la moindre parcelle, où le plus petit hameau possédait son école et fournissait des soldats aux gouvernements, où la solidarité régnait entre les paysans montagnards, cette population regroupant les derniers survivants de cette époque, leurs enfants et petits-enfants venus de leurs lieux d'exil, villes, faubourgs, banlieues où, en échange d'un salaire assuré ils avaient été forcés de se prolétariser, ces gens de Faustin, Runac et Punuseth s'étaient rués, incrédules et bouleversés, vers cette petite église que le magnat original et frappé à mort avait ressuscitée. Voilà qui expliquait la foule et l'émotion. Mais aussi la sympathie, la reconnaissance qui perçaient ici et là dans les conversations. Accueilli avec méfiance, et même hostilité, le gouverneur Faucheur-Quitus avait retourné la situation. On savait, maintenant, qu'il n'avait le projet de spolier personne, qu'il n'exercerait pas son pouvoir au détriment du pays, mais que, à l'inverse, ses initiatives et ses moyens profiteraient à celui-ci. Alors, les soupçons écartés, repassèrent au premier plan son atavisme et sa maladie. On murmura : pas étonnant que le pays ait trouvé en lui un défenseur, n'est-il pas un authentique Faucheur-Quitus et n'est-ce point la voix du sang qui a parlé ? Si fort qu'elle a ébranlé l'édifice de cent trente années d'exil. L'appel du Loum a fini par toucher les tympans du président de la Wotan-Pacific, le cancer a fait sauter le bouchon qui avait rendu sourdes des générations de Faucheur-Quitus. De quoi réjouir ceux qui pensent que jamais ne périra le Faustinois, que l'espoir sans cesse est là que les enfants des vallées broyés par l'après-guerre, dès lors qu'ils se tâtent une tumeur méchante et pierreuse au-dedans de l'abdomen, pas loin du cul, ou, au contraire, vers le haut, entre œsophage et poumons, dès lors donc que tinte en leur corps le signal du grand et dévastateur rongement, l'espoir alors est là, oui, de leur retour précipité là où jadis ils étaient venus au monde, eux ou leurs aïeux. C'est cela, ces pensées, ces convictions, qui poussa la population à assister à la messe de minuit à Runac. Le gouverneur, d'abord étonné, touché ensuite, ayant saisi le sens de ce déplacement des masses, lu dans les yeux et sur les visages la soudaine gratitude du peuple faustinois à son endroit, puisa en cette métamorphose la force de chanter, lui aussi, au premier rang, encadré par Aquelbuquer et l'infirmière Agrone, au cas où, sous l'emprise de la fatigue ou d'un brusque assaut de la douleur, il viendrait à défaillir : « Il est né le divin enfant, jouez, hautbois, résonnez, musettes. » Muni d'un vieux missel, il entonna : *Jesu Redemptor Omnium-Jésus, Rédempteur de tous les Hommes.* Il écouta avec gravité le doyen Antus lire le chapitre 2 de l'Épître de saint Paul à Tite : *Mon très cher fils, la grâce de Dieu notre sauveur a paru à tous les hommes ; et elle nous a appris que renonçant à l'impiété et aux passions mondaines, nous devons vivre dans le siècle présent avec tempérance, avec justice, avec piété.* Et durant la lecture de ce chapitre, les regards de l'assistance étaient tournés vers Régis Faucheur-Quitus, l'homme qui avait obtenu la résurrection de Runac et Punuseth. Évidemment, moi, Ajas du Loum, je percevais ces émois, ces états d'âme, les raisons de ce revirement, infiniment mieux que Cominac auprès de qui je suivais l'office au deuxième rang, juste derrière les membres de la famille. Sans grand mérite. Cominac portait sur lui, cachée dans une poche intérieure de son veston, une espèce de plaquette d'environ dix centimètres de long sur cinq centimètres de large, qui, de temps à autre, émettait un très léger sifflement, quasi inaudible, mais qui lui suffisait pour être informé qu'à l'extérieur, dans la limousine garée devant l'église, Hubert lui demandait de sortir pour répondre à un appel important. Ce que fit à quatre reprises mon malheureux collègue. Cominac ne connut pas une nuit de Noël agréable.

Car les manitous commençaient à se manifester. Les dirigeants de la Wotan-Pacific qui entouraient le gouverneur au sommet de l'organigramme contrôlaient de plus en plus mal leurs angoisses et leurs impatiences. Communiquer par fax et téléphone suffisait aux simples échanges d'informations et aux instructions ordinaires mais pas à conférer, à préparer les décisions majeures. La propension du gouverneur à décider seul s'était aggravée après son opération et sa retraite en un hameau de la montagne loumaire. Ce que Cominac rapportait, bribe par bribe, à ces manitous du groupe n'était pas fait pour les rassurer. D'autant qu'ils craignaient pour leur avenir. Le cancer du président, cet espèce d'égarement qui l'avait projeté à Punuseth changeaient les données de la lutte pour la succession. Jusqu'alors, cette lutte s'était instaurée entre les trois ou quatre principaux protagonistes avec des règles connues d'eux tous, car tous œuvraient depuis longtemps au service de la Wotan, en connaissaient les rouages, les intrigues, le secret des réussites comme des ratés. Tous avaient accepté l'arbitrage souverain du gouverneur. Chacun savait ses atouts, ses handicaps, et manœuvrait en conséquence. Soudain, voici que tout se brouillait. Qu'attendre d'un président non seulement mourant mais au cerveau ébranlé ?

Par ailleurs, d'autres manitous, plus importants que les directeurs généraux de la Wotan, ceux qui s'affrontaient et manigançaient autour de la considérable affaire de la CO.B.E.N., eux aussi suspendus à la stratégie, ou aux éventuelles inflexions de celle-ci, du président Faucheur-Quitus, se tracassaient de leur côté, brûlaient de vérifier sur place les rumeurs qui parcouraient les milieux internationaux de la haute finance, selon lesquelles, au lendemain de son opération, le gouverneur avait été, en quelque sorte, brutalement illuminé, à l'instar de saint Paul sur le chemin de Damas ou, plus modestement, de M. Claudel derrière son pilier de Notre-Dame. Et que, propulsé par une force aussi mystérieuse que déraisonnable, il avait abandonné ses bureaux habituels et transféré son centre de commandement en un lieu reculé, au pied d'un pic bizarre, d'où il pilotait désormais les dossiers de son groupe. Et à qui s'adressaient tous ces manitous, grands ou petits, nationaux ou internationaux ? A Cominac, forcément, lequel tentait désespérément de repousser au mieux cette formidable invasion, de résister aux pressions, au moins de sélectionner ceux dont la présence serait jugée admissible par son patron. Assailli de demandes d'informations, de décisions, de renseignements sur les capacités d'hébergement dans la région, Cominac faisait son possible pour régler lui-même le maximum de ces sollicitations afin de ne point trop importuner le gouverneur qui en eût été courroucé, laissant à celui-ci les gros morceaux, tels les Grands Manitous Internationaux (G.M.I.) Caius, Anthelme, MM. Maurice et Donatien, par exemple. Tous sur le point de débarquer en force pour à la fois pousser les feux de leurs affaires en cours et apprécier *de visu* la situation nouvelle de leur pair.

Quel dommage que les manitous n'aient pas assisté à la sortie de la messe, vu et entendu les femmes et une bonne partie des hommes, groupés face au dard loumaire blêmi par les rayons de lune, poursuivant le cantique entonné à l'intérieur : *Je suis chrétien, voilà ma gloire, mon espérance et mon soutien,* reprenant ainsi la tradition de ceux de Runac qui, chaque année à la Noël, honoraient le Loum de cette façon, espérant ses bonnes grâces, apaiser ses colères, obtenir de lui qu'il s'en tienne à des crises acceptables, à des épanchements bénins, à des dégoulinements inoffensifs, à des pertes paisibles, blanchâtres, pâteuses, lentes, expirant aux premiers contreforts, ne déferlant pas sur les frisottées pâtures, n'infectant point les sols, n'empuantissant point les maisons. Certes, voilà beau temps que plus rien de vraiment pervers et surnaturel ne giclait plus du gland et ne suppurait plus des Cuns, comme si l'hémorragie de population avait plongé le dard entaillé et enflammé en une espèce de sommeil, comme si le fait de ne plus éventrer et féconder la terre, de ne plus humer l'anus des bêtes, de ne plus s'accoupler ni procréer à Runac et Punuseth avait rendu sans objet la maladie du pic phallique. Et donc, ce cantique naïf et commun qui, grâce à l'irruption du gouverneur au pays, retentissait miraculeusement à nouveau dans la vallée loumaire, n'était plus destiné à conjurer quelque danger et malédiction que ce soit mais il avait remué les cœurs, porté la nostalgie à son comble, et nombreux furent les anciens qui en pleurèrent.

Cette nuit-là, la quête effectuée par Canitreille transformé en bedeau pour la circonstance rapporta gros, et même très gros, et même jamais quête ne rapporta autant. C'est que le gouverneur et sa famille déposèrent dans le plateau des chèques destinés non seulement aux bonnes œuvres de la paroisse et du diocèse, mais à la restauration de la petite église et de son cimetière. Ainsi Régis Faucheur-Quitus récompensait-il les autorités religieuses de leur compréhension, de leur coopération, lui permettant d'exécuter le scénario de ses derniers mois de vie, par lui-même imaginé.

A la fin du cantique, ils se dispersèrent pour réveillonner, les uns redescendant à Faustin, les autres regagnant leurs maisons rouvertes pour l'occasion. Le gouverneur avait remarquablement résisté aux fatigues de cette longue cérémonie. Il est vrai que ses périodes d'activité, quelles qu'elles fussent, étaient coupées de longues phases de soins et de repos. Par exemple, il s'était allongé de 21 heures à 23 h 30. A sa sortie de l'église, il ne s'attarda pas. Hubert et Agrone le ramenèrent à Punuseth. Et Cominac, en dépit des soucis qui tiraient son visage, se garda de l'embêter à cette heure.

M. Régis ne l'ayant pas imposé, la famille Quitus se dispensa de réveillon. Elle n'avait sûrement pas le cœur à la fête. Le comportement du puissant chef de famille, maintenant qu'elle avait pu le juger sur place, faisait plus que l'agacer et l'inquiéter. Face au gouverneur, ils s'efforçaient de montrer bonne figure, mais dès qu'il avait le dos tourné, ils ne cachaient pas leur désarroi. Je les comprenais. Cependant, ne le savaient-ils pas condamné à brève échéance ? L'amour, l'affection, pour le mari, le père, le beau-père, ne devaient-ils pas faciliter la compréhension de ce retour en catastrophe aux racines ? Bien sûr, chaque homme sait qu'il va mourir, mais il ignore quand, à quelques ou plusieurs années près. Le gouverneur, lui, était fixé. En ce cas, lorsque se dissipe cette chère et pathétique incertitude que nous entretenons dans le secret de nous-mêmes, quelles idées nous traversent ? A quoi peut nous conduire la subite révélation de notre mort prochaine ? Tout bien considéré, il me semblait de plus en plus que les réactions du président de la Wotan étaient, au fond, assez intelligibles, tout au moins jusque-là. Et l'attitude de la famille lors de cette journée du 24 décembre me déçut. L'affaire Faucheur-Quitus, si j'ose ainsi l'appeler, ne prit un tour quelque peu fantastique que plus tard, à partir du surgissement des manitous. Les histoires de faux dont, plusieurs années après le décès du gouverneur, on se gargarise insolemment, et surtout bêtement, ne méritaient pas tant de publicité et de dérision. Telles qu'elles sont rapportées, elles engendrent des apitoiements, quand ce n'est pas la raillerie, de ceux qui s'en repaissent, les inscrivent sans vergogne à l'ordre du jour de leurs dîners, des manitous qui pourtant continuent moins bien que lui dans la carrière de la haute finance. Il m'est arrivé d'être invité par quelques-uns, friands de me produire à leurs commensaux, avides d'entendre de la bouche de celui qui avait servi le gouverneur à Runac et Punuseth des bribes édifiantes de cette aventure hors du commun, et j'en suis, chaque fois, sorti écœuré. Voilà comment ses pairs rient, désormais, de celui qui les a dominés jadis, qui a incarné leur profession de financiers mondiaux. Ils soupirent : pauvre Faucheur, la maladie lui a tourné la tête. Ainsi parlent-ils du cancer comme d'une courtisane. Cela mérite révision. Et donc, en cette nuit de

Noël, je redescendis à Faustin pour réveillonner en famille. Noël chez mes parents, le premier de l'an chez mon oncle et ma tante. Tandis que j'écris, je me dis que peu de spécialistes déchiffreront l'artificieuse représentation de ces événements. Ils seront aussi abusés que les touristes qui accourent photographier les liquoreuses et jaunâtres coulées des blessures du pic phallique, espèce de mont Analogue de pierre changé en chair, affligé de blennorragie pour des raisons inconnues de la majorité des populations.

Le 27 décembre, premier dimanche après Noël, au crépuscule, alors que des houppes de brume se formaient et se posaient sur Runac et Punuseth, comme je m'apprêtais à rentrer à Faustin et que je venais de mettre en marche le moteur de ma voiture, je crus distinguer, à la blafarde lueur des phares qui ménageait péniblement quelque quinze mètres de visibilité, trois silhouettes se traînant sur l'étroite voie enneigée reliant les deux hameaux. Des pantins, apparaissant et disparaissant au gré des boules brouillardeuses qu'ils rencontraient et dans lesquelles ils s'enfouissaient. La soirée s'annonçait mauvaise. J'étais pressé de prendre la route. Faustin n'était pas si loin mais le sol était gelé. La courte descente de Punuseth à Runac n'était pas la moins dangereuse. En début d'après-midi, quand je m'étais présenté au gouverneur, mon plan était de repartir au plus tard à 16 heures. Mais il m'avait retardé. Il avait placé Hubert à la disposition de sa famille, laquelle avait émis le désir de skier sur les champs de neige situés de l'autre côté du Loum, au pied de la face éteinte, inerte, exempte d'effluences et de déjections, et où les autorités locales avaient financé et aménagé une station, des pistes honorables, si elles ne supportaient pas la comparaison avec les habituels séjours d'hiver des Faucheur-Quitus et des Pouligny d'Indre. En conséquence, j'avais dû tenir le rôle de chauffeur, ce qui expliquait que je devais, ce soir-là, repartir de Punuseth à une heure indue. Les silhouettes m'avaient intrigué. Elles s'étaient évaporées. Avais-je été l'objet d'une illusion ? En cette saison, en ce lieu, à cette heure, dans ce brouillard, une méprise était possible. Des arbuscules maigrelets et tordus avaient pu émerger de ce manteau glauque, s'y immerger derechef, et j'aurais pu y voir des êtres humains. Je coupai le moteur, maintins les phares allumés et sortis de la voiture afin d'en avoir le cœur net. J'étais bien habillé, bien chaussé, en terrain connu. J'avançai dans la neige sans difficultés importantes. La vision ne se reproduisit pas. Qui aurait un motif de s'imposer cette expédition à la tombée du soir, dans le brouillard, sur une voie rétrécie et glacée ? Ayant parcouru une vingtaine de mètres, j'étais parvenu à la limite extrême du faisceau de lumière projeté par les phares et je ne voyais toujours rien. Je me trouvais en arrêt sur la seule voie praticable entre Punuseth et Runac. Des deux côtés s'élevaient de hauts talus de neige gelée formés par le chasse-neige que la municipalité de Faustin dépêchait après chaque chute. Et donc, ou je n'avais vu personne, ou des gens aventurés là on ne sait pourquoi s'étaient volatilisés, plus sûrement égarés. Je me perdais en conjectures lorsque je perçus des voix étouffées et des crissements de pas sur la neige durcie, à ma droite et dans mon dos. Cela venait de la maison du gouverneur. Je hâtai le pas dans cette direction et découvris, à mon étonnement, trois hommes serrés les uns contre les autres, penchés sur un fenestron minuscule qui servait autrefois à capter un rai de la lumière du jour au profit des abords de la cheminée. Ils regardaient à l'intérieur. Qui diable épiait ainsi le gouverneur ? Cela me parut un peu fort et je n'hésitai pas à leur tomber dessus sans crier gare : « Qui êtes-vous ? Et que voulez-vous ? » Ils se retournèrent en sursautant. Ce qui me frappa aussitôt, ce fut l'inadéquation de leurs vêtements au lieu et au climat. Ils portaient des pardessus de ville, des écharpes, des chaussures peu faites pour marcher sur de la neige gelée. J'observai aussi des souillures témoignant qu'ils avaient chuté. Tous tenaient à la main de grosses serviettes de cuir aux flancs rebondis.

C'est dans ces conditions rocambolesques que je fis la connaissance des premiers manitous qui apparurent en Faustinois. Ils étaient arrivés de Paris en fin de matinée, bardés de dossiers, assoiffés d'apprendre ce qu'était devenu leur président depuis sa retraite au pied du Loum, de sonder ses intentions, de déceler d'éventuelles altérations de ses facultés intellectuelles. Ils avaient occupé les chambres laissées libres par le gouverneur, Hobé, Hubert et Cominac au Grand Hôtel du Pic. Impatients, non avertis des embûches, des aléas pesant sur la circulation d'hiver en montagne, pensant que 16 h 30 était une heure convenable, voire idéale, pour rendre visite au patron, ils avaient loué une voiture, stationné à Runac et attaqué la montée à Punuseth quand pointaient les signes avant-coureurs du crépuscule et qu'ils n'avaient su deviner. Guère équipés, ils avaient quitté le chemin et, guidés par la lumière des hippies dont la grange restaurée dominait les hameaux, ils avaient progressé en ligne droite, à cause du brouillard, au prix d'efforts inconséquents pour des hommes de leur âge si peu préparés à ce genre d'exercice. Une ou deux parties de tennis hebdomadaires au Racing Club de France et un jogging le dimanche ne suffisent pas pour affronter sans risques ce type d'épreuve physique. C'est pourquoi je les avais retrouvés blottis les uns contre les autres, cœurs battant de dangereuses chamades, tentant de récupérer leur souffle et leurs forces, dardant à l'intérieur du logis extraordinaire qui abritait le patron du groupe. Que voyaient-ils par le fenestron ? Moi-même y jetant un œil, j'aperçus le gouverneur là où je l'avais laissé un quart d'heure plus tôt, devant l'âtre, dans son fauteuil, ses longs bras étendus sur les cuisses jusqu'aux genoux, en son costume bleu marine rayé blanc, cravate blanc cassé à pois bleu clair, chaussures anglaises noires. A ses côtés, Agrone mélangeait une potion dans un grand verre.

Ils avaient décliné leurs identités et moi la mienne, ainsi que ma fonction. Ils voulaient, m'avaient-ils expliqué, présenter sans attendre leurs respects au gouverneur, lui soumettre les dossiers prioritaires, quitte à n'en discuter avec lui que le lendemain.

« Je vais l'informer de votre présence, avais-je proposé du bout des lèvres, lui demander s'il souhaite ou non vous recevoir, ou plus simplement si son état le lui permet car ses phases d'activité sont toujours suivies de longues pauses et, de toute façon, je vous préviens que la belle blonde que vous voyez à côté de lui, l'infirmière-chef Agrone, est un cerbère, qu'elle ne permet à personne d'importuner son malade, pas même à sa famille.

Les trois principaux collaborateurs du président Faucheur-Quitus, pour expérimentés et doués qu'ils fussent, n'appartenaient encore qu'à la catégorie des Manitous Nationaux (M.N.), c'est-à-dire qu'ils ne foulaient que le haut du pavé français, et que, s'il est vrai que la Wotan-Pacific œuvrait à l'échelle mondiale, ils ne disposaient d'aucun pouvoir véritable en ce domaine. En conséquence, ils n'avaient aucune chance sérieuse de voir leur notoriété et leur influence dépasser les limites de l'Hexagone et de quelques places d'Occident. Certes, leur valeur de seconds couteaux était connue de tous les chefs mais, eux-mêmes, à cette époque-là, n'étaient que des sous-chefs. C'est dire combien la perspective de succéder un jour au président Quitus occupait leurs esprits. Objectif ardu, presque inaccessible, puisque, pour l'atteindre, il fallait au brigueur d'abord écarter ses deux collègues, ensuite éliminer les lourds et redoutables candidats de l'extérieur. Je puis, aujourd'hui que deux d'entre eux ne sont plus de ce monde, que le troisième finit ses jours dans sa propriété varoise, en dire quelques mots. Calas, un polytechnicien ingénieur des Mines d'environ cinquante-cinq ans, se révéla pour moi un homme exquis, doté d'un sens de l'humour et d'une finesse que, à cause, sans doute, d'une poignée d'idées préconçues, je ne m'attendais pas à trouver chez un homme de finance. Beaucoup de vivacité derrière ses fines lunettes, et de jubilation dans le sourire à l'approche d'un « bon coup ». Il aimait à dire qu'il descendait de Calas, le négociant toulousain injustement accusé d'avoir tué son fils, roué vif en 1762, réhabilité en 1765 grâce à Voltaire.

Brancalot, à peu près du même âge que Calas, un inspecteur des Finances plein d'autorité, cheveux gris, carrure de rugbyman, plus banquier qu'industriel, que les spécialistes donnèrent comme l'un des favoris au cours du printemps.

Eychartous enfin, le plus jeune, environ quarante-huit ans, ancien directeur de cabinet d'un homme politique en vue, un lettré, promenant dans les salons autant de subtilité que de sombritude, le meilleur connaisseur des affaires internationales de la Wotan, à l'exception, bien sûr, du président. Il fut donné favori à son tour au seuil de l'automne ultime du cancéreux.

Je nous revois, les trois manitous et moi, épaule contre épaule, en ce début de nuit brouillardeuse et gelée, nos yeux écarquillés braqués sur ce qui survenait à l'intérieur.

Le gouverneur avait dit quelque chose à l'infirmière qui s'était baissée et avait approché une oreille. Puis elle s'était redressée, comme perplexe, considérant le malade plusieurs secondes avant de se plier à ses ordres. Elle s'était dirigée là-bas, tout au fond, vers l'alcôve, où elle s'était saisie de la terrible faux offerte par Julien Ajas à son neveu par l'utérus. Elle avait traversé la vaste pièce en tenant à deux mains le manche de cet outil de mort, à bout de bras, le plus loin possible de sa poitrine, et elle l'avait passé au gouverneur avec soulagement. Celui-ci, toujours assis dans son fauteuil, avait posé la faux en travers sur ses genoux, la lame tournée vers le feu, mais à sa portée. Et il s'était mis à caresser doucement le fil, entre le pouce et le majeur. Plus il caressait cette lame, plus il la rapprochait de lui, sous le regard soucieux d'Agrone. Le gouverneur câlina longtemps ce fil. Tout à coup, il reparla à l'infirmière qui, cette fois, parut franchement interdite. C'est comme à regret qu'elle repartit vers l'alcôve. Là-bas, nous la vîmes se baisser à côté du lit, ensuite se relever, avec dans les mains un marteau et un objet que j'identifiai sur-le-champ, une enclumette d'antan, une de ces petites enclumes que les paysans d'autrefois, assis par terre, fichaient dans le sol entre leurs jambes, afin d'y appuyer le fil de la lame de leurs faux et, à l'aide d'un marteau à tête légèrement convexe, de la piquer, c'est-à-dire de lui reconstituer un tranchant. C'est l'opération que le gouverneur avait vu faire à Rieu-Chasseur. Outre la faux, offerte par Julien, il s'était donc procuré un marteau spécial et une enclumette, ce que j'ignorais. Autrefois, quand les hommes de la génération de mes grands-parents fauchaient à la main les hautes herbes de leurs prés, ils devaient aiguiser leurs lames toutes les cinq minutes et les piquer toutes les deux heures, le fil s'étant si détérioré qu'il ne restait plus rien à aiguiser. Mes parents eux-mêmes avaient longtemps fauché à la main avant d'acquérir une petite machine et d'abandonner les prairies abruptes qu'ils possédaient sur les flancs des mamelons et des contreforts loumaires, et donc, les sons joyeux et virils ouïs par moi en mon enfance et mon adolescence m'étaient familiers. Bien sûr, je n'avais jamais vu piquer une faux à l'intérieur d'une maison. Et je confesse que le gouverneur me troubla ce soir-là. De tous les membres de son entourage, j'étais devenu le plus réceptif, le plus disposé à accepter le sérieux, voire la profondeur de ses agissements qui, à l'orée d'une mort annoncée, programmée, l'avaient ramené au pays de ses aïeux, qui était aussi le mien. Mais ce type de manifestation me prenait au dépourvu. Que dire du trio qui, lui, infiniment moins bien préparé que moi, de toute évidence, n'en croyait pas ses yeux. Ils en avaient oublié les affres de leur ascension hors piste, le froid et la fatigue, et ils assistaient au spectacle effarés, hypnotisés, incrédules. Eux qui avaient vécu tant d'années auprès de ce génie de la finance internationale, qui l'avaient servi avec énergie et brillance, eux, trois fleurons de la haute technocratie française qui avaient vu défiler tant de ministres, de Premiers ministres, d'industriels, de milliardaires, dans l'antichambre de leur maître, qui avaient appris de celui-ci tant de subtilités et de stratagèmes, voici que sans autre transition qu'une opération chirurgicale et trois mois de convalescence, ils étaient confrontés à des scènes pour eux prodigieuses et déstabilisantes. Encore n'étaient-ils pas au bout de leurs ébahissements car l'infirmière s'était, maintenant, agenouillée entre les jambes du président et on ne voyait pas bien ce qu'elle avait entrepris. Un moment, nous ressentîmes une espèce de haut-le-cœur que Calas exprima par un : est-ce possible ? Le son du marteau sur le fil de la lame nous rassura. Agrone avait reçu mission de maintenir fermement l'enclumette puisqu'il était impossible de la ficher dans les tomettes du salon. Agrone avait donc élevé l'outil à la hauteur du bas-ventre du gouverneur, en sorte que celui-ci pouvait y poser la lame et taper doucement, avec précaution, sur le fil, et, si possible, avec précision. Il m'aurait beaucoup étonné qu'il réussît un exercice aussi délicat, exigeant autant de doigté et d'entraînement. Ma foi, quel excitant spectacle que cette alléchante blonde agenouillée entre les jambes du potentat frappant du marteau une chose ferreuse à si faible distance des seins de la lionne. Des quatre, j'étais le seul à apprécier techniquement le tableau. Aussi puis-je répondre à la question du manitou Eychartous et que se posaient sûrement les deux autres : « Qu'est-ce qu'ils font ?

— Le président pique la faux, indiquai-je sobrement, ou tout au moins il s'y exerce, et l'infirmière maintient dans ses mains l'enclumette d'ordinaire plantée dans le sol. »

Les manitous étaient demeurés silencieux. Ils n'avaient pas détourné leurs regards de la scène, pour eux surréaliste, qu'ils avaient surprise. Le gouverneur avait interrompu son travail et remis le marteau à l'infirmière. Agrone s'était relevée. Régis Faucheur-Quitus n'avait piqué que quelques centimètres en un si bref laps de temps, ce qui prouvait son application à respecter les règles que Julien Ajas et Rieu-Chasseur avaient dû lui inculquer ces derniers jours lors de leçons auxquelles je n'avais pas assisté, mais dont je savais qu'elles avaient existé.

Agrone avait replacé le marteau et l'enclumette du côté de l'alcôve puis elle était revenue prendre la faux, dont elle s'était emparée avec précaution. Après quoi, l'infirmière avait passé délicatement un linge blanc sur le front du gouverneur, ensuite essuyé ses mains. Enfin, elle avait entrepris de préparer une potion. Dans un grand verre, elle avait versé une poudre orange à laquelle elle avait ajouté des pilules et une grosse cuillerée d'une épaisse farine, et de l'eau. Maintenant, elle mélangeait doucement.

Les manitous de la Wotan s'étaient redressés. Ils commençaient à payer les efforts prodigués dans la montée, et la longue immobilisation derrière le fenestron. Courbaturés, gelés, ils m'avaient fixé avec dans leurs regards de l'incertitude, et, peut-être, une pointe d'affolement. De voir ces éminents personnages, figures du Tout-Paris des affaires, ces chevaliers de la finance, bloqués là, derrière la partie haute de la maison Quitus, pas loin de l'épuisement, à la merci d'un accident cardiaque, leurs serviettes de cuir posées sur la neige glacée, bondées de dossiers cruciaux mettant en jeu des dizaines de millions de dollars, de les voir là, déboussolés par une scène qui mettait durement à l'épreuve les qualités dont Dieu les avait pourvus pour vendre et acheter, échanger et agioter, m'avait empli d'une certaine compassion.

« Nous allons descendre de ce monticule, contourner l'angle de la maison, et vous attendrez devant la porte, avais-je prescrit, j'informerai le gouverneur de votre présence, et, de toute façon, qu'il vous reçoive ou non, ce soir, je m'occuperai de votre retour à Faustin. »

Ces paroles les rassurèrent. D'ores et déjà, il n'était pas

question de ramener ma voiture à Runac. C'eût été trop dangereux. Mon plan était de descendre à pied, puis, à Runac, d'appeler quelqu'un à Faustin qui viendrait nous chercher, le parcours étant possible à la condition de conduire lentement et avec des pneus à clous.

Agrone avait ouvert la porte et m'avait identifié avec surprise.

« Que se passe-t-il monsieur Ajas, vous êtes encore là ? Je vous croyais à Faustin depuis longtemps.

— J'aurais préféré, mais j'ai rencontré sur la route des gens qui ont eu besoin de mon aide et qui veulent voir le gouverneur.

— Le gouverneur n'attend personne, avait grincé l'infirmière, d'ailleurs, je viens de lui administrer ses remèdes du soir et je dois changer les pansements avant la nuit, il n'est disponible pour personne, et vous le savez bien, avait-elle conclu avec une nuance de reproche.

— C'est vrai, mais il y a là des gens très importants, des manitous...

— Des manitous ?

— Oui, c'est ainsi qu'on désigne les personnages de premier plan dans le monde de la finance, avais-je assuré.

— Je connaissais le sens de manitou, avait répliqué Agrone, je ne suis pas si sotte, mais je croyais que c'était un terme d'argot et non un terme officiel.

— Il y a même des catégories, avais-je insisté pour l'amadouer, ils sont classés selon leur importance, un financier d'envergure nationale est un manitou national. Puis, l'on trouve les manitous internationaux, M.I., enfin, les hommes les plus puissants et influents dans les affaires mondiales sont des grands manitous internationaux, G.M.I... Par exemple, les trois collaborateurs du gouverneur que je vous amène ne sont, en dépit de leurs mérites et de leurs responsabilités, que des manitous nationaux, tandis que le gouverneur, bien sûr, est, lui, un G.M.I.

— C'est drôle, avait alors commenté l'infirmière sur un ton adouci, ça me fait penser au classement des maîtres d'échecs, là aussi il y a des maîtres nationaux, internationaux et des grands maîtres, avec des abréviations identiques.

— Ah bon ? m'étais-je étonné, je n'ai jamais joué aux échecs.

— Moi j'y ai beaucoup joué quand j'étais jeune, je battais mon frère, j'ai été membre d'un club, et je battais beaucoup de garçons. »

Les premières confidences d'Agrone ne furent que de courte durée.

« Bon, je vais voir », avait-elle lâché. Et elle était rentrée en fermant la porte.

Nous avions patienté plusieurs minutes avant qu'elle ne se rouvre.

« Le président ne peut voir personne ce soir, avait-elle triomphalement annoncé, c'est bien ce que je pensais, il recevra ces messieurs demain. »

Nous avions lentement descendu la rampe jusqu'à Runac. Là, j'avais mis Hubert à contribution, non pour qu'il nous conduisît lui-même à Faustin mais pour prévenir par téléphone le taxi qui, lui, pilotait sur la neige et le verglas depuis son enfance.

Ainsi s'était achevée cette journée du premier dimanche après Noël qui vit à Punuseth l'avant-garde des manitous. J'avais aussi, par pur hasard, recueilli un renseignement précieux : il se pouvait épier la vie domestique du gouverneur par le fenestron auquel personne, de l'intérieur, ne prêtait attention, tant il était minuscule et haut placé. Et je m'étais couché avec cette question tournoyant dans ma tête : devais-je informer le gouverneur de cette possibilité d'être vu du dehors, par conséquent de l'urgence d'y parer, par la pose d'un rideau ou tout autre moyen, ou garder cela pour moi, me réservant ainsi d'y recourir un jour ? Je m'étais endormi sans avoir tranché. Mais je fis, cette nuit-là, un rêve désagréable.

J'étais au chevet du gouverneur à l'agonie, en compagnie de la famille, d'Agrone, de Cominac et des domestiques. Je me tenais légèrement en retrait, du côté de la photo murale. A l'extérieur, la lune éclairait si fort qu'on y voyait comme en plein jour. Et derrière le fenestron, je distinguais un visage barré d'imposantes moustaches à la gauloise, surmonté d'une chevelure blanche ébouriffée, le visage d'Augustin remonté de son tombeau et venu assister à la reddition sans condition de l'arrière-petit-fils d'Albert. Au bout de quelques secondes, le visage avait disparu. Alors, j'entendis monter, au-dehors, un lent et profond mouvement de harpes que j'avais aussitôt reconnu puisqu'il s'agissait du quatrième mouvement de la *Troisième Symphonie* de Gustav Mahler que j'avais récemment écoutée aux obsèques de l'écrivain antifasciste U.G., un mouvement qui m'avait marqué, au point que j'avais acheté le disque. J'avais compris pourquoi le défunt avait baptisé cette œuvre la « Symphonie loumaire ». Il n'était pas étonnant que ce mouvement ait résonné dans mon cerveau au terme d'une journée qui avait requis de moi une exigence de tous les instants.

Le contralto avait entonné le chant de Zarathoustra : *Ô homme, prends garde, que dit minuit profond ?* Puis, avait éclaté un chœur composé de membres innombrables, comme une foule immense, compacte, venue on ne sait d'où, rassemblée là, devant la porte, sur les pentes enlunées, et après, nous autres qui étions au chevet du président expirant, nous avions repris le chant, comme s'il nous avait été familier à tous, et lui nous adressait le signe de nous taire, mais nous redoublions d'ardeur. Alors, en un sursaut, il avait lancé sur nous la faux géante qu'il avait voulue à ses côtés, et cette arme nous avait décapités.

JE fus réveillé à l'aube. Mon père avait frappé à la porte de ma chambre en m'annonçant d'une voix de stentor : « Il y a des messieurs qui veulent te voir ! »

Je passai une robe de chambre, me donnai un coup de peigne, tout en pestant d'être ainsi dérangé chez moi au petit matin d'une nuit écourtée et rendue sinistre par mon cauchemar. Ce n'était sûrement pas le gouverneur, seule personne dont, à la rigueur, j'aurais accepté qu'il me tirât du lit puisqu'il me payait grassement. Les manitous nationaux étaient attablés dans notre salle à manger devant des bols de café fumants, du pain, du beurre, du miel « maison » récolté par mon père. Je ne cachai ni ma surprise ni ma mauvaise humeur. Je les avais quittés en un triste état, tant physique que moral, et je les découvrais levés avant moi. Il est vrai qu'ils n'étaient ni frais ni roses. Ils avaient dû consentir un gros effort pour sauter du lit de si bonne heure, sous la pression de raisons forcément impérieuses. Ils me les apprirent d'entrée, après, cependant, m'avoir remercié de mon aide de la veille et s'être excusés de me déranger chez moi : leur contrariété et leur incertitude à la suite de ce qu'ils avaient surpris par le fenestron. Que signifiait cet engouement subit pour ces outils de fauchaison ? Pourquoi le président s'était-il brusquement entiché de cet univers ? Que fallait-il en penser ? Ayant délibéré, ils avaient conclu que je constituais ici un lien plus adéquat que Cominac entre eux et le gouverneur. C'est pourquoi, ayant à conférer avec celui-ci sur des dossiers devenus explosifs, ils commençaient tôt leur journée, et par moi.

J'avais rapidement repris mes esprits :

« En ce qui concerne l'intérêt du président pour la faux et les activités qui gravitent autour de cet outil, je n'en sais guère plus que vous, messieurs, j'ignorais même qu'il eût appris à piquer, il a dû prendre quelques leçons à Runac de son parent Julien ou de son voisin Rieu-Chasseur... Mon opinion est que cette fascination et aussi cette aptitude, car, d'après ce que j'ai vu hier soir le gouverneur est un néophyte très doué, doivent venir de la famille... Vous savez, on a ça dans le sang ou pas...

— Comment cela ? s'enquit Eychartous.

— Eh bien, au début du siècle, les Quitus de Runac et de Punuseth passaient pour les plus forts et les plus habiles faucheurs de nos vallées, en particulier l'un d'eux, Augustin, qui vécut à cheval sur les deux siècles, un colosse obligé de commander au forgeron des faux géantes, sur mesure, telles qu'on en a jamais vu, vous pouvez avoir une idée de l'homme et de l'outil grâce à la photo agrandie que le gouverneur a apposée sur le mur... Les Quitus ont adopté pour ces raisons le sobriquet " faucheur ", et une bonne part de cette connivence bizarre qui paraît unir le gouverneur et la faux, le marteau, l'enclumette, vient, j'en suis convaincu, de cette filiation... Évidemment, je ne peux le prouver... »

Les manitous m'avaient écouté bouche bée.

« J'ignorais que " Faucheur " vînt de ce que les aïeux

du président étaient des faucheurs hors du commun, avait murmuré Calas, d'ailleurs, je ne m'étais jamais posé la question... Vous le saviez, vous autres ? »

Ils avaient répondu non de la tête.

J'avais alors épilogué sur ce point : « C'est le cas de la plupart des noms, qu'ils soient ou non composés, les vôtres n'échappent certainement pas à la règle. » Ils avaient opiné du chef. Que le président ait conservé ce rustique sobriquet les avait rendus songeurs. A moins que ces retrouvailles ataviques avec l'outil ne leur semblassent compliquer leurs perspectives.

L'idée me vint que, par inadvertance ou scrupule, ils ne révèlent au président notre indiscrétion de la veille. N'ayant aucun motif de celer ma présence, au contraire, ils me trahiraient à leur insu, ce qui me fit prendre les devants : « Je pense soudain à une chose... J'ai l'impression que le gouverneur n'apprécierait pas d'avoir été surpris hier soir par ses principaux collaborateurs, piquant une faux sur une enclumette tenue à niveau par son infirmière, aussi, quoique ce soit à mes yeux une péripétie, je ne vous conseille pas de lui apprendre l'épisode du fenestron. »

Ils en étaient convenus.

Eychartous, le plus offensif des trois, m'interrogea sur le Loum.

« Cette montagne a une forme curieuse qui a attiré notre attention, dit-il, ce matin, en quittant l'hôtel, nous avons observé comme des volutes de fumée qui sortaient d'un peu partout, est-ce un volcan ?

— Le Loum passe pour une montagne magique, bien différente, cependant, de celle imaginée par M. Thomas Mann, ici, il serait difficile de soigner la turberculose, avais-je indiqué. Au pays nous ne croyons pas qu'elle soit magique, quoique rustres nous ne sommes pas superstitieux, ce sont les savants eux-mêmes qui ne savent comment la classer... Par certains côtés, elle tient du volcan, par d'autres de la roche du diable, du maléfice, de la corruption... On raconte qu'en des temps reculés il y eut là assassinat d'engendreuse par l'engendré, c'est ce que rapportent des textes historiques, mais personne ne sait vraiment ce que signifie cette expression... Elle doit être littéraire, comme on dit... »

J'eus conscience de ne les avoir guère éclairés sur le dard mais pouvais-je aller plus loin ? Outre que la question loumaire me dépassait moi-même, comment en parler à des hommes d'industrie, de banque, de finance ?

« Je vais vous emmener avec moi, proposai-je, ma voiture étant restée là-haut, nous prendrons le taxi, est-ce que ça vous va ? »

Oui, ça leur allait. L'assurance, par moi donnée, que leur patron gardait des ressources pour s'occuper sérieusement de la rispote à l'O.P.A. du grand manitou international Caius, les avait, visiblement, rassérénés. Ainsi remontèrent-ils à Punuseth, chargés de leurs inséparables serviettes de cuir. Le gouverneur les reçut. Il convoqua Cominac. Il ne m'imposa pas d'assister à cette réunion qui occupa la matinée et à laquelle ma présence était bien inutile. Par contre, Agrone m'avait dit : « Voulez-vous m'accompagner à la pharmacie de Faustin ? » J'avais accepté avec un plaisir ambigu.

« Je vais appeler Hubert, avait-elle déclaré.

— Mais non, il n'est peut-être pas disponible, vous savez qu'il conduit la famille du gouverneur au ski, je vais faire redémarrer la mienne et je serai votre chauffeur. »

Agrone avait souri. En vérité, c'était une très belle femme. Il suffisait qu'elle fût de bonne humeur, disposée à se montrer gracieuse, féminine, en quelque sorte. Ce matin-là, elle était habillée d'un manteau-redingote bleu marine, bordé au col de fourrure blanche recouvrant une jupe bleu clair assez courte qui remontait franchement au-dessus des genoux en position assise, ce que je constatai dans ma voiture. Quand survinrent ces événements qui feraient de moi un autre homme, j'entretenais à la ville une liaison avec une dame de mon âge, professeur d'italien au lycée principal. Cette liaison avait passé le cap des dix-huit mois, au ravissement de ma mère qui désespérait de voir son fils marié de son vivant. Mais, lorsque nous fûmes installés sur nos sièges, Agrone et moi, j'éprouvai des picotements, des élancements, des brûlures, qu'aucune femme n'avait encore provoqués en moi, pas non plus mon amie professeur. L'infirmière parut en être consciente, justement en feignant de n'y point prêter attention, fixant droit devant elle le paysage enneigé, la bouche à demi ouverte, l'esquisse d'un sourire ironique, presque fripon, au coin des lèvres. Des jambes, des départs de cuisses propres à tourmenter même un célibataire endurci né au pied du Loum. Quoique ma personne, les affres ou les émotions qu'elle subissait, ne présentât qu'un intérêt infiniment subalterne, insignifiante qu'elle était au nœud de cette chimère lugubre, du fait que j'en assume la narration je dois au lecteur ce fragment où naquit mon ébranlement, mon désir pour la vigoureuse et allumante infirmière. Pas plus que je ne puis lui cacher l'impensable soupçon qui germa sous mon crâne et qui, sans ce choc subi dans la voiture, n'aurait jamais effleuré mon esprit. Se pouvait-il qu'Agrone fût la maîtresse du gouverneur ? La scène de l'enclumette repassait devant moi dotée d'un sens nouveau qui aggravait mon durcissement cruel.

« Que faites-vous ? » avait interrogé Agrone avec une

indiscutable ironie, comme si elle lisait en moi et sous mes habits.

Je n'avais pu enrayer un sursautement léger, ce qui dut la confirmer dans l'idée que sa présence à mes côtés entraînait des avaries.

« Je fais chauffer le moteur », avais-je répondu, m'avisant trop tard de la ridicule confusion que cette réponse était susceptible d'établir. Par bonheur, débusquer mon trouble était plus aisé que deviner mon accès de jalousie insensé. Au demeurant, comment une infirmière aimerait-elle un corps martyrisé, labouré de cicatrices sans cesse au bord de redevenir des plaies exigeant d'être pansées soir et matin ? Mais elle pouvait n'aimer que son cerveau, admirer sa personnalité, retirer de leur intimité médicalisée une véritable excitation, un type de jouissance que des hommes normaux étaient bien incapables de lui procurer. Que des spéculations aussi sordides m'aient brusquement assiégé témoigne de la puissance du choc que j'encaissai ce matin-là. Je basculai dans un début de perversion en usant d'un déloyal stratagème pour la faire bavarder sur elle et le gouverneur. Elle ignorait que j'avais assisté par le fenestron à la scène du piquage, et donc, en plaçant la conversation sur le terrain de l'attirance de son malade pour les outils de fauchage, je testerais sa franchise. Si elle n'avait rien à se reprocher dans ses pensées et ses attitudes, elle me rapporterait tout naturellement l'épisode.

« Je constate, avais-je avancé, que le gouverneur s'intéresse de plus en plus aux faux et à tout ce qui gravite autour, je pense que ses voisins lui ont donné quelques leçons, à mon avis il ne s'arrêtera pas là, je me demande jusqu'où tout cela ira... »

En un éclair, Agrone était redevenue infirmière-chef et avait répondu sur un ton professionnel :

« Moi, je comprends assez bien tout ça, on voit que vous n'avez pas l'habitude des grands malades, de ceux qui connaissent à un mois ou quelques jours près l'instant de leur mort… Plus ils sont intelligents, plus leurs réactions apparaissent opaques à leur entourage, heureusement que nous sommes là, nous, les infirmières, nous acceptons et interprétons ces réactions mieux que les hommes, en particulier mieux que les médecins… J'ai connu voilà quatre ans un cas qui se rapproche de celui du gouverneur, un architecte renommé atteint du Sida, qui a voulu mourir sur l'île aux Oiseaux, dans le bassin d'Arcachon, pour la raison que son père s'y était noyé jadis, quand il avait six ans… Cet architecte habitait un hôtel particulier à Paris, il laissait derrière lui une fortune… Condamné à bref délai par les médecins, à sa première rémission il a tout quitté et il s'est posé là-bas, sous une cahute de chasseurs de canards qu'on a aménagée pour lui, sa famille vécut très mal cette initiative… Elle a fardé la vérité, racontant partout que l'air du bassin avait été recommandé par les médecins… Moi qui l'assistais, je comprenais qu'il voulût avoir la libre disposition de lui-même, que ses pulsions secrètes réveillées des profondeurs par la certitude d'une mort imminente lui appartenaient à lui et à personne d'autre… Ce que je trouvais scandaleux, c'est qu'il fût assuré d'être tué par le Sida en cinq ou six mois, et non qu'il ait décidé de s'exiler sur l'île aux Oiseaux… Il en va de même du gouverneur… Il est l'un des hommes les plus fortunés d'Europe, peut-être du monde, il est attaqué au pancréas, je sais et il sait que le chirurgien n'a pu racler toute la tumeur à cause de la veine cave, il va mourir dans l'année qui vient, il a le droit de choisir comment vivre ses derniers mois, c'est tout… Pour l'un c'était une cahute à trois cents mètres du lieu où son père avait péri, pour l'autre c'est le renouement avec l'activité vitale des ancêtres, celle qui lui a donné son nom, y a-t-il là quelque chose de vraiment mystérieux ? Quand je vois ses enfants, sa femme, son gendre, sa bru, atterrés, et qui le dissimulent si mal, je me dis que cet homme n'a pas la famille qu'il mérite... Hier soir, il a voulu piquer la faux quelques minutes, je lui ai tenu l'enclumette... Au début, ça m'a surprise, c'est vrai, moi aussi j'ai besoin de m'adapter aux situations avant de les assimiler, mais aujourd'hui, je ne trouve pas ça anormal, tout au plus original, voilà... »

Nous étions arrivés à l'entrée de Faustin. Cette longue tirade m'avait dégrisé. Ma jalousie s'était évanouie. Je la jugeai déplacée. Elle ne me faisait pas honneur. Je la mettais au compte de ce coup d'aiguillon reçu au départ de Punuseth. Agrone me regardait du coin de l'œil, satisfaite, derechef amène.

« Et les manitous, avais-je questionné, qu'en pensez-vous ?

— Les manitous ? avait-elle repris en riant. D'abord, je ne parviens pas à m'habituer à cette appellation, en dépit de vos explications, je trouve ça comique, et même un peu ridicule, cela dit, je les plains... Eux, ils ne sont pas de la famille, leur patron va mourir et il pique une faux, je me mets à leur place, ça ne facilite pas leur travail. »

Je déposai Agrone à la pharmacie. Les habitants de Faustin nous avaient repérés. Ils affichaient des airs entendus. Le fils Ajas aurait-il enfin déniché chaussure à son pied ? Ah, la belle blonde ! La puissante encolure ! Les suggestives hanches ! Une fille comme on les aimait ici ! De quoi engendrer nombre de petits au pied du Loum ! Et une infirmière avec ça ! Il a bien fait de ne pas se presser ! S'il est malade, elle saura le soigner ! Sans compter que

Faucheur-Quitus le riche pourrait bien leur léguer à chacun un joli pécule !

Réflexions canailles, félicitations paillardes, trop bruyantes pour être honnêtes, ne me furent pas épargnées au bar du Grand Hôtel du Pic où j'attendais qu'Agrone ait terminé ses courses. J'y vis un excellent prétexte pour aborder, au retour, le sujet du couple que nous formions. Quand elle remonta dans la voiture, je lui lançai, sur un ton plaisant :

« Savez-vous qu'ici, on nous voit déjà mariés ?

— Est-ce possible ? Ils vont vite dans votre pays !

— C'est dû au fait, enchaînai-je, que je suis un célibataire endurci et que c'est la première fois que je me montre avec une aussi jolie femme, alors on me croit amoureux... »

J'avais escompté, sans trop y croire, qu'elle sauterait sur l'occasion. Par exemple : « Ont-ils raison ? Êtes-vous amoureux pour la première fois ? Et de moi ? »

Hélas ! Elle s'était contentée d'une expression pensive, ce qui avait accru sa séduction et, malgré tout, semé en moi quelques graines d'espoir.

Nous passâmes à Runac sans nous arrêter. Nous nous étions repliés dans le silence, soudain conscients du fait que, désormais, nous devions peser nos mots. A Punuseth, nous tombâmes sur une agitation ébahissante.

Entre le seuil de la maison Quitus et le sapin de Noël, il y avait du monde : le couple hippie, la famille Ajas-Impérial, Rieu-Chasseur, les trois manitous, la cuisinière Isidora et le gouverneur lui-même. Un froid vif rougissait les oreilles mais le soleil brillait au-dessus du dard. Agrone et moi, descendus de voiture, nous nous octroyâmes une bonne minute pour intégrer le spectacle qui s'offrait à nos yeux, car nous n'avions pas assisté à sa genèse.

Le gouverneur avait revêtu des habits d'époque en tout point semblables à ceux portés par son ancêtre Augustin sur les photographies : un bonnet à plis, une veste de drap, une chemise de chanvre ouverte, une culotte de drap retroussée jusqu'à mi-mollets, et les pieds nus dans des sabots garnis de paille. Il tenait, manche au sol, lame en l'air, la grande faux offerte par Julien Ajas. Il posait avec un plaisir visible, et même un brin de fierté, devant Aquelbuquer qui prenait des photos. Hormis les manitous, ils étaient tous plutôt joyeux. Agrone me lança un coup d'œil où je la sentis hésiter entre l'incertitude et l'hilarité. Je dois honnêtement reconnaître que la scène, par certains côtés, ne manquait pas de comique.

Le gouverneur était un cachottier. Rien ne l'obligeait à me communiquer tous ses projets. Malgré tout, ne m'avait-il pas nommé chef de cabinet pour les affaires locales ? Déjà, il avait pris des leçons de piquage sans me le signaler. Je découvrais maintenant qu'il s'était procuré des habits paysans d'époque sans m'en référer. Après tout, j'étais bien placé pour l'aider. Et payé pour ça. Me mesurait-il tout à coup sa confiance ? Et pourquoi ? Un peu plus tard, j'appris que ces vêtements s'entassaient dans le grenier des Ajas-Impérial, que les sabots appartenaient à Julien et la ceinture à Rieu-Chasseur, ce qui calma mes appréhensions. Derrière une fenêtre du rez-de-chaussée, je reconnus Cominac qui observait la prise de vue de l'intérieur de la maison. Je le plaignis. A lui les humeurs du gouverneur, les susceptibilités des grands manitous, les aigreurs des petits maîtres. Je comprenais que sa mine se fût autant allongée en si peu de temps.

Le gouverneur avait demandé une photo encadrée par Julien et Rieu-Chasseur, puis souhaité que fût monté le rampi, un trident de bois arrimé au talon de la faux et, par une longue cordelette, attaché au manche, au niveau de la main ou de la poignée, comme on voudra. Cette sorte de prothèse fixée à l'outil permettait de faucher le blé : la lame coupait, le rampi rabattait les tiges et leurs épis, ce qui facilitait ensuite la confection des gerbes. Monter un rampi sur une faux requérait un savoir-faire que possédaient Julien et Rieu-Chasseur. Le gouverneur, heureux, esquissa, avant de poser, le geste du faucheur. A cet instant, Cominac sortit de la maison avec, dans chaque main, un gros cartable. Il rejoignit, un peu à l'écart, les manitous qui, eux-mêmes, avaient déposé leurs serviettes. Tous quatre, soucieux et pâlichons, regardèrent officier Aquelbuquer.

« Et le coudié ? s'exclama Rieu-Chasseur, vous avez oublié le coudié ! Un faucheur sans coudié, ça se voit jamais ! »

Il s'était approché du gouverneur en brandissant un fourreau de bois dans lequel était glissée une pierre à faux.

« Recommençons », avait ordonné le gouverneur, mécontent de cet oubli.

Rieu-Chasseur avait accroché le coudié à la ceinture d'étoffe. Aquelbuquer avait pris la photo. Le couple hippie, qui ne marchandait pas ses coups de main à la maisonnée Quitus (couper du bois, réparer une gouttière, parfaire à la main le travail du chasse-neige), s'était attiré la sympathie du gouverneur et de son entourage domestique. Aussi fut-il récompensé en posant, lui aussi, aux côtés du président en uniforme de faucheur. Après quoi, le magnat cancéreux ressentit les premiers effets de la fatigue. Il remercia et congédia tout le monde. Puis il rentra dans la maison, suivi d'Agrone et d'Isidora. Moi, j'interrogeai les manitous et Cominac qui s'apprêtaient à descendre à Runac.

« La réunion s'est bien passée ?

— Oui, avait répondu Brancalot, vous aviez raison, le gouverneur a toute sa lucidité, sa prodigieuse machine intellectuelle est intacte, il maîtrise superbement tous les dossiers, nous sommes à peu près certains, désormais, que notre contre-O.P.A. a de bonnes chances de réussir, ça nous laisse sans voix.

— Et pourquoi ? » m'étais-je étonné.

Brancalot avait alors consulté du regard les trois autres. Il sollicitait l'autorisation de parler. Pouvait-on se livrer sans crainte devant ce fils de paysan, assurément serviable, mais requis sur place par le patron ? C'était surtout à Cominac que s'adressait cette question muette. Brancalot interpréta comme une consigne de prudence le silence de celui-ci.

« On ne se lasse pas d'admirer le patron depuis qu'on a le privilège de le servir, et, de le savoir si proche de sa fin, de le voir consacrer tant de temps à ces histoires de faux, loin des capitales financières, et, en dépit de tout ça, de le voir survoler comme aux plus beaux jours des dossiers si complexes, ça nous laisse sans voix.

— Moi aussi », avais-je alors laconiquement commenté. Et j'étais sincère.

Ils étaient partis. Moi, j'étais rentré pour transmettre au gouverneur le message de Canitreille qui m'avait informé qu'il restait deux places dans le tombeau des Faucheur-Quitus. Le malade s'était étendu. Agrone avait tiré un épais rideau vert et noir que Mme Faucheur-Quitus avait fait installer au lendemain de son arrivée afin de protéger l'intimité de l'alcôve. Elle procédait aux soins et gourmandait le financier opéré.

« Vous devriez vous ménager physiquement, c'est une simple question mécanique, essayez de le comprendre, certains mouvements tirent trop sur les tissus, votre cicatrice du côté droit, celle qui remonte jusque dans le dos, est rouge vif, ce qui ne devrait pas être le cas quatre mois après l'intervention, si le chirurgien la voyait, il dirait que je ne fais pas bien mon travail, réfléchissez tant que vous voulez, votre cerveau n'est pas blessé, marchez deux heures par jour par fractions de vingt à trente minutes, voilà les instructions que j'ai reçues, mais à cause de cette faux vous outrepassez les consignes, ce n'est pas bon pour vous.

— Poser pour une photo n'est pas très fatigant, avait protesté le gouverneur.

— Vous ne vous contentez pas de poser, rien que pour endosser ces habits de théâtre vous avez dû faire des mouvements nuisibles... Qui vous a aidé ? Personne ? Vous voyez bien, je n'étais pas là, sans compter cet exercice d'hier soir.

— Hier soir, c'était facile, vous teniez l'enclumette. »

Agrone avait maugréé. Les remontrances avaient cessé. L'infirmière était à l'ouvrage. Deux fois, j'entendis geindre le malade. J'attendis la fin des soins au coin du feu. Quand Agrone écarta le rideau, je me levai. Du fond de la vaste salle, elle m'aperçut et m'apostropha : « Vous êtes encore là, vous ? »

Je fis la moue, manifestant que cette réaction me chagrinait. Elle me tourna vivement le dos et disparut dans la salle de bains.

Je m'étais aventuré vers l'alcôve, encouragé par ma certitude que le gouverneur était impatient de connaître le résultat des investigations de Canitreille. Il était en pyjama rouge sombre, couché en chien de fusil. Il me parut souffrir. J'en fus gêné et songeai que l'infirmière n'avait pas eu tout à fait tort de me rudoyer. De surprendre là, juste après des soins que je subodorais douloureux, cet homme de soixante-quatre ans à une brassée de mois de la mort, ce président de la Wotan-Pacific redouté et admiré des hiérarques de la finance internationale, cette carcasse étique interminable cassée en deux, les mains crispées sous le ventre, formant sangle pour soutenir tripes et viscères en déroute, avait déclenché en moi une décharge de honte qui me clouait sur place. Le gouverneur se croyait-il seul ? Avais-je encore le choix de battre en retraite, de déguerpir pour revenir à une heure plus convenable ?

« C'est vous Ajas ? Que me voulez-vous ? Ce doit être important pour venir à moi au moment des soins, du moins saurez-vous ce qu'est un homme quatre mois après qu'on lui a retiré les trois quarts de son pancréas et raboté l'œsophage jusqu'à la veine cave, excusez-moi mais je reste pour l'instant dans cette position qui me soulage, je vous écoute, Ajas.

— Je vous demande pardon, monsieur, j'ai cru...

— Allons, Ajas, vous êtes là, parlez, que voulez-vous ?

— J'ai vu Canitreille, monsieur, il a étudié la question du caveau, il est formel, il y reste deux places libres.

— Voilà une bonne nouvelle, Ajas, je l'annoncerai ce soir à ma femme, si elle le souhaite, elle pourra un jour me tenir compagnie. »

Je m'étais éclipsé. Comme j'ouvrais la porte, Agrone réapparut avec une seringue dans la main droite. Elle me sourit. Puis elle retira le rideau vert et noir. L'infirmière était une femme imprévisible. A ce moment, j'ignorais si elle jouait ou non avec moi. Aujourd'hui, je le sais. Le lecteur l'apprendra en temps voulu. Au cœur des délires. Avant les Chants sérieux.

II

Délires et Chants sérieux

LE 31 décembre au soir, le doyen Antus, le major, le conseiller et moi-même, nous nous tenions autour de la cheminée de l'oncle tandis que celui-ci, en cuisine, aidait ma tante Odette à préparer et embrocher le chapon traditionnel qu'ils nous réservaient, chaque année, au réveillon du nouvel an. L'animal rôtirait lentement au-dessus des braises dont le tapis épais dégageait déjà une telle chaleur que nous avions reculé nos sièges de plus d'un mètre. Au préalable, on l'aurait bourré de pain aillé, enduit d'huile d'olive, tartiné de son foie coupé, poivré, salé, à quoi l'on aurait ajouté de petites tranches d'ail et de pain tartiné, lui, de foie gras. Naguère, on se relayait à la broche qu'on tournait à la main. Voilà trois ans, l'oncle s'était laissé convaincre d'acquérir une broche électrique, et, depuis, on s'était habitué facilement à ce progrès. Avant de débrocher, le major serait, comme d'ordinaire, préposé au flambage de la bête au moyen de cet instrument curieux qu'est le flamboir, un tout petit cône percé fixé au bout d'une longue tige. A l'intérieur de ce cône, on plaçait du lard gras, en ayant pris soin d'abord de faire chauffer le cône à blanc. On approchait le cône de la volaille. Les gouttes de lard gras tombaient sur la bête et ressemblaient à de grosses larmes. Au contact de la peau du chapon, elles provoquaient des flammes, des pointes de feu. L'opération avait pour but d'éviter que cette peau ne fût sèche au moment de servir la volaille à table.

Pour l'heure, nous dégustions, moi une gentiane glacée, eux des anisettes à l'eau bien tassées. Le doyen avait rempli ses devoirs en l'église de Faustin dont c'était le tour d'accueillir les fidèles après celle de Runac à l'occasion de Noël. Il était environ 22 heures. A cause de la météo exécrable qui sévissait, la soirée du 29 novembre revenait à ma mémoire, et peut-être en allait-il de même pour mes compagnons car ils se montraient moins bavards que d'habitude. Le doyen tirait d'épaisses et longues bouffées de sa pipe, ce qui ne lui était pas coutumier, le conseiller semblait rencontrer des difficultés exceptionnelles à rouler sa cigarette, le major jaugeait d'un œil critique la lèchefrite disposée sur la plaque de fonte du foyer. Ils n'étaient pourtant pas moroses. La perspective de voir rôtir ce chapon, de l'arroser à tour de rôle avant de s'en délecter accompagné d'un vieux corbières les incitait au recueillement qui précède les cérémonies rares et réellement importantes. Mais ils avaient aussi parlé du gouverneur, récapitulé les événements, obtenu de moi des détails que je leur avais livrés sous le sceau du secret, par exemple le piquage en chambre que j'avais surpris, la séance de photographies, et le dernier en date de ce que d'aucuns qualifiaient les caprices du malade : retrouver l'une des faux géantes ayant appartenu à son aïeul Augustin. A ce sujet, mon oncle avait émis une observation pertinente : la mission n'était pas impossible. Cela en raison des faits suivants : à l'instar de tous les paysans, Augustin possédait, à coup sûr, plusieurs faux, lesquelles étaient d'un modèle unique puisque fabriquées sur mesure, par conséquent reconnaissables entre dix mille, même quatre-vingts ans après. Ces exemplaires, tout au moins l'un d'entre eux, pouvaient se trouver soit enfouis sous des vieilleries dans les maisons patrimoniales et alliées des Quitus, des Lannes, des Bincaret, des Baubère, familles des épouses successives des Ajas, soit au fond de magasins d'antiquités rustiques, très à la mode dans les années 60 et 70, époque où les antiquaires français écumèrent les hameaux et villages des montagnes, échangeant des tables en Formica et des appareils ménagers contre des roues de charrettes, des tabourets d'étable et autres râteliers de bois qui ornèrent ensuite les salons de résidences secondaires sur la Côte d'Azur ou dans la région parisienne. Mon oncle avait affirmé qu'en cherchant bien, on dénicherait l'un de ces outils plus aisément qu'il n'y semblait. Je m'y employais discrètement.

Le doyen avait philosophé sur les rapports du gouverneur et de l'Église catholique tels qu'ils découlaient de ses démarches. Il en avait déduit que le désir irrépressible de mimer les us et coutumes de ses ancêtres l'emportait, chez Faucheur-Quitus, sur la piété. Sans quoi, pourquoi souhaiter si fort être enterré à la manière des temps anciens ? Le major s'était abstenu d'interprétation. Ce qui démontrait combien cette façon d'agir, de vivre et subir la maladie, déconcertait le vieux baroudeur. Quant au conseiller, fidèle à lui-même, il cogitait un coup que lui avait inspiré mon rapport du propos du gouverneur où il s'était suggéré à lui-même la création d'une fondation du Loum. Le maire, grâce à des années de politique locale et régionale, avait acquis une dextérité légendaire à obtenir des subventions de tous ordres contre lesquelles il négociait les voix de son canton, ce qui lui assurait des réélections somptueuses. Tel un singe une cacahuète, il avait prestement saisi l'idée au vol et il s'était exclamé : « Moi, j'ai un endroit idéal pour une fondation, c'est le château de Faustin. »

Le château des vicomtes de Faustin surplombait le village et tombait en ruine. La municipalité l'avait racheté à bas prix et obtenu, grâce aux manœuvres du maire, d'être classé monument historique. Restait à lui donner vie tout en créant des emplois. Le conseiller avait tenté, jusqu'alors en vain, d'arracher au ministère de l'Éducation nationale le financement d'un laboratoire d'étude de la faune et de la flore du pays faustinois. C'est pourquoi ce concept de fondation loumaire procurait au maire de délicieuses démangeaisons. Un mécène qui connaissait à peu près tous les membres du gouvernement lui tombait du ciel.

Mon oncle et ma tante apparurent, portant broche et chapon. Deux minutes plus tard, la belle et dodue volaille tournait au-dessus du tapis de braises et dégageait des odeurs irrésistibles. Bientôt, ses cuisses et ses filets fumeraient dans nos assiettes parées de petites pommes de terre sautées, craquantes et dorées, de cèpes et de morilles. Nous la contemplions en silence et avec concupiscence. C'est alors que nous avions entendu des coups frappés à la porte, sursauté, échangeant des regards qui reflétaient une commune pensée : ça recommence. Tout concourait, en effet, à nous remémorer la soirée du 29 novembre. Nous n'en revenions pas. Il y avait là quelque chose d'un peu surnaturel.

« Ce n'est quand même pas lui ! prononça l'oncle.

— Surtout que s'il a quelque chose à vous dire, cette fois il y a le téléphone », observa le major.

L'oncle était allé ouvrir la porte et nous l'avions entendu demander :

« Monsieur ?

— Je suis bien chez M. Ajas ? » avait interrogé une voix à l'accent pointu.

L'oncle ayant déjà l'expérience d'une méprise avait vite précisé : « Oui, mais ici nous sommes les Ajas du Loum, vous cherchez sûrement nos homonymes de Runac... » Je connaissais à fond mon oncle. C'était un très brave homme, au sens de l'hospitalité proverbial. Mais ce soir-là, je le devinais impatient d'en finir avec ce visiteur trublion. Nous ne cachâmes pas notre contrariété. Car mon oncle fit entrer l'inconnu. Il referma la porte et le conduisit jusqu'à nous, toutefois sans l'avoir débarrassé de son manteau trempé. Il est vrai que cette fois l'homme était jeune et ne semblait pas malade. En dépit des dégâts infligés par les éléments, il paraissait énergique et déterminé. L'oncle me désigna du menton en disant : « Voici mon neveu Marcellin. »

L'intrus gratifia mes compagnons d'un salut rapide et ne se soucia plus que de moi. Le bonhomme n'avait, manifestement, pas l'habitude de perdre son temps.

« Vous êtes donc Marcellin Ajas, prononça-t-il, moi, je m'appelle Élisée, je suis homme d'affaires et suis venu ici pour entrer en relation le plus tôt possible avec M. Faucheur-Quitus ou, à défaut et pour l'instant, avec ses collaborateurs, qui sont ici, à Faustin, au Grand Hôtel du Pic... Moi-même, je suis descendu à l'Hôtel du Faustin... Or, ces messieurs de la Wotan-Pacific m'ont reçu en me jouant une comédie saumâtre : affolés, ou feignant de l'être, ils prétendent que le président Faucheur-Quitus a disparu, qu'ils le cherchent, mais je suis à peu près sûr qu'il n'en est rien, du côté de la Wotan, ils veulent seulement gagner du temps... Or, je suis porteur d'un message verbal pour le gouverneur de la part de mon patron Caius, et ça m'ennuierait beaucoup de ne pouvoir le joindre... C'est le patron de l'Hôtel du Faustin qui m'a dit que vous deviez savoir où était le gouverneur, et que je vous trouverais chez votre oncle... Il paraît que vous avez été engagé pour vous occuper de lui ici, alors vous devez savoir où il est ? »

On se doute que ces paroles m'avaient proprement stupéfié. Je m'étais levé et considérai cet homme dont le pardessus commençait à fumeronner sous l'effet de la chaleur des braises et qui tapotait nerveusement son chapeau. Élisée, l'un des personnages les plus en vue du Paris de l'époque, produit d'exception de nos plus fameuses écoles, fasciné par les réseaux, lové au giron des médias majeurs, initiateur de la bataille autour de la CO.B.E.N. entre la Wotan-Pacific et l'empire Caius. Grâce à un entregent unique, Élisée s'était hissé au niveau de manitou international, ce qui excitait la jalousie des « managers » de son âge aussi bien pourvus que lui en peaux d'âne mais moins aptes à la construction et au maniement des toiles d'araignées. Le manitou, officiellement, portait un message verbal de Caius au gouverneur. En réalité, il s'était déplacé pour vérifier la véracité de ce qui se racontait à Paris et ailleurs au sujet du président Quitus, analyser les conséquences d'éventuelles anomalies sur les affaires en cours. Je pris la décision qui s'imposait : je téléphonai à Punuseth.

A mon contentement, Agrone avait décroché l'appareil.

« Où est le gouverneur ?

— Hubert l'a conduit à Faustin, sans doute pour faire un point avec ses collaborateurs.

— C'est curieux qu'il n'ait pas fait l'inverse, ça lui aurait évité le déplacement, surtout avec ce temps.

— Écoutez, monsieur Ajas, il est assez grand pour en décider lui-même, il ne devrait pas tarder à rentrer pour les soins, du moment qu'il est avec Hubert, je ne suis pas inquiète, avez-vous appelé le Grand Hôtel du Pic ?

— Non.

— Eh bien, faites-le, et s'il n'y est plus, c'est qu'il est sur le chemin du retour, Hubert le connaît bien, maintenant, et il est très prudent. »

J'avais alors appelé le Grand Hôtel du Pic.

Calas m'avait exposé : « Le gouverneur a quitté Punuseth ce soir mais nous ne l'avons pas vu, nous commencions à nous inquiéter, il a tout bonnement disparu, il faut téléphoner à Runac, au besoin il faudra avertir la gendarmerie, Hubert a pu avoir un accident, avec ce temps exécrable... »

Mes démarches téléphoniques auprès de ceux de Runac n'avaient abouti à rien. J'envisageai d'appeler la gendarmerie. Ma tante Odette avait fini par offrir un siège à Élisée. Celui-ci ne paraissait pas gêné outre mesure par cet accueil plutôt tiède. Il se savait inopportun, en cette soirée du nouvel an, chez des gens paisibles salivant devant un chapon embroché. Il aurait sûrement accepté une invitation aux agapes, mais il avait compris qu'elle ne viendrait pas. Il avait ceci de sympathique qu'il semblait sincèrement navré de s'être irrué. Il commençait, visiblement, à se sentir incommodé sous ce pardessus qui étuvait dans cette partie de la salle à manger surchauffée par le brasier.

« Alors ? m'avait-il lancé.

— Vous aviez raison, le gouverneur est introuvable, j'espère que son chauffeur n'est pas sorti de la route.

— Qu'attendez-vous pour alerter la gendarmerie ? »

Ce ton pète-sec m'avait agacé. Non content de violenter la quiétude et l'épicurisme qui régnaient sur notre assemblée, il se comportait à notre égard d'une façon cavalière.

« Je n'ai pas d'instructions à recevoir de vous, d'autant que vous n'appartenez ni à la famille du gouverneur ni à son groupe... Avant de sortir les gendarmes de chez eux un soir de 31 décembre, je dois bien réfléchir, voilà pourquoi j'hésite.

— Je ne voulais pas vous forcer la main, monsieur Ajas, encore moins vous offenser, si je vous ai parlé sec c'est que j'ai l'habitude de m'exprimer comme ça... Après tout, c'est vrai, il y a ici assez de gens dont le travail est de s'occuper du président Faucheur-Quitus, simplement, je prends le train en marche, je débarque en un lieu et un pays où je n'avais jamais mis les pieds, chargé d'une mission bien précise, et je joue de malchance car je découvre mes adversaires et néanmoins confrères de la Wotan affolés et un gouverneur qui a disparu, alors je me contente, comme on me l'a enseigné, d'aller au plus pressé, à l'essentiel, et l'essentiel, vous me l'accorderez, c'est bien de savoir où se trouve exactement votre patron au moment où nous parlons... Dans les bras d'une belle Faustinoise ? Ce qui m'étonnerait, ce que j'avance à seule fin de fixer les idées, en ce cas, bien sûr, ce serait lamentable d'ameuter les autorités et la population... Grièvement blessé au fond d'un ravin ? En ce cas, mieux vaudrait ne plus perdre une minute. »

Pendant que parlait le manitou international, j'avais mis mes méninges à l'épreuve et formé une décision.

« Je vais téléphoner à mon ami taxi, qui est aussi ambulancier et secouriste, qu'il fasse la route entre Faustin et Runac, pour voir s'il y a ou non des traces d'accident... Moi, je me rends à la gendarmerie pour consulter le brigadier, c'est mieux que de téléphoner, venez avec moi, je vous ramène à votre hôtel. Comment êtes-vous venu ? A pied ?

— Oui, à pied.

— J'appelle le taxi et on y va », avais-je grommelé, extrêmement contrarié par cet incident.

Heureusement, il restait encore au chapon plus d'une heure à rôtir. Élisée s'était levé, avait salué la compagnie et m'avait emboîté le pas. Je passai un coup de fil au taxi puis nous sortîmes. Nous affrontâmes la tourmente et progressâmes bravement vers le cœur du village, le vieux quartier, là où se situait l'Hôtel du Faustin. J'enviais mes compatriotes que je devinais autour de leur feu, comme chez nous, devisant gaiement, les papilles en effervescence taquinées par les divins fumets échappés des cuisines, tandis que je traînais dehors par une nuit détestable aux côtés d'un monsieur que rien n'atteignait, qui n'avait même pas éternué alors qu'il était trempé, glacé jusqu'aux os. D'où ce manitou extrayait-il une telle force physique, une pareille énergie ?

Comme nous nous étions engagés dans la ruelle pavée qui menait à l'Hôtel du Faustin, il se produisit simultanément deux faits notables. D'abord, et quoique même un sanglier eût hésité à entreprendre son expédition nocturne habituelle, j'entendis, derrière nous, des bruits de pas. Me retournant, j'aperçus les trois manitous de la Wotan qui, sans essayer le moins du monde de se dissimuler, nous suivaient à une quarantaine de mètres. J'allais en informer Élisée lorsque celui-ci, s'arrêtant net, me désigna du doigt une limousine noire en s'écriant : « N'est-ce point la voiture du président Faucheur-Quitus ? »

C'était, en effet, le véhicule du gouverneur. A cet instant, nous fûmes rejoints par les trois autres.

« Vous avez trouvé quelque chose ? s'enquit Brancalot, sans se donner la peine de jeter un œil dans la ruelle.

— Oui, dis-je, la voiture du gouverneur.

— Que fait-elle là ? s'inquiéta Calas.

— Je n'en sais rien, avais-je répondu, allons voir. »

Nous nous approchâmes de la limousine. Personne à l'intérieur. Et comme nul grésillement ou crépitement ne nous parvenait, j'en conclus que le système de radio-téléphone avait été coupé. Probablement pour avoir la paix. Le gouverneur s'était donc déplacé en visite privée, allant jusqu'à tromper son entourage sur sa destination puisqu'il avait prétendu se rendre à l'hôtel de ses collaborateurs, ce qui, soit dit en passant, m'avait laissé sceptique quand Agrone m'en avait informé. Qu'est-ce qui l'avait amené là ? Son chauffeur et lui avaient-ils été attirés dans un guet-apens ?

Maintenant, les manitous braquaient leurs regards sur moi, seul à connaître le village et donc qualifié pour tracer une conduite. Tout en creusant ma cervelle, j'avais avancé de quelques pas dans cette ruelle. Guère rassurés, les manitous s'étaient serrés derrière moi. Je ne pus m'empêcher de penser au groupe que nous constituions, ces élites françaises et moi, au fond de cette venelle, par cette nuit mauvaise, et je me dis qu'il devait s'en dégager quelque impression fantastique.

Aujourd'hui, tandis que je narre l'épisode, j'ai peine à imaginer qu'il advint réellement tant il me paraît extravagant. Cependant, l'essentiel était à venir.

Au bas de la ruelle, parvenu à un minuscule rond-point, au bord du Faustin, autour duquel s'ordonnaient d'antiques granges et maisons, j'eus soudain une intuition. A notre gauche se dressait un corps de bâtiment construit de bois et de pierre dont on entrevoyait qu'il enfermait de vastes espaces. Là, au début du siècle, œuvrait le forgeron Nogaret à qui avait succédé son fils dans les années 30, pendant la Seconde Guerre mondiale et dans le début d'après-guerre, avant qu'il ne fût vaincu par la disparition générale des métiers d'autrefois et forcé de tirer le rideau. La bâtisse était donc l'ancienne forge du pays faustinois. Les Nogaret étaient tout à la fois maréchaux-ferrants, charrons, ferronniers et forgerons. Ils forgeaient à la catalane. Un canal, invisible de là où nous étions, creusé derrière la maison, apportait l'eau du Faustin. Enfants, mes camarades de classe et moi avions assisté à quelques-unes des dernières séances de forge de Nogaret, au travail des « plats d'acier » rougis au feu, soumis au marteau-pilon, platinés au four, étirés, puis savamment pétris en fonction de l'objet, de l'outil, à fabriquer. Ici, en ce rond-point jadis encombré de roues de charrettes, de cercles de fer, de tisonniers, de crémaillères, de chenêts, de têtes de fourches et de bêches, et, bien sûr, de lames de faux, se pressaient les paysans du Faustinois, des villages et hameaux loumaires. Un jour, le silence, le calme, la mort, en somme, avait pris possession des lieux sans coup férir, du soir au lendemain. Nogaret avait baissé les bras, tiré un trait définitif sur ce passé industrieux et glorieux mais qui brisait les bras de l'homme.

Tout à coup nous parvint un grondement que je n'avais plus entendu depuis des dizaines d'années. Mon cœur se mit à battre fortement sous l'empire de l'émotion. Mon intuition se vérifiait d'une façon que je n'aurais jamais prévue : le gouverneur avait rendu visite à Nogaret. Bien plus : pour lui, à soixante-dix-huit ans, le forgeron s'était mis en frais. Il avait ressuscité la forge. Le grondement n'était autre que les eaux du Faustin s'engouffrant sous les vannes et actionnant la turbine qui commandait le marteau-pilon. A l'issue de quelles tractations le forgeron s'était-il persuadé que le jeu en valait la chandelle ? Une fois de plus, je constatais que le gouverneur avait conquis son autonomie en Faustinois, qu'il ne me consultait plus beaucoup sur les initiatives à prendre alors qu'il m'avait embauché pour ça, ni sur les contacts à nouer, qu'il suivait, désormais, un chemin balisé par lui-même, qu'il s'était affranchi du guide qu'il continuait à payer grassement. Ce soir-là, malgré tout, le dépit s'effaça devant la surprise immense de localiser le gouverneur chez le forgeron, de découvrir que Nogaret avait réanimé la forge pour les beaux yeux du magnat. Les manitous, comprenant que j'avais élucidé le mystère et que, ce faisant, j'étais la proie de sensations enviables, s'étaient impatientés.

« Si ce n'est pas trop vous demander, avait grincé Eychartous, pourriez-vous expliquer ce qui se passe ?

— Nous sommes ici devant ce qui fut la forge du pays de Faustin jusqu'à l'après-guerre, le gouverneur est sûrement là, ce que vous entendez est le bruit de la turbine du marteau-pilon qui n'avait pas fonctionné depuis mon enfance, ce qui me fait penser que le gouverneur a demandé et obtenu sa remise en marche.

— Vous ne pouvez affirmer avec une absolue certitude que le gouverneur est là, avait objecté Calas, seule est là sa voiture... Et que cette forge renaisse ne signifie pas que le président soit sain et sauf à l'intérieur, savez-vous un moyen de nous en assurer ? »

Je réfléchis. Les lieux m'étaient familiers. J'avais souvent joué au gendarme et au voleur dans ces dédales du vieux Faustin où, derrière les façades, se cachaient une multitude de poulaillers, de potagers, de bauges à cochons, d'arrière-cours, notamment celle de l'abattoir du boucher voisin qui nous chassait à coups de bâton parce qu'il ne supportait pas qu'on l'épiât quand il tuait les bêtes. Je me rappelai qu'il était possible d'observer, sans être vu, l'intérieur de la forge en se posant dans le jardin de Nogaret. Je pris sur moi d'y conduire mes compagnons, d'y pénétrer de nuit, comme en maraude.

Le Faustin était gros. Ses eaux furieuses se ruaient vers la turbine. Par une fenêtre aux vitres sales et munie de barreaux nous dardâmes et vîmes un spectacle plus palpitant encore que celui surpris à Punuseth grâce au fenestron.

Nogaret était en tenue. Il avait revêtu son long tablier de cuir et protégeait ses mains par des chiffons de laine. Hubert, réquisitionné, s'occupait du soufflet énorme qui attisait le foyer. La femme de Nogaret, absolument pétrifiée par une scène qu'elle n'avait jamais cru revoir, se tenait debout près de l'entrée principale de la forge. Le gouverneur, lui aussi nanti d'un tablier de cuir cependant trop court pour lui, assis sur un tabouret haut et inconfortable, admirait les acteurs avec une attention passionnée. Le forgeron travaillait un « plat d'acier » qu'il maintenait au moyen d'imposantes tenailles attachées à son tablier. Il martelait le métal rougi à blanc et les manitous en restaient cois de saisissement.

« Est-ce possible ? » murmura Élisée.

Et Brancalot :

« Qu'est-ce qui se passe ?

— Vous le voyez, répondis-je, Nogaret forge une masse d'acier, si je ne me trompe, elle est sûrement destinée à une lame de faux, pas une lame ordinaire, une très grande lame, j'en déduis que le gouverneur lui a commandé une faux à sa taille, aussi grande que celle de son ancêtre Augustin.

— Pourquoi cette nuit ? s'étonna Calas.

— Ah ça ! je n'en sais rien, le gouverneur était sans doute pressé, quand il veut quelque chose il faut aller vite, ce n'est pas à vous que je l'apprendrai, forger la nuit est plus discret, mais si l'on veut la véritable explication, il faudra la lui demander. »

Il me vint alors brusquement l'idée perfide de nous manifester. J'en avais assez de cet espionnage. De plus, d'être écarté de la sorte par le gouverneur de ses affaires faustinoises me mortifiait, me donnait l'envie de représailles adaptées, c'est-à-dire dénuées de conséquences graves. J'en avais aussi assez des escarmouches, des défilements, des reptations de ces manitous qui arpentaient le haut du pavé, décidaient du sort de centaines de milliers d'ouvriers et d'employés, souvent se dandinaient à la télévision, révélant au commun des mortels ce que l'évolution du monde leur réservait dans les décennies futures, effectuaient trois petits tours, montraient au peuple leur dernier livre, puis tournaient les talons pour s'en aller souper au Fouquet's. Voilà que je les avais sous la main, en des circonstances choisies, et qu'il ne dépendait que de moi de les compromettre. Quelle ne fut pas leur stupeur lorsque, sans les prévenir, je cognai énergiquement contre les vitres. J'avais calculé que, sur un ton des plus naïfs, je fournirais au président d'innocentes explications, du genre : nous étions là, monsieur, serrés derrière cette fenêtre par un temps des plus éprouvants, et nous avions pris tellement peur à cause de votre disparition, de votre limousine garée là, dans la noire ruelle, feux éteints, radiotéléphone coupé, que, vous ayant enfin découvert vivant à cette heure si tardive, nous n'avons pu résister à l'élan d'aller vers vous et de signaler notre présence. Le but était de projeter dans l'arène les manitous, celui du camp adverse inclus, car j'avais flairé que cette équipée du nouvel an s'achèverait dans la même clandestinité que celle de Punuseth. Or, j'étais devenu impatient de voir en découdre les protagonistes et j'avais sauté sur cette superbe occasion de les inonder de lumière. Je mesurai l'effet produit par les haut-le-corps qui secouèrent les manitous. Quant aux occupants de la forge, ils s'immobilisèrent et fixèrent la fenêtre en plissant les yeux. D'évidence, ils ne distinguaient pas les traits des embusqués. Aussi nous annonçai-je aussitôt : « C'est moi, monsieur, Marcellin Ajas, je suis avec vos collaborateurs. »

Nogaret avait interrogé le gouverneur du regard et celui-ci, d'un léger signe de tête, avait accepté que nous entrions. Mme Nogaret quitta la forge. Et moi, je ramenai la troupe devant la bâtisse. Ce qui fournit le temps à Brancalot de ronchonner : « Vous auriez pu nous consulter. » Et à Calas de maugréer : « Avez-vous pensé que nous pouvions déranger le gouverneur ? S'il était parti seul avec Hubert, c'est qu'il ne recherchait pas d'autre compagnie. » Eychartous s'était dispensé de commentaires. Elisée avait ricané : « Ça devient intéressant. »

Nous fûmes introduits dans la forge de Faustin par la femme de Nogaret. Le forgeron avait mis en branle le marteau-pilon, et, maintenant, il y passait la masse d'acier rougi. Le gouverneur, fasciné par l'opération, nous avait oubliés. Nogaret, s'il n'avait plus sa vigueur d'autrefois, conservait son savoir-faire. Au marteau-pilon, il travaillait dextrement son acier. Celui-ci s'étirait, s'élargissait, se rétrécissait, se courbait, comme par magie. Les manitous de la Wotan, mal à l'aise, regardaient alternativement le marteau-pilon et le gouverneur. La situation ne cessait, pour eux, de s'aggraver, de leur échapper, au point de leur devenir quasi hermétique. Dès sa sortie de l'hôpital, avant son départ, le gouverneur les avait réunis en petit comité chez lui et mobilisés sur le dossier de la CO.B.E.N. Ce sera ma dernière affaire d'envergure avait-il exposé en substance, plus que jamais je compte sur vous pour la mener à bien, je vois mal comment le futur président de la Wotan-Pacific ne serait pas, en tout état de cause, l'un de ceux qui auront contribué à repousser victorieusement l'offensive de Caius. Ils s'étaient donc, comme on disait à cette époque, totalement investis dans cette bataille, profitant de l'absence physique du patron pour se hausser du col, tant auprès de lui, en donnant d'eux-mêmes et à distance la plus forte impression possible, qu'à l'intérieur et à l'extérieur du groupe. Quatre jours avaient suffi à les plonger dans un abîme de conjectures, à les confronter à des problèmes aux énoncés déraisonnables et à des situations indignes de leur éducation, de leur savoir, de la place qu'ils occupaient au sein de l'*establishment,* du rôle qu'ils jouaient dans le traitement des questions financières, des écoles où ils avaient brillé. Par contre, Élisée, quoique du même sérail, était doué d'une certaine insolence primesautière qui lui conférait un charme spécial, apprécié des uns, raillé par les autres, jalousé par tous, insolence, au demeurant, qu'il ne manifestait qu'avec discernement, surtout dans les nombreux essais qu'il publiait plutôt que dans ses méthodes de manitou où il redevenait plus orthodoxe et rentrait dans le rang. Auprès de la jeunesse estudiantine éclairée, choyée, vouée à la seigneurie de la guerre économique, Élisée passait pour un réformateur audacieux, subtil, cultivé, tandis qu'il était considéré par ses pairs comme un manitou orthodoxe, tout aussi séduit qu'eux par l'appât du gain et le goût du pouvoir. Tel était l'homme qui apportait, ce soir-là, un message de l'empereur Caius, statut qui lui garantissait une certaine liberté de parole interdite aux manitous de la Wotan. Une liberté qui, cependant, touchait sa limite dans le respect dû à tout grand manitou international par ses vassaux, à quelque camp qu'ils appartinssent. Ce bref portrait d'Élisée contribuera à l'éclairement de l'espèce d'incident qui survint comme Nogaret approchait du four, enserré dans ses énormes tenailles, l'acier travaillé au marteau-pilon, afin de le platiner. Entre ses mains expertes, la masse avait pris forme. Celle d'une lame terrible, telle qu'on n'en faisait plus dans les usines, de quoi réjouir les mânes des Quitus. A ce stade, forger redevenait un art. A cet instant précis, Élisée improvisa un numéro d'apparence absconse. Le gouverneur n'ayant pas daigné nous honorer d'une parole, tout ensorcelé qu'il était par l'ouvrage du vieux Nogaret, nous ne savions sur quel pied danser. Les directeurs de la Wotan, en particulier, piégés par mon initiative perverse, ressemblaient à des moutons apeurés. Le manitou de Caius avisa un tablier de cuir suspendu à un clou dans un coin, le passa puis arpenta la forge en déclamant : *La Mort qui nous possède et nous tient sous sa peur / Mais dont l'horreur nous est tellement coutumière / Que nous n'y pensons pas ou, lors, n'y pensons guère / Sans quoi tous sécheraient, sur le champ, de stupeur, / A moins d'être les saints d'un temps pire ou meilleur / Qui dans elle voyait la bonne avant-courrière, La Mort prend mille aspects cruels, et dans sa guerre / Implacable, a le geste effroyable ou railleur.*

Élisée s'était planté devant le gouverneur. Nogaret avait interrompu le platinage au four de la lame d'acier.

« Que faites-vous donc ici, monsieur Élisée ?

— Monsieur le président, je vous présente mes respects, je suis arrivé cette après-midi et je suis descendu à l'Hôtel du Faustin, je suis porteur d'un message du président Caius, vos collaborateurs étant partis ce soir à votre recherche, je me suis joint à eux, ils m'ont amené ici. Vous découvrant en un lieu inattendu, assistant à l'un de ces travaux extraordinaires que le progrès a détruits, j'ai pensé que ces quelques vers indiqueraient notre présence sans rompre le charme, mais peut-être vais-je, une fois de plus, être victime de ma pétulance, si je vous ai indûment tiré de vos méditations, je vous prie de bien vouloir m'en excuser. »

Tout Élisée résidait en ces propos : il risquait une part de sérieux contre une part d'originalité. Il avait ainsi supplanté maints rivaux.

« Que sont ces vers ?

— Un poème de Verlaine dédié à M. et Mme Tarlé.

— Pourquoi avoir choisi un poème sur la mort alors que vous savez la mienne si proche ? Est-ce vraiment de bon goût ? Est-ce là le message du président Caius ? »

J'étais curieux de voir comment Élisée s'évaderait de la trappe qu'il avait refermée sur lui. J'avais l'impression d'assister à l'un de ces numéros de cirque où un contorsionniste doit se libérer d'une boîte minuscule à l'intérieur de laquelle il s'est fourré lui-même.

« Je n'avais pas pensé à votre maladie une seconde, monsieur, et il va de soi que le président Caius ne m'a nullement chargé de vous lire quelque poème que ce soit... J'ai simplement vu monsieur forger une lame de faux, et je vois, là-bas, un long manche de bois destiné à la recevoir, j'en ai donc conclu que, ce soir, il se fabrique ici une faux... L'époque étant révolue où ce type de faux est utilisé dans nos campagnes, j'en ai déduit que cet outil n'est pas destiné à son usage naturel mais à orner un intérieur... Ou à symboliser quelque chose... Or, la faux n'est-elle pas, par excellence, le symbole de la mort ? Le début de ce poème, appris au lycée en classe de première grâce à la passion d'un professeur pour Verlaine, m'est alors venu à l'esprit. »

Nogaret en avait fini avec le four. Maintenant, il s'apprêtait à tremper l'acier. Il plongea la lame dans un baquet d'eau froide. Le gouverneur s'était levé. Il n'avait toujours pas jeté un œil sur nous. Debout à côté de Nogaret, il observait le refroidissement brutal de l'acier. Élisée s'était approché du baquet.

« Eh bien, pour une fois, monsieur Élisée, vous vous êtes trompé... », avait prononcé le gouverneur dont le visage s'était éclairé, ce qui traduisait que le jeune manitou international avait surmonté le pire. « Cette faux n'est pas destinée à la décoration, elle a été faite pour moi, sur mesure, ainsi qu'on procédait jadis pour mon aïeul géant Augustin Faucheur-Quitus, je l'essaierai dès demain... »

Élisée n'osait regarder le gouverneur en face. Il fixait le baquet.

Et le gouverneur avait interrogé sèchement : « Quel est le message de M. Caius ?

— Le président Caius est prêt à un armistice.

— Un armistice... »

Le gouverneur avait longuement branlé du chef. Ensuite il avait dit :

« C'est curieux, il demande un armistice juste après avoir enfoncé nos lignes et alors que nous organisons à peine notre contre-offensive... Vous n'allez pas me faire croire que le but de l'O.P.A. était simplement spéculatif... Caius n'a pas mis la main sur un pareil paquet d'actions pour seulement nous les revendre plus cher... Ce qu'il voulait, ce qu'il veut toujours, ce ne peut être que le pouvoir.

— Cette proposition découle de l'idée que nous nous faisons de la situation.

— Et quelle est cette idée ?

— Nous n'avions pas prévu que la puissante Wotan entrerait en lice, maintenant nous doutons de devenir jamais majoritaires.

— Vous m'étonnez, Élisée, il est bien trop tôt pour que l'on sache qui va gagner la partie, à moins que les gouvernements ne s'en mêlent, ce qui m'étonnerait du côté français, moins pour les Belges, les Anglais et les Italiens, mais, je vous le répète, il faut attendre, et M. Caius le sait bien, c'est pourquoi je dois réfléchir pour percer ses intentions. »

Nogaret avait retiré la faux de l'eau.

« Je la finirai demain, avait-il déclaré, je la taperai pour faire son chapelet, après il restera à la corroyer pour lui donner son goût.

— Lui donner son goût ? s'était étonné Élisée.

— Oui, son tranchant définitif, si vous préférez. »

C'est à ce moment que le gouverneur avait donné des signes de fatigue. Il fut même victime d'un léger vertige. Alors j'entrai en scène. Hubert et moi, nous le ramenâmes sur le tabouret. Il pressait ses deux mains sur son ventre. « Rentrons », avait-il murmuré.

Là-haut, à Punuseth, Agrone devait l'attendre, angoissée. Je demandai à Nogaret de pouvoir téléphoner. Je ne m'étais pas trompé. L'infirmière veillait. Je l'informai qu'Hubert ramenait le malade, que ma présence ne s'imposait pas, que je viendrais aux nouvelles le lendemain. Et je lui souhaitai une bonne et heureuse année. Les manitous de la Wotan, ulcérés et déconfits, avaient filé sans un mot après le départ du gouverneur. Élisée, d'excellente humeur, prit le temps d'examiner quelques-uns des objets qui encombraient la forge avant de prendre congé. « Je reviendrai en choisir deux ou trois », avait-il promis au forgeron. Puis, il m'avait salué cordialement : « Je suis content d'avoir fait votre connaissance, si vous le permettez, j'aimerais vous revoir. »

Il était sorti.

Moi, j'étais rentré chez mon oncle. Le flamboir du major pleurait sur le chapon. Il s'ensuivait comme un feu d'artifice. Les agapes étaient proches.

« Enfin ! s'étaient-ils exclamés, on commençait à s'inquiéter. »

L'horloge du clocher sonna les douze coups de minuit. Nous échangeâmes force accolades. Après quoi, nous réveillonnâmes.

« Qu'est-ce que tu as fabriqué ? m'avait demandé l'oncle.

— Nogaret a forgé cette nuit une faux qui fait peur.

— Et qu'est-ce qu'il va en faire ?

— C'est pour Faucheur-Quitus, il va l'étrenner demain ou après-demain. »

SA première leçon de faux fut donnée au président de la Wotan-Pacific par son parent utérin Julien Ajas-Impérial assisté de son voisin Rieu-Chasseur, en présence de Nogaret, de la femme du gouverneur qui, ce jour-là, avait renoncé au ski, du chauffeur Hubert, des domestiques Isidora et Aquelbuquer, des manitous au complet, du couple hippie, de l'infirmière Agrone et de moi-même. Élisée s'était muni d'un appareil photographique, ce qui avait déplu à tout le monde sauf au gouverneur qui, au contraire, parut heureux que l'événement fût immortalisé. La perspective que ces photos fassent le tour du gotha de la finance et les gorges chaudes de dîners en ville, timidement évoquée par Brancalot, ne l'émut point.

« Est-il déshonorant ou ridicule ou nuisible à nos affaires de s'exercer à faucher ? avait-il lancé à la ronde, nous mettant au défi de répondre oui et de le blesser gravement. Aristide, de notoriété publique, ne joue-t-il pas tous les dimanches au train électrique ? Et cela l'empêche-t-il de dominer Wall Street ? » Ayant clos ce débat une fois pour toutes, reçu de Nogaret la faux étincelante et impressionnante forgée dans la nuit de la Saint-Sylvestre, il avait écouté les premières consignes de

Julien sur la façon de se déplacer avec l'outil. Que ceux qui n'ont jamais essayé taisent leurs sarcasmes. De nombreux dangers guettent les néophytes. Ainsi faut-il prévoir un trébuchement, une chute, le croisement avec quelqu'un, sans omettre le respect de la loi qui interdit de porter en ville une faux si elle n'est pas démontée, talon en haut, pointe de la lame en bas arrimée au manchon. Toutes précautions valables pour les faux ordinaires, *a fortiori* pour la faux terrifiante de Nogaret. Le gouverneur apprit donc à manipuler l'outil, à emmancher et démancher la lame en enfonçant ou expulsant le taquet de fer avec le marteau.

« Avant de faucher, il faut savoir faire tout ça, avait dit Julien.

— Je comprends très bien, avait approuvé le gouverneur, de même qu'il faut apprendre le solfège avant de jouer du violon. »

La séance d'initiation avait duré une demi-heure. Élisée avait pris plusieurs photos. Plus tard, comme prévu, elles devaient circuler. Un manitou courageux aurait déclaré au gouverneur : « La différence entre vous et M. Aristide, c'est que si celui-ci joue au petit train le dimanche, il n'a pas installé son P.C. dans un wagon de la S.N.C.F. » Un hebdomadaire financier avait montré « l'étoile de Wall Street, chez lui, un dimanche, s'adonnant à son passe-temps préféré ». On avait jugé ça très bien. Je me souviens des airs navrés de la femme du président et des manitous de la Wotan. Perdaient-ils de vue que le pire n'était pas que le gouverneur fût comme envoûté par cet outil mais bien qu'il ne lui restât que quelques mois à vivre et à endurer ?

Il s'était révélé un élève doué. Il avait démonté quatre fois la faux, assimilé avec une facilité déconcertante le jeu capital de la main gauche. « C'est la main gauche qui pilote, avait expliqué Julien. Il faut la tenir un peu haute pour que la lame soit bien parallèle au sol, qu'elle plane comme un oiseau, au ras du terrain, qu'elle s'y adapte et ne s'y plante pas dedans, les jambes pas trop pliées, le buste qui bouge à peine, les hanches qui règlent l'ensemble. » Ils travaillaient sur la terre battue. Avant d'attaquer l'herbe, il importait de maîtriser le mouvement. Élisée avait cessé de prendre des photos. Pensif, il considérait son aîné éminent. Son regard de rapace s'était voilé. Quand le gouverneur eut remercié ses maîtres, il prit congé respectueusement, annonça qu'il rentrait à Paris et rendrait compte au président Caius. Il ne salua personne d'autre et descendit sur Runac. Nous le suivîmes à distance, le gouverneur ayant regagné sa maison en compagnie de sa femme, d'Agrone et d'Isidora.

Rieu-Chasseur, sincèrement admiratif, avait épilogué : « Malade comme il est et sans avoir l'habitude, je me demande comment il a pu bouger une faux comme ça. » Vint l'Épiphanie, qui marqua le début de ce que j'appellerai l'ère des cadeaux. Avant de relater le déjeuner du 12 janvier qui se tint à Runac dans la maison du Kandal et qui réunit autour du président, à sa demande, sa famille, ses serviteurs, ses collaborateurs dont moi-même, je souhaite revenir sur la soirée du premier de l'an.

Après le réveillon, rentré chez moi, aussitôt couché, je ne parvenais pas à accrocher le sommeil. Sans doute le trop-manger et le trop-boire portaient-ils des responsabilités dans cette insomnie mais il y avait plus : la sensation désagréable que quelque chose de factice s'était glissé au creux des événements, qui ne m'avait pas échappé en totalité mais que je n'avais su identifier prestement par excès de naïveté et manque d'imagination. Les yeux ouverts dans l'obscurité de ma chambre, à l'écoute tendue des vents loumaires qui déferlaient sur la vallée, je voyais le film des épisodes repasser lentement et m'attardai sur chaque image. Ainsi m'apparut, tout à coup, une possible supercherie. Que le manitou Élisée ait surgi chez l'oncle alors qu'il n'avait, jusque-là, jamais entendu parler de lui, qu'il se soit inquiété d'une « disparition » du gouverneur, m'avait déjà grandement surpris. En quoi était-ce à lui de donner l'alerte ? Et de la donner chez l'oncle ? Pourquoi la famille et les manitous du gouverneur ne m'avaient-ils pas semblé trembler outre mesure ? Les explications d'Élisée ne m'avaient pas convaincu. Malgré tout, dans le doute, parant au plus pressé, je m'étais laissé embarquer. Mais son numéro de poésie avait accru ma suspicion. Tout bien pesé, cette extravagance paraissait davantage née d'un calcul que d'une improvisation. Sans sous-estimer la culture du manitou Élisée, sûrement consistante, on était en droit de s'interroger sur cette faculté remarquable de déclamer, prétendument au débotté, un poème sur la mort devant un cancéreux lors même que Nogaret forgeait à l'intention de celui-ci une faux effrayante, elle-même symbole universel de la camarde. N'avions-nous pas assisté à une offensive de déstabilisation particulièrement diabolique décidée par Caius et Élisée ? Le jeune manitou, après quelques heures à Faustin qui lui avaient permis de prendre la mesure de la situation, n'avait-il pas rendu compte au téléphone à son chef en lui signalant une détérioration mentale patente du président Faucheur-Quitus ? Quelqu'un du village l'aurait informé de la présence du gouverneur dans la forge et l'idée de déverser ces vers lugubres aurait germé dans son esprit fertile avant qu'il ne nous rendît visite chez l'oncle. Je me souvenais que les manitous de la Wotan avaient été prévenus par ses soins et il avait su les retrouver au village tout en donnant à penser que nous les rencontrions par hasard. Il avait dû repérer la limousine dans la ruelle. Peut-être avait-il effectué seul le tour de la maison et assisté au début du travail dans la forge. Se présenter seul l'exposait à ne pas être autorisé à entrer. Au surplus, il était capital que les manitous de la Wotan assistassent à cette étrange soirée, que leur moral en fût affaibli, qu'ils fussent un jour à même de témoigner. Ainsi lui serait-il loisible de jouer l'envoyé spécial spectateur malgré lui de l'une des « crises » les plus significatives de l'adversaire numéro 1 du président Caius. Et d'aggraver la perturbation en récitant des vers morbides censés lui être inspirés par la scène.

Je m'endormis tard, cette nuit-là, juste avant d'avoir repoussé ces élucubrations engendrées par un organisme fatigué de la fête, un cerveau embrumé de vapeurs de vin. Il reste que, le lendemain, cette diabolisation du manitou Élisée n'avait pas évacué ma cervelle. Je me promis de tâter le terrain à la première occasion pour élucider la question, tester le redoutable manitou international, avant de classer cette interprétation des faits dans le tiroir des divagations. Je ne devais revoir Élisée qu'à l'occasion du carnaval. En effet, dès le lendemain du nouvel an, il avait levé le camp. Quelque part entre Paris, Londres et Milan, l'état-major de l'empire Caius phosphora sans désemparer sur le thème : y a-t-il ou non des conséquences à tirer de la maladie et des agissements extraordinaires de Régis Faucheur-Quitus ? Caius avait à prendre chaque jour des décisions rapides déplaçant des milliards car la bataille autour de la CO.B.E.N. battait son plein. Une idée eût consisté à attendre la mort de ce président qui avait choisi seul de s'opposer à l'O.P.A., mais cette mort n'était programmée, au mieux, qu'à l'automne prochain. Caius ne pouvait tout arrêter en espérant un nouveau président de la Wotan qui composerait avec lui. Si donc l'exil du gouverneur à Punuseth, sa passion soudaine pour l'histoire de ses aïeux, sa fixation sur les faux étaient exploitables, cela devait se faire avant l'été, le plus tôt possible. Le rapport d'Élisée s'avérerait précieux, peut-être décisif. Voilà pourquoi — j'appris tout cela bien après les événements — le jeune manitou imaginatif et sans états d'âme avait été expédié dare-dare à Faustin en mission de reconnaissance où il avait déjà placé une banderille inattendue en récitant Verlaine. Il reviendrait bientôt. Quelle pièce monterait-il alors ? J'y pensai souvent au long des mois de janvier et de février. Cependant, la vie avait continué. Des faits dignes d'être notés et rapportés se produisirent.

Le gouverneur fêta les Rois. Il reçut des visites.

L'idée de réunir parents, collaborateurs et serviteurs pour l'Épiphanie se justifiait, encore que la seule présence de la famille se fût quand même mieux comprise. Après tout, le gouverneur, conscient d'imposer à son entourage des contraintes hors normes et un rude effort d'adaptation, s'était abandonné à injecter un peu de convivialité autour de lui, à s'occuper du moral des troupes de la Wotan en les hissant, le temps d'une fête, au niveau de ses propres enfants. Mais je fus troublé par un incident qui survint au dessert. Un lecteur rencontré lors de ces épisodes m'aurait trouvé suant la méfiance à pleins pores. Je lui aurais confié mes soupçons au sujet de l'affaire Verlaine puis mes doutes sur l'authenticité de cette réunion d'Épiphanie. Touchant à celle-ci, je puis ici opérer une rétrospective tandis que je traiterai le mystère de la forge selon sa chronologie.

Que devenait Cominac ? Avait-il disparu de Faustin ? L'avait-on renvoyé à Paris ? Point du tout. Depuis l'arrivée des manitous de la Wotan, Cominac avait repris vie et s'affairait plus que jamais. Ces histoires de faux lui étaient pénibles et l'attiraient vers un univers où il perdait son assurance et presque toutes ses capacités. Par contre, les intrigues suscitées par la maladie du gouverneur et la bataille de la CO.B.E.N. le ramenaient à la surface et lui restituaient ses prérogatives. Pendant que s'étaient déroulés les événements narrés précédemment, Cominac avait passé son temps entre ses téléphones, ses faxeurs, les manitous et les membres adultes de la famille Quitus. Il s'était même entretenu seul à seul et brièvement avec Élisée. Certes, il notait tout, faisait rapport de tout et se gardait d'initiatives aventureuses, ce qui ne l'empêchait nullement d'en prendre d'anodine apparence. Telle celle de suggérer à Eychartous, le plus jeune des manitous de la Wotan, celui qui bénéficiait de hautes relations et protections politiques, qui avait, avant le gouverneur, servi un homme qui ambitionnait ouvertement de présider un jour la République, bref, un manitou qui n'avait pas encore empli sa besace à ras bord, dont l'avenir était devant et non derrière, de lui suggérer, non de frapper un grand coup, mais de marquer un point de nature à compter double ou triple à l'heure de la succession du président au ventre en bouillie, en fomentant, avec son aide à lui, Cominac, une fête des Rois élargie à l'entourage, au dessert de laquelle serait servie la rituelle galette. Car Cominac, quand le manitou Élisée regagna Paris pour rapporter la situation à l'empereur Caius, fit d'Eychartous son poulain interne pour, sinon la présidence, au moins la vice-présidence de la Wotan-Pacific, estimant trop vieux et pas assez cruels Calas et Brancalot. Comment et quand appris-je le pot-aux-roses ? Au soir de ce déjeuner des Rois, à la nuit, après qu'Agrone eut prodigué au malade les soins d'avant-coucher. Je l'avais invitée à revêtir sa pelisse, à coiffer son bonnet de laine châtaigne, à chausser ses boots et à se changer les idées à mon bras à moi, Ajas Marcellin, en gravissant sous la lune et les étoiles le sentier menant au premier Cuns du Loum. En cette nuit d'hiver si froide et lumineuse, les Cuns, ces plaies béantes ouvertes en trois endroits du phallus de granit, projetaient au-dehors des lueurs orangées, comme si quelque feu couvait en leurs dedans, lueurs légères, malaisément perceptibles à un œil non aguerri, qui, une fois repérées, devenaient ensorcelantes tant elles semblaient un leurre. Ce phénomène n'est visible que si des conditions météorologiques sont rassemblées : température très basse, absence complète de brumes et brouillards, lune pleine ou, au moins, trois jours après son premier quartier. Alors, les écoulements de cette bizarre lave blanchâtre, parfois filetée de jaunasse, se cristallisent, en conséquence de quoi se dissipent les miasmes et autres fétidités. A l'inverse de ses effets oppressants habituels, le Loum dégage ces nuits-là une atmosphère envoûtante, sensuelle, et met les filles dans ce que les Anglais appellent une *funny mood.* Jadis, quand les villages et hameaux des contreforts mamelus, des prairies frisottées et des étendues de mottes touffues, grouillaient d'habitants, les soupirants guettaient ces nuits d'hiver favorables au mollissement des défenses de leurs belles. Pauvre Agrone ! Elle ignorait que jouaient ces maléfices et que, lui proposant innocemment la promenade ce soir-là, je lui tendais un piège. De fait, à mesure que nous nous élevions vers l'embasement riche en fourrés crépus, elle expulsait des halètements que ne pouvaient seuls expliquer notre allure infiniment modérée et la pente largement atténuée par les lacets. Tout à coup, elle me prit la main et la serra. Puis elle s'arrêta, se tourna vers moi, entoura mes épaules de ses bras. Enfin, elle m'embrassa. Et moi, je l'entraînai en direction d'une cahute dont Rieu-Chasseur se servait pour tirer la palombe. Nous nous étreignîmes au pied du Loum et j'en conserve un souvenir stimulant.

« Devant les autres, a-t-elle insisté, nous devrons continuer à nous vouvoyer. » C'est en revenant à Punuseth qu'elle m'avait lancé soudain : « Marcellin, qu'est-ce que tu as pensé de cette fête des Rois ?

— J'ai éprouvé la même impression que le soir du nouvel an, quand Élisée s'est présenté chez mon oncle pour rechercher le gouverneur, c'est-à-dire que quelque chose clochait, mais je ne comprends pas très bien quoi.

— Moi, je sais ce qui clochait. »

Agrone m'a relaté une scène qu'elle avait surprise. C'était au lendemain du nouvel an, en début d'après-midi, pendant la sieste du gouverneur. Elle était montée dans sa chambre où la fenêtre était demeurée ouverte. Elle s'apprêtait à la fermer lorsqu'elle avait entendu, juste au-dessous, une conversation entre deux hommes dont l'un était Cominac, et les bribes saisies l'intéressèrent. Elle choisit de ne pas fermer la fenêtre, revêtit son manteau et tendit l'oreille.

« Il faudrait que je trouve quelque chose, disait l'interlocuteur de Cominac qui n'était autre que le manitou Eychartous, mais quoi ?

— J'y ai réfléchi, j'ai mon idée là-dessus, je vais t'aider... Tu vas faire fabriquer par un pâtissier une faux miniature en sucre candi et tu l'offriras au président le jour de la fête des Rois, moi je me charge de convaincre la famille de la nécessité d'une réunion détendue à laquelle tout le monde participerait, toi tu offriras la galette au nom des collaborateurs de la Wotan, je me suis renseigné, le pâtissier de Faustin est excellent, tu donneras la petite faux en guise de fève, il te reviendra de découper la galette et, bien sûr, la part du président contiendra la fève, c'est une idée qui le comblera, comme elle viendra de toi, il s'en souviendra, tu suis ?

— Je suis, mais c'est tellement enfantin, à la limite un peu grotesque... Je voudrais être bien sûr de ne pas me ridiculiser.

— Écoute, celui qui gagnera la bataille à la fin de l'année prochaine, c'est celui qui se mettra deux choses dans la tête, deux choses qui, *a priori,* ne vont pas ensemble : l'une, c'est que le président ne vit plus comme un être normal, qu'il fait une fixation formidable sur la mort, ses ancêtres, et cet outil, la faux, qui entre dans la moitié de son nom, et donc qu'il est de plus en plus sensible à ce qui touche à tout ça... L'autre chose, c'est que la partie de son cerveau qui est branchée sur la finance est intacte, et que même, par moments, elle n'a jamais été aussi performante, crois-moi, je l'ai expérimenté. A ce sujet Élisée et Caius se font des illusions, en tout cas Élisée, et ceux qui commettent l'erreur grossière de ne pas intégrer cette contradiction s'exposent à l'échec.

— Tu es sûr qu'en découvrant cette faux dans son gâteau, il ne va pas croire que je me fiche de lui ?

— Certain... Maintenant, tu fais ce que tu veux, moi je ne cherche pas la succession, mais je pense que toi, tu es le meilleur candidat possible, j'en ai déjà touché deux mots à son fils, il n'a pas le pouvoir de décider quoi que ce soit, mais, comme tu le sais, il connaît bien plusieurs administrateurs, sans compter que la famille détient un paquet de parts non négligeable car elles peuvent faire l'appoint à l'heure H.

— Mais si la faux est dans sa part de gâteau, c'est cousu de fil blanc ! La coïncidence sera tellement énorme qu'il verra bien que j'ai triché.

— Le déjeuner des Rois, c'est une réunion de famille, ce n'est pas un cercle de jeu... Bien sûr qu'il ne sera pas dupe, mais ce n'est pas grave, d'autant que tu peux t'en tirer facilement en faisant faire d'autres galettes avec des fèves normales pour les enfants, comme ça tout le monde sera content.

— Tout le monde, je n'en suis pas si sûr.

— Tu vois ? avait triomphé Cominac, si l'opération est mauvaise pour Calas et Brancalot qui, eux, n'auront pas su se manifester à leur avantage, c'est qu'elle est excellente pour toi. »

Voilà ce qu'avait entendu Agrone ce jour-là, et qu'elle me rapporta juste après notre étreinte loumaire. A ma question : « Tu n'as rien dit ? Tu as laissé faire ? » elle avait répondu : « Était-ce si grave ? Ça m'amusait plutôt de voir des hommes de cet âge, diplômés et chargés de si considérables responsabilités, se livrer à ces jeux-là... Moi qui ne connaissais rien au monde des affaires et de la finance, je n'en ai cru ni mes yeux ni mes oreilles, ça m'a donné des idées pour ma carrière, par exemple offrir une fève “ femme nue ” au directeur de mon hôpital ou à un grand patron. »

Et elle avait éclaté de rire.

Cominac et Eychartous avaient mis leur plan à exécution, au grand dam des manitous Calas et Brancalot. Cominac avait aisément convaincu la famille de profiter de la fête des Rois pour réunir tout le monde, de façon à normaliser, autant que faire se pourrait, les relations au sein du groupe transplanté à Runac et Punuseth, de ménager une fête aux enfants, de rompre avec ce processus de fuite qui, chaque jour, poussait la famille vers la station de ski. Quand ils revenaient, ils étaient fourbus, et le gouverneur aussi. Pour être honnête, force m'est d'écrire que l'absence de sa parentèle ne paraissait guère coûter à celui-ci.

Le déjeuner de ce dimanche des Rois se déroula, au début, dans une ambiance guindée, ponctuée d'essais de bonne humeur forcée. La famille Faucheur-Quitus cachait mal qu'elle souffrait de ce séjour obligé auprès de son chef. A sa décharge, une ligne de conduite correcte s'était révélée difficile à définir. Le gouverneur, je l'ai indiqué, s'absorbait dans la direction de ses affaires qui le poursuivaient jusqu'à Punuseth, surtout depuis que ses pairs l'y avaient, en quelque sorte, localisé. De toute façon, il n'avait jamais envisagé de les abandonner. Une autre partie de son énergie était mobilisée par son exploration du passé et les préoccupations dues à sa fin inéluctable et proche. Il ne réservait à sa famille que la portion congrue. Il avait pourtant exigé la présence de celle-ci pour les fêtes, notamment celle des enfants, et quoiqu'on en ait mauvaisement prétendu plus tard, cette exigence répondait à l'affection sincère d'un grand-père vivant son dernier Noël. Cette sincérité n'avait pas suffi à ce qu'il consacrât plus d'une à deux heures par jour à ses enfants, en raison d'une vulnérabilité croissante à la fatigue. Prenant leur mal en patience, ils passaient le plus clair de leur temps à la station de ski. Leur départ avait été fixé à la fin du congé scolaire. A ces considérations qui expliquaient à elles seules l'atmosphère des réunions familiales s'ajoutait la contrainte pesant sur les héritiers d'obéir aux directives du chef malade et de satisfaire ses désirs. Enfin, les Faucheur-Quitus s'adaptaient péniblement à des conditions de séjour qu'ils n'avaient jamais subies. Ils se gardaient de s'en plaindre à voix haute mais ne parvenaient pas à le masquer.

Ces rappels étaient indispensables pour comprendre et admettre l'attitude du gouverneur au dessert. Au fond, un déjeuner ou un goûter des Rois à la cantine d'une école respectent les mêmes traditions qu'à la table des riches et, sous cet aspect, le président était un père et un grand-père comme les autres.

Cominac avait magistralement manœuvré, ce qui, rétrospectivement, leva chez moi un regain d'admiration à l'endroit de mon *alter ego* parisien. Isidora avait préparé le repas. Tout le monde était présent, des domestiques aux manitous. Et tous, évidemment, nous étions dans l'ignorance du stratagème élaboré par le chef de cabinet. Le gouverneur produisit un effort appréciable pour paraître en forme et en verve, plus disponible qu'il ne l'avait été jusqu'alors. Il s'appesantit sur l'origine et la signification de l'Épiphanie en des termes que n'aurait pas désavoués le doyen Antus et qui, peut-être, l'auraient incité à revoir son scepticisme sur l'authenticité de la piété du magnat au ventre pourri, en tout cas à le nuancer. Le gouverneur s'était aussi inquiété des devoirs de vacances de ses petits-enfants, des qualités et des défauts de la station de ski, de la compétence des moniteurs. Et vint l'heure des galettes. Le manitou Eychartous demanda et obtint la parole, ce qui entraîna froncements de sourcils et plissements de fronts de Calas et Brancalot. Les manitous n'étaient pas convenus que l'un d'eux, au dessert, s'adresserait au patron. En se distinguant sous les yeux de la famille, Eychartous rompait un contrat tacite selon lequel n'étaient acceptables que les points marqués dans les milieux d'affaires où, là, tout était permis.

« Monsieur le président, avait déclaré Eychartous, j'ai pris la liberté d'offrir les galettes à l'occasion de cette fête des Rois, m'étant dit que mes amis Calas, Brancalot, et moi, n'étions pas que vos collaborateurs, vos disciples, mais aussi vos fils spirituels au sein de la Wotan-Pacific où, grâce à vous, nous nous sommes épanouis... C'est pourquoi, si vous me le permettez, je vais découper ces galettes moi-même et serai l'instrument du sort qui sacrera nos rois et nos reines. »

Eychartous fut applaudi. Nul ne lui disputa la fonction de découpeur. Il avait eu l'habileté d'associer ses collègues et rivaux à son initiative, ce qui, à en juger par leurs sourires de commande, n'avait apaisé ni leur courroux ni leurs inquiétudes. L'audacieux manitou avait alors partagé les galettes et déposé lui-même les parts dans les assiettes. Véronique et Salomé Pouligny, Pauline Faucheur-Quitus, furent reines. Le gouverneur, son petit-fils Serge et moi nous fûmes rois. Me choisit-il pour se concilier mes faveurs ou en raison de mon caractère inoffensif ? Aux deux motifs peut-être. Toujours est-il que le gouverneur, découvrant dans sa galette une petite faux en sucre candi, la garda longuement entre ses doigts, la tourna et la retourna comme si c'était une pépite. Tous l'observaient, y compris les enfants. Puis il avait remercié Eychartous : « C'est une louable et subtile intention que vous avez eue là. »

Que le hasard, en l'occurrence, ait été bienveillant, ne l'avait pas intéressé. Seule comptait cette petite faux jolie qu'il finit par glisser précautionneusement dans sa pochette. Et alors, à l'étonnement des adultes et à la joie des enfants, il se coiffa d'une couronne en papier et chanta : « De bon matin, j'ai rencontré le train, de trois grands rois qui partaient en voyage... », chanson qui fut reprise en chœur par l'assistance. Emportés par l'ardeur, les manitous s'étaient levés et chantaient en frappant des mains et en sautillant autour de la table. Les enfants les attrapèrent au passage. Puis, tout le monde fit de même. Le gouverneur se joignit à la farandole. Et moi, je plaçai ma couronne sur la tête d'Agrone.

Depuis quelques jours, à mesure qu'approchait la pleine lune, je surveillais la météo. Les vents nordiques chassaient les nuages ; chaque soir, le ciel s'améliorait, tous présages de l'imminence d'une période favorable à l'affolement des sens aux proches alentours du renflement basique du pic blessé. Déjà, je méditais sournoisement d'attirer l'infirmière, avec le succès que l'on sait, dans une promenade fatale en direction du premier Cuns du Loum. C'est à cet instant précis de la fête que le gouverneur avait abandonné cette farandole qui l'essoufflait et le fatiguait et s'était éclipsé. Hubert l'avait remonté à Punuseth ainsi qu'Agrone. Il n'empêche : quel dommage que Caius, le gouverneur de la Banque de France, le directeur général du Fonds monétaire international, bref les grands manitous de la finance mondiale, n'aient pas assisté à cette fête des Rois, qu'on ait omis de la filmer. Par bonheur, je suis encore là, moi, Ajas Marcellin, et je n'ai pas hésité à la narrer hardiment.

Les réjouissances s'étaient poursuivies plus d'une heure. Les voisins Ajas-Impérial et Rieu-Chasseur, venus aux nouvelles, avaient reçu leurs parts de galette et de champagne. En milieu d'après-midi, comme je quittais à mon tour la maison du Kandal, j'aperçus, là-haut, à Punuseth, devant l'ancienne maison Quitus, la silhouette du gouverneur qui maniait la formidable faux de Nogaret et répétait avec application les exercices prescrits par ses maîtres.

TOUT en me laissant aller et venir à discrétion autour de lui, le gouverneur faisait de moins en moins appel à mes services. Il ne me marchandait pas les signes de sympathie, mais il ne me mettait plus guère à l'ouvrage. Aussi avais-je l'impression de ne plus lui servir à rien. J'appartenais à ses meubles. J'accompagnais Agrone à Faustin, renforçant la rumeur publique selon laquelle nous finirions pas convoler. Mes relations avec l'infirmière n'étaient pas moins déconcertantes que celles imposées par mon employeur imprévisible. Elle se comportait avec moi comme si nous ne nous étions pas furieusement aimés dans la palombière de Rieu-Chasseur. Mes tentatives d'exploiter les lendemains d'amour avaient échoué sur un gentil mais péremptoire : n'en parlons plus. Cette réaction incompréhensible m'affectait davantage que ma quasi-oisiveté. A mon âge, rencontrer une femme telle que cette infirmière magnifique connaissant bien la vie et, de surcroît, la gagnant tout aussi bien, bouclant au tréfonds d'elle-même un tempérament surprenant, représentait une chance inespérée d'en finir en beauté avec mon célibat. Par la suite, mes efforts viseraient à donner de moi l'image d'un homme doux, attentif, plutôt cultivé, en somme, d'estomper celle du déloyal mâle en rut qui avait libéré un instinct bestial, une nuit, aux parages du premier Cuns. Car, avais-je conjecturé, peut-être me reprochait-elle d'avoir mis la charrue avant les bœufs, ce qui n'était pas faux puisque je la courtisai après l'empoignade loumaire. Doux ? Attentif ? A la condition de ne pas être outrageusement provoqué. Il se passera des choses au soir de carnaval. Le lecteur appréciera.

Ici est certainement le lieu de glisser la subalterne anecdote qui vit Cominac s'offrir Hobé, grâce à moi, dans la dangereuse palombière de Rieu-Chasseur. Hobé qui, avec ses lunettes et son impeccable chignon, ressemblait à ce que les Français ont coutume d'appeler, pour de mystérieuses raisons, une institutrice anglaise. Hobé, industrieuse, discrète, quelque peu imbue de sa fonction, et qui, en son secrétariat improvisé, trônait au centre du dispositif tout en réussissant à passer inaperçue. Sauf pour Cominac qui supportait mal l'abstinence au pied de ces montagnes et qui, ainsi que je le découvrirais, s'était persuadé que, le soir venu, le chignon dénoué, les lunettes sur la table de chevet, Hobé, dont les hanches et la poitrine n'étaient pas inexistantes, devait être désirable.

Peu après l'Épiphanie, au rez-de-chaussée de la maison de Pol de Boucher, je confiai à l'ancien élève de l'École nationale d'administration mon désarroi de me tourner les pouces, à quoi il avait répondu : « Ne cherchez donc pas midi à quatorze heures, cher Ajas, le gouverneur vous a embauché uniquement pour lui ouvrir la voie ici, souvenez-vous de nos réunions du début, ce n'était pas évident, il se trouvait en terrain inconnu, personne ne pouvait prévoir que les choses iraient si vite et si bien avec les Ajas-Impérial, c'est vous qui avez déblayé la route et, d'entrée, écarté les principaux obstacles, maintenant, il est lancé, ses vœux sont exaucés, il apprend à faucher tout en conduisant ses affaires, au fond, vous avez réussi au-delà de toute espérance, il ne peut pas vous en vouloir pour ça, au contraire, il vous garde à ses côtés d'autant que, ne l'oubliez pas, vous êtes chargé de veiller à la bonne exécution de ses instructions à sa mort, de superviser son enterrement, en attendant il a peu à vous demander, c'est pour ça que vos missions sont devenues rares et non pas en raison de quelque méfiance ou ressentiment que ce soit... Soyez patient, Ajas, il n'en a plus que pour quelques mois et alors vous rejouerez les premiers rôles. »

Comme je hochais la tête, Hobé était apparue dans l'escalier en disant : « Je vais me faire du café, en voulez-vous ? »

Nous avions opiné du bonnet. Et tandis qu'elle s'affairait à la cuisine, Cominac avait soupiré dans mon gilet :

« Elle n'est pas si mal, Hobé, qu'en pensez-vous ?

— J'en pense comme vous, son côté sérieux a quelque chose d'excitant.

— N'est-ce pas ? » s'était réjoui Cominac, l'œil subitement allumé. Puis il s'était lamenté à voix basse : « Comment lui faire comprendre qu'elle a droit, elle aussi, à quelques petites récréations ?

— Vous avez essayé ?

— J'essaie depuis quelques jours, mais c'est un véritable bloc de pierre. »

Alors, mû par un instinct charitable et manière de lui remonter le moral à mon tour, je lui avais déposé au creux de l'oreille les vertus d'une promenade du côté du Loum. Nous étions encore dans la période entre le premier quartier et la pleine lune. La météo restait propice. Il m'avait écouté, d'abord incrédule, ensuite impressionné par mon insistance. Je lui avais indiqué la position de la cahute. « Après tout, que risquez-vous à l'inviter à une promenade ? » Nous avions gloussé de cet air entendu et un rien vulgaire des hommes qui fomentent un mauvais coup contre une femme.

Le soir même, sous le prétexte d'échanger avec elle des propos sur leur patron à l'abri des indiscrets, il l'avait amenée du côté du premier Cuns.

Le lendemain, en fin de matinée, il m'avait avoué : « C'était formidable votre truc, ça l'a rendue folle. »

Notre amitié date de ce jour-là. Elle dure encore alors que nos cheveux ont blanchi. Au contraire d'Agrone, Hobé ne répugna pas à se détendre y compris en lunaisons ordinaires ce qui, selon Cominac, accrut une efficacité pourtant déjà exemplaire.

C'est à peu près à cette époque que la famille du gouverneur rentra à Paris. La baronne, avec le plein accord de son mari, ramena Aquelbuquer. Les Faucheur-Quitus et leur gendre avaient apprécié que le président s'occupât de ses affaires avec autant de ruse et de brutalité qu'avant sa maladie, mais ils n'en estimèrent pas moins que quelque chose s'était détraqué chez lui, qui s'avérerait dérangeant pour eux tous. Dans leur esprit, et avant d'affronter de redoutables mondanités, les frasques du chef de famille ne pourraient que nuire à celle-ci. Ils anticipaient avec frayeur les questions fielleuses et les apitoiements hypocrites qui fourniraient, à leur retour, l'essentiel des menus de leurs dîners en ville : Comment va le président ? Il paraît que l'air de la montagne lui fait grand bien ? Qu'il se livre à de sains et originaux exercices physiques ? Qu'il retourne à la terre en apprenant à manier la faux ? A propos, ce si beau nom de « Faucheur » qui est le vôtre, est-il vrai que vous le teniez d'une légende selon laquelle un ancêtre du président fauchait comme un dieu ? L'autre soir, nous dînions chez Vignemale et il a dit : « Dans quelques semaines, le président fauchera comme il dirige la Wotan. »

De fait, tout cela advint. Dès son retour, la famille du gouverneur subit les assauts de l'*establishment* de la banque et des affaires. Ce n'est que bien plus tard que les performances du magnat cancéreux atteignirent les milieux intellectuels. Des journalistes, même des romanciers, tentèrent d'analyser les événements et de s'en inspirer. Leurs projets capotèrent à cause du nombre et de la complexité des facteurs mis en œuvre. En particulier, ils ne surent comment traiter le face-à-face entre la faux géante et le pic impudique, élucider les ondes et le champ créés par le phénomène d'attirance-répulsion de ces anomalies. Hors ces ondes et ce champ, l'histoire du gouverneur se réduisait à celle du dernier des Mohicans, ce qui n'était pas rien, loin s'en fallait, mais relevait d'un autre genre. C'est pourquoi je dus procéder moi-même à la narration.

Le jeudi 16 janvier, avec l'autorisation de mon oncle, j'avais levé la barrière séparant les Domaines de touffes des prairies frisottées et sorti les chevaux de mon père. C'est que les bêtes aimaient les touffes et celles-ci poussaient sur les terrains de l'oncle. Mon attention fut attirée au loin par deux hommes qui s'employaient sur le flanc nord du contrefort mamelu, au-delà des limites de nos propriétés. A un moment, ils s'évanouirent derrière des bosquets. Je n'avais pas grand-chose à faire et résolus de marcher jusque-là. Bien qu'on fût en hiver, ces prairies étaient les seules de la contrée à produire une herbe assez haute et comme frisée par des bigoudis. Un curieux caprice de la nature dû, probablement, à quelque effet des purulences du dard lorsque ses névés de la face nord se crevaient et éjaculaient. Pour être honnête, cette relation de cause à effet n'avait jamais été prouvée, en dépit de nombreuses expéditions scientifiques.

Sans presque m'en rendre compte, je m'étais approché des bosquets lorsque je crus reconnaître la voix d'Eychartous, ce qui chassa ma rêverie et mon vague à l'âme et me mit en éveil. Que faisait là le manitou de la Wotan ? Flânochant dans les prairies frisottées de mon oncle, je n'avais pas à me dissimuler. C'est pourtant ce que je fis en modifiant mon axe de progression, ce qui me permit de franchir en tapinois une trentaine de mètres supplémentaire. Là, je m'étais accroupi et j'avais, écartant deux branches, risqué un œil.

Eychartous apprenait à faucher. Son maître, Coq-Pujol, ainsi nommé parce que autrefois sa famille possédait de vastes basses-cours, avait vécu sa vie pénible de fils de paysan jusqu'à l'âge de vingt ans où il s'était engagé dans la gendarmerie. Jeune retraité, il coulait des jours paisibles à chasser, pêcher, bricoler et s'occuper, sans doute par atavisme, d'un poulailler qui valait la visite. Pour l'occasion, Coq-Pujol avait exhumé une faux de son père, moins impressionnante que celle de Nogaret mais digne d'intérêt. Il prodiguait à son élève des conseils tout aussi judicieux que ceux des professeurs du président. Eychartous s'appliquait. Et moi, je songeai que, décidément, après la faux en guise de fève, ce manitou brûlait les étapes. Comment s'y prendrait-il pour révéler au gouverneur son savoir-faire ? Et comment réagiraient Calas et Brancalot ? Je jugeai convenable de m'éclipser afin de ne pas gêner l'apprenti, mais je me promis, par curiosité et le moment venu, d'interroger Coq-Pujol sur le montant de son tarif horaire. Je me repliai donc en souplesse et le sourire aux lèvres. Je n'étais pas un champion mais je fauchais moi-même très correctement. Dans l'hypothèse où tout le monde s'y mettrait, je serais, moi aussi, de la partie. Du coup, je me rendis à la grange pour y recenser et y examiner les faux de la famille Ajas du Loum. L'une d'elles me plut. Je m'en emparai et, à tout hasard, je demandai à mon père de la piquer.

« Pourquoi ? s'était-il enquis en arrondissant les yeux.

— J'en aurai peut-être besoin. » J'avais ajouté en riant : « Applique-toi, qui sait si mon avenir n'est pas entre tes mains ! »

Il avait haussé les épaules en marmonnant : « Tu ne vas pas te mettre à faucher, toi aussi ? »

Selon lui, nous devenions fous.

Le lendemain, je servis, une nouvelle fois, de chauffeur à Agrone, habillée de son manteau-redingote bleu marine bordé au col de fourrure blanche, jupe bleu clair. Elle donnait l'impression de ne se souvenir de rien tant elle témoignait à la fois d'aménité et de distance, comme si elle avait vécu les étreintes loumaires sous anesthésie. Feindre de me concentrer sur la conduite me permettait de supporter le mutisme de l'infirmière et de touiller ces ressassages, lesquels, invariablement, finissaient par m'irriter et m'auraient rendu grossier : elle est gonflée, Agrone, de me snober comme ça, elle aurait mérité que je l'enregistre la nuit où ses gueulements ébranlaient la cahute de Rieu-Chasseur, et que je mette la cassette dans ma voiture, tout d'un coup, là, sur la route de Runac à Faustin, ça lui aurait coupé sa superbe.

A ce point de mes ruminations, je sentais le rouge monter à mon visage, cependant que l'infirmière, les traits détendus, contemplait le paysage.

Au détour du dernier virage avant l'entrée de Faustın, une rencontre pittoresque m'arracha à ce processus épuisant d'auto-excitation qui se déclenchait en moi quand j'étais seul avec Agrone. Nous tombâmes nez à nez avec la calèche du *British*, un hippie venu du Lancashire voilà deux ans, végétarien, qui ne se déplaçait qu'à cheval ou dans une ancienne voiture de trait dans laquelle, l'été, il promenait les estivants et leurs enfants, ramassant ainsi quelques sous. L'hiver, il proposait, sur les crêtes, de jolies promenades en traîneau tracté par des chiens. Ce matin-là, le *British*, qui remontait à Coumegelée, un hameau surplombant la vallée voisine de Runac, n'était pas seul. Assis à l'intérieur, un homme d'une soixantaine d'années, d'apparence distinguée, paraissait ravi d'user de ce mode de transport dépaysant. J'avais freiné brusquement, et ma voiture s'était arrêtée à une dizaine de mètres du cheval.

« Salut, monsieur Ajas ! s'écria le cocher, vous seriez gentil de reculer un peu, surtout que ce matin, j'ai un passager. »

Je manœuvrai en marche arrière jusqu'au premier refuge aménagé par les Ponts et Chaussées, sans me faire prier. Selon l'usage, il incombait au véhicule descendant de reculer au profit du véhicule montant. *A fortiori* quand il s'agissait d'une voiture attelée. Le *British* me croisa et stoppa pour échanger quelques mots. Le passager en profita pour baisser sa vitre et me saluer : « Bonjour, monsieur !

— Bonjour, monsieur.

— Je ne m'attendais pas à voyager comme au siècle dernier, j'y prends un vif plaisir. »

L'étranger employait un langage élégant et châtié. Pas de doute : c'était un noble étranger.

« Où allez-vous comme ça ?

— A Runac, ou, plus exactement, voyons, comment ça s'appelle, c'est compliqué... »

Il avait sorti un calepin de sa poche, feuilleté des pages et s'était exclamé : « Ah, voilà ! Punuseth ! Je vais y visiter un ami ! Il est en convalescence... Je suis descendu à l'Hôtel du Faustin, je me préparais à prendre un taxi lorsque mon hôtelier me dit en montrant la calèche qui stationnait devant chez lui : si vous voulez apprécier le pays et si vous avez le temps, vous pouvez demander au *British* de vous conduire là-haut... Nous avons conclu l'affaire et j'en suis heureux, voilà qui me fait oublier un instant mes soucis. »

En un commun réflexe, Agrone et moi nous étions regardés quand l'étranger avait parlé de l'ami qu'il allait visiter. Ce ne pouvait être que Régis Faucheur-Quitus. J'hésitai trois secondes sur le parti à suivre : nous présenter ou non ? J'optai pour la solution convenable : nous présenter.

Après que nous eûmes repris la route, Agrone m'avait d'ailleurs approuvé. De toute façon, l'étranger nous aurait revus quelques heures plus tard et se serait étonné, à juste titre, en nous découvrant collaborateurs du « convalescent ».

« Je m'appelle Anthelme, je suis dans les affaires, j'ai prévenu mon ami que j'arriverais aujourd'hui... Avant mon départ, j'ai fait informer Mlle Hobé par mon hôtelier que je ne serais pas chez lui avant la fin de la matinée, en raison du choix de ce moyen de locomotion... Au fait, dites-moi, comment va-t-il ?

— M. Faucheur-Quitus va au mieux de ce qui est possible après la grave opération qu'il a subie, avait prononcé Agrone sur son ton de professionnelle.

— J'en suis heureux », avait commenté, pensif, M. Anthelme.

Soudain, s'adressant ostensiblement à moi : « Il paraît qu'il se livre chaque jour à des exercices physiques ?

— C'est exact, monsieur », avais-je confirmé, en essayant d'imiter le ton de Cominac.

M. Anthelme avait médité plusieurs secondes. Puis il avait questionné, non sans une certaine brusquerie : « Est-il vrai qu'il fauche ?

— M. le gouverneur apprend à faucher car, ce faisant, tout en contrôlant ses efforts, il fait travailler ses reins, ses abdominaux, ses bras et ses jambes, tout au moins c'est ce que j'ai compris. »

Agrone m'avait gratifié d'un mouvement de tête approbateur.

« Vous êtes devenu un véritable chef de cabinet, avait-elle ri, comme nous reprenions la route, on dirait presque que vous avez fait l'École nationale d'administration, vous êtes aussi bon que Cominac. »

Devant cette fraction de gaieté libérée, j'avais caressé de nouveaux espoirs.

« Nous allons à Faustin faire des courses, avais-je indiqué à M. Anthelme, nous serons de retour à Punuseth dans deux heures environ.

— En ce cas, je vous dis à tout à l'heure ! Heureux de vous avoir rencontrés ! »

Ainsi en fut-il de l'apparition initiale en Faustinois du grand manitou international Anthelme, président de la CO.B.E.N., l'immense, grassouillette et vénérable société sur laquelle s'était jeté, tous crocs dehors, le loup-cervier impérial Caius, déchaînant l'une des plus féroces batailles financières de la fin du XXe siècle.

Aujourd'hui que je relate ces événements, je m'estime

qualifié pour insister sur les capacités d'adaptation des manitous, ces hommes et parfois ces femmes qui vouent leur vie terrestre à générer des profits, négocier des « lignes de crédit », échafauder des « tours de table », et qui, sous les prétextes qu'ils monopolisent les achats et les ventes de tableaux de maîtres, de meubles royaux, de tapis et tapisseries génialement façonnés, ou qu'ils se délectent de mets rares, de pâtés à croûtes divines, de caviar par louches d'argent, de pain et de vin infiniment plus élaborés et capiteux que ceux que jamais Jésus rompît et bût, qu'ils portent pelisses précieuses, fins caleçons, maîtres chapeaux, cuirs mirobolants, habitent lieux réputés, dorment dans draps de prix et se vident en cabinets d'or, sous ces prétextes donc, sécrétés par la jalousie exacerbée des masses, subissent en ce bas monde méchante et noire renommée. Moi qui ai vu à l'œuvre, en piémont loumaire, certains des plus grands manitous de ce siècle embourbés, gelés, à pied, en calèche, agrippés, enlisés, broyés, et, par-dessus tout, sous le choc des fauchaisons délirantes, sommés d'ouïr les sifflements glaçants des escouades de faux en marche précédées des trompettes et clairons lugubres, manitous trouvant, comme on le verra sous peu, les ressources de carnavaler en dépit de ces commotions, je suis en mesure de témoigner que, loin de leurs palais et de leurs femmes empanachées, ils furent capables de faire face et effort, et qu'en dépit des agressions diverses, ils ne cessèrent d'activer leurs capitaux. Dès lors, les peuples, quoiqu'ils en aient, doivent-ils mijoter, au fond de leurs tavernes puantes, la pendaison des manitous ! Ou, au contraire, envisager de les absoudre ? Je laisse juges ceux qui liront ces lignes et leur déconseille d'exploser en démantelantes hilarités.

Quand nous revînmes, le gouverneur, devant sa maison, expliquait à M. Anthelme le maniement de la faux. Autour d'eux, accourus en apprenant la présence à Punuseth du président de la CO.B.E.N., les manitous de la Wotan écoutaient, eux aussi, l'exposé de leur patron, en une respectueuse raideur qui me parut en dire long sur leur désarroi et leurs intimes souffrances. M. Anthelme, lui, avait, une fois pour toutes, décidé de concentrer son attention sur la longue et luisante lame de l'outil de Nogaret, affûtée comme un rasoir, ce qui le dispensait de regarder le gouverneur dans les yeux.

Agrone rentra, chargée des produits pharmaceutiques achetés à Faustin, et moi, je me joignis au groupe. Calas m'avait adressé sous cape un sourire contraint.

« Et maintenant, je vais vous montrer, avait annoncé le gouverneur, suivez-moi. » Il s'était dirigé vers un carré de prairie situé derrière le sapin de Noël, un îlot d'herbe courte, ratatinée, dû à la fonte d'une cape de neige. Les manitous avaient profité de ce mouvement pour redresser la tête : leurs visages exprimaient une anxiété indubitable. Le président de la CO.B.E.N., lui, semblait en avoir terminé avec ses cogitations et en avoir tiré des conclusions pessimistes. Ces mines allongées me remirent à l'esprit la question de savoir si la soudaine passion du gouverneur méritait de susciter tant d'accablement, question que j'avais déjà intérieurement débattue. Derechef, je tins pour raisonnable de juger le gouverneur sur ses résultats et non pas sur ses actes. Après tout, si Caius s'abattait sur Anthelme, ce n'était pas la faute du président de la Wotan-Pacific, et que celui-ci, au sortir de sa terrible opération, ait désiré se poser au pays de ses ancêtres, renouer avec l'activité qui avait bâti leur gloire et leur nom, c'est-à-dire le fauchage, ne changeait rien à cette donnée de base. Bien plus, il se portait au secours de la CO.B.E.N., contre l'avis intime de nombre de ses actionnaires et de ses collaborateurs. Là encore, qu'il prît des leçons de faux ne diminuait nullement la valeur, le poids, l'audace de son engagement. Le tout était de savoir si cette passion nuisait, nuirait à la conduite de la bataille entre le mois de janvier et l'heure quasi programmée de la mort. Si oui, le conseil d'administration le destituerait. Si non, ledit conseil devrait s'accommoder de ladite passion qui, par ailleurs, n'était pas déshonorante.

A vouloir scrupuleusement observer les directives de son maître Julien, en particulier sur le travail de la main et du bras gauches, le gouverneur était encore emprunté, son geste manquait d'ampleur et d'aisance, mais jamais il ne planta la pointe de la lame dans le sol, ce qui, tenu compte des dimensions de la faux de Nogaret, constituait, à soi seul, une réelle performance, même pour des gens du pays.

Le gouverneur avait réussi à raser la moitié du carré en dépit du mauvais état de cette herbe imbibée d'eau et trop courte pour être fauchée. En sueur, fatigué mais content, il avait relevé sa longue carcasse et clos la démonstration par une séance d'aiguisage. Le manche de la faux reposant au sol, la lame nitescente à la hauteur de ses yeux, il avait extrait la pierre à aiguiser de son coudié, le fourreau accroché à sa ceinture, et il avait œuvré avec amour, passé et repassé la pierre sur l'avers et le revers du fil du tranchant. Le chant qui, autrefois, toutes les cinq minutes, avait égayé nos campagnes avant l'avènement du machinisme agricole, avait retenti entre Runac et Punuseth. Le gouverneur ne se lassait pas d'aiguiser. En bas, un par un, les Ajas et Rieu-Chasseur apparurent sur le seuil de leurs maisons. En haut, mêmement les hippies. Tous écoutèrent le magnat infesté. « Le bon élève ! » devaient se réjouir les maîtres. Moi-même, j'étais sous le charme. Pour la première fois, j'eus l'impression que les manitous éprouvaient que la lubie du malade accouchait de quelque chose de sérieux, d'infiniment estimable.

Le gouverneur remisa la pierre à regret. Il sourit. Il s'épongea. Il salua du bras droit ses maîtres de Runac. Dans son dos, juste au-dessus, les hippies applaudirent. Ainsi firent les Ajas et Rieu-Chasseur. Isidora et Agrone, intriguées par ces manifestations, sortirent de la maison. Après des secondes d'hésitation, M. Anthelme applaudit lui aussi. Alors les manitous l'imitèrent. Et moi avec.

Le gouverneur dit aux manitous :

« Réunion cette après-midi à 16 h 30. » Et à M. Anthelme : « Ça te va ? »

Celui-ci approuva du chef.

« Ajas va s'occuper de toi », prononça le gouverneur.

Puis, toujours respectueux à la lettre des instructions de Julien, il plaça la faux sur l'épaule, lame renversée derrière, et marcha à pas lents vers la maison.

« Il faut reconnaître qu'il prend ça au sérieux, avait commenté M. Anthelme. D'ailleurs, il a toujours pris au sérieux tout ce qu'il faisait. » Son regard se perdit à l'horizon. Il rêva une poignée de secondes. Tout à coup, il m'interrogea : « Qu'est-ce que c'est que ce pic bizarre ?

— C'est le Loum, monsieur.

— Le Loum ?

— Oui, monsieur.

— Ça veut dire quoi, le Loum ?

— Ça vient de Lum, en patois du pays, ça veut dire lumière.

— Il a une forme que je n'ai jamais vue.

— C'est vrai qu'elle est spéciale, monsieur. »

Le président de la CO.B.E.N. s'était tu. Il avait longuement embrassé le paysage. Ensuite, il avait dit : « Alors, c'est d'ici qu'est sortie la famille Faucheur-Quitus ?

— Oui, monsieur... Augustin, l'ancêtre du gouverneur, le roi des faucheurs, est né et mort dans cette maison. »

M. Anthelme avait hoché la tête. Les manitous patientaient sagement. Ils souhaitaient sûrement préparer la réunion de l'après-midi avec le grand manitou international.

« Avant d'arriver, je croyais à un jeu, avait déclaré M. Anthelme, je pensais que mon vieil ami voulait oublier le cancer en s'amusant à mystifier son monde, je constate que ce n'est pas un jeu. »

Il s'était interrompu. Je sentais qu'il voulait me dire quelque chose mais qu'il balançait. Enfin il s'était jeté à l'eau : « Imaginant que cette histoire de faux était un jeu, j'avais fait faire à Paris une petite faux que j'avais l'intention de lui offrir, mais maintenant, je me demande comment il le prendra, je ne veux pas qu'il croie que je me moque de lui, qu'en pensez-vous ? »

Il avait sorti de sa poche un boîtier, l'avait ouvert et me l'avait tendu. Les manitous de la Wotan s'étaient approchés. Le boîtier contenait une merveille de faux miniature en argent et sertie de pointes de diamants.

« Pensez-vous que je puisse lui offrir ça ? avait insisté M. Anthelme.

— Je le pense, avais-je assuré fermement, ça lui fera plaisir, songez que M. Eychartous lui a offert, lui, une faux en guise de fève lors de la fête des Rois, il l'avait mise dans la galette et avait lui-même découpé les parts, le gouverneur n'a pas été dupe, mais il était heureux comme un enfant, il a même farandolé.

— Farandolé ? s'était étonné M. Anthelme.

— Oui, avais-je précisé, il avait dansé la farandole avec sa famille et nous tous.

— Bon, avait tranché le président, je lui offrirai ce cadeau à la fin de la réunion. »

Huit rapaces avaient tournoyé au-dessus de nous et rasé les mottes touffues.

« Ce sont des aigles ? s'était enquis M. Anthelme.

— Non monsieur, ce sont de jeunes buses qui nichent au creux de ces entailles que vous voyez là-bas et que nous appelons les Cuns.

— C'est un bien curieux pays que le vôtre, monsieur Ajas », avait alors murmuré le grand manitou international.

Nous avions embarqué dans ma voiture. Le trio de la Wotan nous avait suivis dans son véhicule. Nous cueillîmes Cominac à Runac. Et nous déjeunâmes au Grand Hôtel du Pic aux frais de la Wotan-Pacific.

LE 24 janvier, vendredi précédant la Conversion de saint Paul, je me rendais à Punuseth, comme chaque matin, pour y prendre d'éventuelles instructions, lorsque, passant à Runac, je vis Cominac sortir de la maison de Pol de Boucher. J'arrêtai mon véhicule, baissai ma vitre et le saluai. Il m'informa que la réunion du jeudi après-midi avait été exceptionnellement fructueuse, que le gouverneur les avait sidérés par la fulgurance et la subtilité de ses vues et de ses propositions, la rapidité de ses décisions. Non seulement le « raider » Caius ne parviendrait pas à ses fins mais il perdrait de nombreuses plumes, au point que l'avenir du fringant Élisée, qui avait convaincu son patron de se lancer à l'assaut de la CO.B.E.N. s'en trouverait compromis. La prestation intellectuelle du président de la Wotan avait donné à réfléchir à M. Anthelme qui était d'abord et avant tout venu aux nouvelles, inquiet des rumeurs répandues au sujet de son protecteur, de son « chevalier blanc » ainsi qu'on nommait alors les financiers à la rescousse des sociétés attaquées, le revoyait aussi retors, opportuniste et acéré qu'auparavant. Dès lors, faucher s'apparentait davantage à une thérapeutique qu'à un détraquement. Le gouverneur avait notamment rappelé son influence en obtenant, sous leurs yeux, par deux coups de téléphone, le concours de la plus puissante banque d'affaires privée du monde dont lui et l'empereur Caius se disputaient l'appui.

« Ils peuvent bien jaser dans les dîners mondains, avait ricané Cominac, il sera le meilleur jusqu'à son dernier souffle. »

Il m'avait aussi raconté le plaisir enfantin du gouverneur quand, à la fin de la réunion, le président Anthelme, les manitous Brancalot et Calas lui avaient fait la surprise des cadeaux.

Il avait admiré sous toutes ses faces la petite faux d'argent au manche constellé de diamants minuscules et regretté l'absence de système permettant de l'épingler au revers de ses vestes et de ses manteaux.

« Si tu veux, je peux le faire ajouter, avait proposé M. Anthelme, ça ne doit pas être très compliqué.

— Je la garde, avait déclaré le gouverneur, je ferai finir le travail moi-même. »

Mais les cadeaux des deux manitous l'avaient également comblé.

Brancalot avait offert un magnifique document agrandi, couleur sépia, tiré d'une authentique photographie de jadis représentant Tolstoï fauchant entouré de ses paysans.

« Il est resté un long moment à contempler ce document, avait précisé Cominac, et je me demande si, de tous ces cadeaux, ce n'est pas celui qu'il a préféré, peut-être en raison de l'espèce de caution qu'il lui apportait... Que l'illustre romancier ait, lui aussi, manifesté un goût pour cet outil et un savoir-faire certain en matière de fauchage conférait aux activités du président un caractère de noblesse, témoignait que les grands hommes et les grands esprits s'élevaient encore plus haut en s'adonnant aux joies et aux efforts des fauchaisons.

— Et Calas ?

— Calas a eu l'idée d'un cadeau plus fonctionnel mais tout aussi original, un doigtier en bois, un vrai d'autrefois, qui protège le majeur du faucheur quand celui-ci aiguise la lame. » Et Cominac d'ajouter : « Il faudra bien que je lui offre aussi quelque chose ! Mais quoi ? Vous pourriez me donner une idée ?

— On lui fera un cadeau à deux ! » avais-je répliqué.

A Punuseth, à peine avais-je garé mon véhicule que l'infirmière qui, depuis notre étreinte, se jouait de mon désir, sortit et vint à ma rencontre en disant : « Je vous guettais, le gouverneur qui allait si bien hier soir, grâce à cette réunion et à ces cadeaux, ne va plus du tout ce matin, c'est à cause d'un livre qu'il a reçu de sa femme, où il y a un passage sur la faux et sur la mort, ça lui pose problème, il tourne en rond, il a annulé sa leçon de faux avec M. Ajas, pourtant il se faisait une joie d'essayer le doigtier de M. Calas, je voulais vous prévenir, il va sûrement vous en parler. »

Nous étions rentrés ensemble.

De fait, tassé dans son fauteuil, le gouverneur rongeait son frein.

« Bonjour, monsieur.

— Bonjour, Ajas. »

J'étais resté debout, près du feu. Le livre en question était sur le guéridon. Son titre : *Le Paroir.* L'auteur : Hubert Comte. L'éditeur : Desforges.

« Vous connaissez ce livre ?

— Non, monsieur.

— Pourtant, vous vous occupiez de livres au G.J.R...

— C'est exact, mais il s'agit là d'un livre vraiment hors normes.

— Vous savez ce qu'est un paroir ?

— Un outil de sabotier.

— C'est ça... Je le savais aussi, figurez-vous... Mais on parle aussi de la faux dans ce livre, c'est ma femme qui a eu la drôle d'idée de me l'envoyer... »

Le gouverneur saisit une carte posée à côté de l'ouvrage et lut : *Vous qui aimez tant les faux aujourd'hui, vous aimerez ce livre que j'ai cherché et trouvé pour vous. Je compte sur votre perspicacité pour y dénicher le message qu'il contient.*

Le gouverneur avait reposé la carte.

« J'ai lu quatre fois le passage sur la faux, il me semble que j'y ai identifié le fameux message, et, si je ne me suis pas trompé, il n'est guère plaisant... Voulez-vous le lire à votre tour, monsieur Ajas, et me donner votre avis ? Vous qui vous plaignez de n'avoir plus rien à faire, vous voyez que je vous réserve pour les tâches les plus difficiles et les plus intimes... »

J'étais servi, en effet. Mais la perspective d'être mêlé à ce dialogue à distance ne m'emballait pas.

« Eh bien, Ajas, qu'attendez-vous donc ? »

Ce disant, le gouverneur avait grimacé et porté une main à son flanc gauche.

Je pris le livre à regret, le consultai au chapitre de la faux tout en jetant à la dérobée un œil sur le malade, qui, visiblement, subissait le début d'un accès de douleur. Celle-ci ne s'estompant pas, il avait appuyé sur un bouton et provoqué l'arrivée d'Agrone. Pendant qu'elle lui administrait une potion et qu'elle en mesurait les effets, j'entrepris de lire le passage sur la sellette. Il me paraît utile de le livrer *in extenso* à la réflexion du lecteur.

Un squelette armé d'une faux. La Mort. Un vieillard brandissant d'une main un sablier et de l'autre une faux. Le Temps.

La Mort aurait pu tenir une épée ou un poignard. Le Temps, la hache qui abat l'arbre ou le pilon qui écrase le grain, la masse qui défigure la statue. Les hommes ne se trompent pas lorsqu'ils choisissent leurs images. Ils les veulent percutantes, lourdes de sens multiples alignés les uns derrière les autres.

Pour tenir ce rôle d'instrument de la mort, la faux se présente bonne première. Qu'on en juge : sa forme est celle d'un crochet coupant, d'une aile d'oiseau de proie, avec, dans la silhouette, une autorité péremptoire de lettre de l'alphabet. Sa dissymétrie même la rend effrayante. L'épée aux côtés parfaitement semblables paraît, en comparaison, noble, presque rassurante : un élément de blason tout préparé. La faux est bancale, déséquilibrée, on ne peut la poser, les paysans, par peur de se blesser, l'accrochent en l'air.

Sa taille la fait ranger parmi les outils les plus grands. Certes, elle ne bat pas la pelle à enfourner du boulanger, elle est à égalité avec le râteau, dépasse la cognée, le pic et la scie, domine enfin largement sa sœur cadette la faucille. D'autant plus grande que ce qu'elle coupe — blé ou herbe — est relativement bas sur le sol, important par le nombre mais infime en soi comme l'est chaque tige. La hache, elle, est petite par rapport au tronc de l'arbre. Agrandie encore par l'espace qu'elle envahit, la faux largement balancée à deux mains, de tout le corps du faucheur, laisse sur le sol la trace rase de ses demi-cercles meurtriers et incertains. Instinctivement, le spectateur se tient à bonne distance de l'homme qui la manie, ou derrière lui.

L'outil du faucheur coupe de loin. Tout. Sans distinction. Le bon grain et la ronce, le coquelicot satiné et le cou de l'oisillon surpris au nid dans le champ. Exactement comme dans les danses macabres, on voit le seigneur et le vilain, la dame et l'évêque, l'artisan et le clerc être également entraînés par l'implacable maîtresse à danser.

L'herbe a été semée, soignée, observée avec attention, elle a poussé, innombrable, mais maintenant, la grande Loi veut que le moment soit venu pour elle. La comparaison avec les hommes est si nette qu'elle crie, blesse. Des semailles à la moisson, le temps est court. Il en est de même pour l'homme : soixante-dix ou quatre-vingts ans sont un clin d'œil en regard du roulement enflammé des astres, auquel le blé obéit lui aussi. Pour qui regarde et rêve, un champ de blé brassé par le vent fait penser à la mer. Immobile et bien aligné, il évoque une armée, une foule d'hommes, la moisson prochaine et la succession des générations. La plante coupée était vivante l'instant d'avant. N'est-ce pas la phrase même qui nous vient aux lèvres à l'annonce d'un décès : « Lui mort ? Mais je l'ai rencontré jeudi dernier. » Vivante, debout. Morte, couchée, comme l'homme encore.

La faux est un assassin. On n'aime pas penser à elle, ni trop la voir. Alors que la hache paraît vigoureuse et utile, la scie ingénieuse et forte, elle, semble sournoise et menaçante. C'est vrai qu'elle passe, légère, au-dessus du sol et accomplit sa besogne dans un total silence. Le bruit de la hache, du marteau ou de la scie que l'on manie paraît, en regard, un effet de leur loyauté. Un simple glissement régulier, un sifflement suivi d'un infime chant du métal qui vibre, et la lame en forme de bec d'oiseau de proie marin reprend sa tâche.

La Mort, elle aussi, avance sans tambour ni trompette, comme ce gondolier vêtu de noir, et chaussé de silencieuses espadrilles, que j'avais vu sauter légèrement dans son esquif sombre, à Venise.

La boucle de la comparaison ferme son cercle. Telle la maison de l'homme pour la génération suivante, le champ doit être libéré, prêt à accueillir les prochaines semences. Que leur cycle soit long ou court, les organismes qui ont été vivants iront enrichir la terre. Même s'ils l'ignorent, ils sortent d'elle et retournent à l'humus.

Tout ce chemin, l'esprit le parcourt en un instant. Voilà pourquoi les miniaturistes et les peintres cachent volontiers le courbe fer à l'éclat meurtrier parmi la douceur blonde des tiges à l'alignement rassurant, leur préférant l'opulence des gerbes et la saine fatigue des robustes moissonneurs. Qui pose une tête de mort sur sa table ? Qui décore son mur d'une faux ?

Durant ma lecture, les médicaments avaient opéré. A la fin, le gouverneur m'avait interpellé :

« Alors ? Qu'en pensez-vous ?

— C'est un texte intéressant, avais-je avancé avec prudence.

— Et le message de ma femme, vous l'avez vu ? »

Je répondis par une mimique traduisant que je revenais bredouille.

Le gouverneur avait médité une demi-minute en contemplant le feu. Puis il avait dit d'une voix sourde :

« A mon avis, le message, ce sont les derniers mots de ce texte : qui décore son mur d'une faux ?... Ce qui peut s'entendre : qui est assez fou pour décorer son mur d'une faux ?... Ou, au mieux : assez cruel... D'évidence, c'est moi qui décore mon mur d'une faux, et ce texte est centré sur la faux symbole de la mort... En décorer son mur, c'est placer la maisonnée sous le signe de la mort... Ma femme est sensible, c'est une Latine, impressionnable, superstitieuse, mais aussi très intelligente, elle sait que je vais bientôt mourir... Pendant son séjour ici, elle n'a pas bronché, ni abordé la question, elle s'est contentée de suivre les événements... L'envoi de ce livre, c'est son moyen à elle de me faire comprendre combien elle souffre de mon comportement qui défraye la chronique mondaine, qu'elle juge morbide, qui lui impose donc une épreuve supplémentaire et inutile, ma maladie suffisant à son malheur, un comportement par conséquent contestable et qu'elle conteste par ce biais pudique et bien féminin. Tous oublient aussi que faucher ne m'empêche pas de résister à Caius et, selon toute probabilité, de retourner la situation contre lui, en sorte qu'au fond, ce qu'on me reproche exclusivement, c'est de m'être installé à Punuseth et de prendre des leçons de faux, curieux, non ? Caius et son Télémaque Élisée, sur le point de perdre des milliards, par orgueil, en essayant de s'emparer du pouvoir, sont tenus, cependant, pour des gens raisonnables parce qu'ils n'ont pas de cancer et qu'ils ne fauchent pas, et moi, Faucheur-Quitus, on n'est pas loin d'estimer que la maladie a dérangé mes neurones, alors que mon groupe va sans doute gagner de l'argent... Comment réagissez-vous à tout ça, monsieur Ajas ?

— Ma foi, monsieur, je dois reconnaître que les faits sont en votre faveur. »

Le gouverneur s'était courbé en un début de prostration, dont il n'avait émergé que pour murmurer : « C'est bien cela, les faits sont en ma faveur. »

Il s'était assoupi. J'avais reposé le livre. D'un signe de tête, Agrone m'avait signifié que je devais repartir. Elle avait raison. Pour la matinée, mon travail était terminé. Simplement, elle aurait pu me l'indiquer plus gentiment. J'avais obtempéré. Qu'elle se dérobât depuis notre nuit déchaînée dans la cahute de Rieu-Chasseur et qu'elle me traitât parfois comme un chien, finissait par éveiller en moi la bestiale pulsion de la châtier. L'air mordant du dehors vint à point calmer cette excitation malsaine. Il y fut aidé par une sorte de mirage des cimes.

De la pointe de l'une des deux espèces de testicules schisteux qui forment l'embasement supérieur du pic phallique, embasement dont l'apparence obscène est gommée en hiver par l'épais manteau de neige qui masque touffes, toisons diverses et renflements suggestifs, dévalait le traîneau du hippie *British* tiré par huit chiens magnifiques. L'Anglais, debout à l'avant, encourageait les bêtes par des cris gutturaux et des claquements de son fouet au long manche. Assis derrière lui, un homme vêtu de blanc et coiffé d'une casquette blanche à liseré bleu sombre frappait des mains, participant ainsi à l'action. A l'arrière étaient entassés des bagages. Le traîneau glissait à merveille et son conducteur, mettant à profit la déclivité idéale et le fort enneigement de la pente, se permettait des traversées élégantes.

Ce n'était pas la première fois que le *British* promenait un touriste en traîneau. Les gens du pays connaissaient ses itinéraires. Celui qui passait par le renflement ouest du Loum et plongeait sur Punuseth, Runac, mourait sur la route de Faustin où l'attendait le petit camion qui remonterait le matériel, *via* Faustin, à Coumegelée, était l'un des plus prisés des clients. Cette fois, l'Anglais s'arrêta à Punuseth. Le touriste descendit du traîneau. C'était un homme de belle prestance, grand, svelte, à la démarche souple, portant une capote d'officier blanche, des bottes de cuir bleu marine, des lunettes de skieur, et la casquette. Il ressemblait à Curd Jurgens dans *Michel Strogoff*.

« Quelles sensations ! » s'exclama-t-il, satisfait, en ôtant ses lunettes. Et au *British :* « Je vous demande quelques minutes, après quoi nous poursuivrons notre descente. »

Ainsi surgit à Punuseth le manitou international Simonius, ambitionnant à cette époque le titre de G.M.I. Simonius ne présentait pas ce qu'on appelait le « profil » classique de l'homme d'affaires. C'était un lettré. Il avait occupé une fonction ministérielle dans le même gouvernement que Régis Faucheur-Quitus. Comme lui, il apportait son concours à des œuvres de charité. Simonius était passionné par les réseaux d'influence et de relations, d'où son amitié notoire avec le jeune Élisée. Quand ils avaient, tous deux, quitté le gouvernement, Faucheur-Quitus avait ouvert à Simonius le conseil d'administration de la Wotan-Pacific où il était chargé du *lobbying* de très haut niveau.

J'ignorais cela quand le traîneau s'immobilisa entre le sapin de Noël et la maison Quitus, et aussi ceci, que je livre *illico* au lecteur afin de l'armer pour la suite : Simonius évoluait alors en pleine intrigue car il entretenait, *via* Élisée, des liens étroits avec l'empire Caius, et il briguait, de moins en moins secrètement, la succession du gouverneur. Celui-ci restant trop fort, en dépit de sa maladie, et dans l'impossibilité de prévoir qui gagnerait la bataille de la CO.B.E.N., Simonius, tout en conspirant, ménageait le gouverneur, évitait de se découvrir trop tôt, mais tenait un cap qui lui permettrait, le cas échéant, de basculer dans le camp de Faucheur-Quitus avant sa mort, de lui arracher son adoubement.

« Je m'appelle Simonius, m'avait-il déclaré, je suis un ami du président Faucheur-Quitus, vous voyant là, j'imagine que vous appartenez à sa maison ?

— Oui monsieur, je suis Marcellin Ajas, son chef de cabinet pour les affaires locales.

— Les affaires locales ?

— Oui, je m'occupe des questions qui touchent à son installation ici, à ses relations avec les habitants et les autorités du pays.

— Ah, je comprends. »

Il m'avait tendu la main et nous nous étions salués.

« Votre montagne et vos vallées sont splendides, on ne peut pas dire qu'elles soient touchées par les pollutions, humaine et industrielle, c'est une des rares régions de France où l'on semble vivre comme au début du siècle, bien sûr, à ce que j'ai vu, il n'y a pas que des avantages, les maisons se ferment, les jeunes s'en vont, mais d'un mal on peut toujours faire un bien ! Si les maires de la région étaient entreprenants, ils pourraient promouvoir la qualité de la vie, les terres et les terrains à bon marché pour attirer de petites industries qui ne pollueraient rien mais assureraient un minimum d'emplois afin que perdurent les services essentiels tant privés que publics : poste, gendarmerie, école, commerçants... Et du côté de l'Europe, à Bruxelles, il y a de l'argent, il faut aller l'y chercher, vous ne croyez pas ? Un jeune homme comme vous, qui m'a l'air intelligent, devrait se présenter aux élections ! » Il avait ri. Puis poursuivi : « Bon, revenons aux réalités : où est le président ? Comment va-t-il ?

— Le président habite ici, dans la maison de ses ancêtres..., pour quelqu'un qui a subi une grave opération, il va pour le mieux, précisai-je en répétant la formule d'Argone, mais comme il vient de faucher, il se repose. »

Les pupilles du manitou blanc s'étaient allumées.

« Il vient de faucher, avez-vous dit ?

— Oui, monsieur.

— C'est donc vrai, depuis qu'il est ici il s'adonne au fauchage ?

— Oui, et il surprend tout le monde par ses dons, qu'il doit tenir de ses aïeux, ses progrès sont étonnants... Alors qu'il n'avait jamais fauché de sa vie, qu'on lui a ouvert le ventre et la moitié du dos, il fauche déjà mieux que moi, Marcellin Ajas, sans compter qu'il utilise une faux terrible dont le modèle n'est plus fabriqué depuis longtemps... Une faux à sa taille, c'est-à-dire géante, forgée spécialement pour lui par le forgeron Nogaret, avec un talon énorme et un gros manche de frêne... »

M. Simonius m'avait écouté avec avidité.

« Je comprends, dit-il, je reviendrai cette après-midi, j'ai à lui proposer une contre-attaque médiatique, on parle trop de la faux à Paris et quelques autres capitales, et pas assez des efforts qu'il déploie pour sauver Anthelme de la défaite... Cela dit, je lui ai apporté un cadeau qui devrait lui faire plaisir, on m'a dit qu'il aimait beaucoup ça, le confirmez-vous ?

— Oui monsieur, il adore les cadeaux qui, de près ou de loin, ont à voir avec la faux et le fauchage.

— Il est ici, sur le traîneau, je ne vais pas inutilement le redescendre à Faustin, où puis-je le mettre en lieu sûr ?

— Au village d'en bas, vous pouvez le confier à Cominac.

— Bonne idée ! Confions-le à Cominac. »

Nous étions descendus à Runac. M. Simonius avait remis à Cominac un paquet longiligne en disant sur un ton malicieux : « Vous avez deviné ce qu'il y a là-dedans, bien sûr, une faux grandeur nature, mais pas si ordinaire, et pour tout dire, plutôt extraordinaire ! J'ai eu la chance de trouver ça en trois semaines de recherches, il est vrai intensives, j'avais lancé sur la piste plusieurs limiers de première force ! Rendez-vous à cette après-midi ! Vous verrez, le président sera aux anges ! »

Il avait regagné le traîneau du *British* dextre et joyeux. Le piémont loumaire avait retenti des aboiements des chiens et des détonations du fouet.

En fin de journée, nous sûmes que le manitou international n'était pas venu de Paris seul mais accompagné d'une équipe de journalistes de *La Semaine financière,* l'hebdomadaire spécialisé le plus important de France et lu dans les cercles internationaux. Dans l'après-midi, il était revenu, en taxi cette fois, et en stricte tenue de manitou : costume trois-pièces, cravate, chaussures sobres et de prix, manteau marron clair, écharpe blanc cassé. Il avait conféré près d'une heure et demie avec le gouverneur, obtenu de lui qu'il accordât une longue interview à la S.F., au motif qu'en pleine contre-O.P.A. il devenait urgent de faire un sort aux rumeurs sur sa santé, tant mentale que physique.

Cominac, Hobé et moi, groupés à Runac, nous avions attendu la fin de cette entrevue que nous redoutions obscurément. Nous n'avions pas apprécié l'exhibition de Simonius en traîneau et en habit « Michel Strogoff ». Cominac et Hobé, détenteurs de secrets d'affaires que je ne possédais pas et d'habitude impénétrables et muets sur ces sujets, ne m'avaient pas caché la méfiance que leur inspirait cet administrateur de la Wotan, leur crainte qu'il ne tendît quelque embuscade à leur patron, abusant de sa maladie. Crainte et méfiance qui empirèrent quand M. Simonius, guilleret, de retour de Punuseth, avait fait stopper le taxi devant la maison de Pol de Boucher, baissé la vitre et lancé : « J'ai trouvé le président en remarquable forme, au point que je lui ai conseillé d'accorder une interview à *La Semaine financière* qui rôde dans les parages, ce qui est bien normal, ces gens font leur métier... La chose aura lieu demain à 11 heures à Punuseth !

— Vous avez oublié votre cadeau ! m'étais-je écrié.

— Pas du tout ! J'ai seulement changé d'avis ! Je le lui offrirai demain, à la fin de l'interview ! »

Puis il avait ordonné au chauffeur de repartir pour Faustin.

Ayant avisé et suivi l'opinion d'Hobé, Cominac et moi nous étions rendus à Punuseth afin de constater par nous-mêmes les effets de la visite de Simonius. Ce n'était pas le meilleur moment car le gouverneur récupérait de ses efforts. Agrone s'affairait auprès du malade et nous avait décoché un œil courroucé, l'air de tancer : vous ne pouvez donc lui ménager aucun répit ! Il ne peut plus se soigner en paix !

Penauds, nous avions stationné comme des grues à côté de la table massive, n'osant nous approcher du coin-cheminée où le gouverneur, dans son fauteuil, recevait les soins de l'infirmière. Mais il nous savait là. Au bout de plus d'une minute, nous entendîmes sa voix :

« Demain, à 11 heures, je donne une interview à *La Semaine financière*, Cominac, vous préparerez ça, vous n'avez qu'à convoquer les journalistes à Runac, ils sont là pour se déplacer.

— Sur quels sujets souhaitez-vous intervenir, monsieur ?

— Sur tous les sujets, ils seront libres de leurs questions, j'exige seulement mon accord sur les textes avant publication. »

Agrone nous fit taire du geste et ouvrit large la bouche du président. Elle passa un badigeon. Pourquoi ? m'étonnai-je, le gouverneur souffre-t-il des gencives en plus du ventre ? Ou les dégâts de son cancer se propagent-ils maintenant jusqu'à ses dents et ses orteils ?

« Simonius a probablement quelque chose derrière la tête en me poussant à cette interview, d'ailleurs il a amené cette équipe d'office, sans me consulter au préalable, et comme d'habitude, la logique de ses arguments est limpide et implacable : il est temps que je m'exprime dans l'intérêt du groupe... Justement j'y songeais, mais j'ai mon idée, tel sera pris qui voulait prendre. »

Ayant dit, il s'assoupit sans transition. Nous partîmes sur la pointe des pieds.

Et donc voici venus le jour et l'heure où fut donnée l'immortelle interview du gouverneur Faucheur-Quitus sur les affaires économiques et financières du monde, interview assortie d'une série de photographies qui firent le tour de la planète et suscitèrent des réactions diverses dont la plupart, aujourd'hui, nous paraissent sottes car ladite planète fonctionne selon les lignes ébauchées ce matin-là, au pied du Loum, par le magnat cancéreux à quelques mois de sa mort.

Et d'abord, il convient de rappeler le contexte météorologique. Ce jour-là, Conversion de saint Paul, le soleil avait brillé précocement, la température était montée de 4 à 5 degrés, provoquant l'accroissement des surfaces frisottées au détriment du tapis de neige, le recoquillement de l'herbe et l'amorce du retour des vapeurs malodorantes entre les crevasses enflammées et le gland, lequel avait pris des tons violacés annonciateurs des premières éjections de mars.

Excipant de cette clémence des cieux, le gouverneur avait décidé que l'interview se déroulerait dehors et avait instructionné de disposer une table et des chaises sur le terre-plein, non loin du sapin de Noël. Les paysans de Runac et les hippies de Punuseth avaient été cordialement invités à assister à cet épisode médiatique que les télévisions enrageaient de manquer car le gouverneur s'était opposé à leur présence. Évidemment, M. Anthelme, les manitous de la Wotan, les chefs de cabinet étaient assis au premier rang, sorte de garde prétorienne encadrant les deux journalistes. M. Simonius, excité, marchait de long en large, allait de l'un à l'autre, conciliabulait avec le rédacteur en chef, consultait et reconsultait la liste des questions qui seraient posées. Tout le monde était prêt et attendait le personnage principal. Le photographe, posté sur le pas de la porte de la maison Quitus, guettait son apparition. A 11 heures précises, Agrone ouvrit, non sans braverie, et s'effaça devant son malade qui créa sensation. Bourdonnements et chuchotis cessèrent instantanément. Simonius et Anthelme, bouche bée, Cominac et les manitous de la Wotan, consternés, les journalistes, incrédules et figés. Seuls, Rieu-Chasseur, les Ajas, les hippies et moi-même, peu soucieux des émois à venir du monde des affaires, échappions à cette pétrification. Encore que, pour ma part, j'avais inconsciemment songé que le gouverneur adopterait des précautions avant de se produire à une équipe de journalistes et sachant que, huit jours plus tard, le monde entier reprendrait ses propos et, surtout, verrait les photographies prises à cette occasion. Comme attirées par le spectacle, les jeunes buses loumaires s'élancèrent des Cuns et décrivirent de larges cercles au-dessus de nous. Et je me souvins de la semonce : tel sera pris qui croyait prendre.

Le gouverneur avait à nouveau revêtu la tenue d'apparat des faucheurs faustinois du début du siècle : la chemise de chanvre ouverte et sans boutons, la culotte de drap du pays retroussée jusqu'à mi-mollets, les pieds dans des sabots de bois à pointes recourbées, une ceinture d'étoffe noire à la taille et, sur la tête, le bonnet à plis. Les libertés prises avec la photo murale d'Augustin se réduisaient d'une part aux chaussettes, l'ancêtre ayant les pieds nus dans ses sabots, d'autre part à une canadienne que le gouverneur avait endossée par-dessus la chemise. La ressemblance avec Augustin était d'autant plus saisissante que le financier tenait fermement de sa main droite la faux de Nogaret, presque aussi géante que celle du trisaïeul.

Julien Ajas ne cherchait pas à refouler son émotion. Celle-ci se lisait à livre ouvert sur son visage tanné et buriné. Le photographe fut si ébranlé par l'accoutrement de l'une des plus puissantes personnalités de la finance internationale qu'il s'abstint de photographier, consulta du regard le rédacteur en chef, lequel répercuta cette demande d'autorisation muette sur Simonius. Celui-ci avait alors pris ses responsabilités et interrogé le gouverneur :

« Cher président, nous sommes ébahis par votre fantaisie et votre imagination, acceptez-vous qu'on vous photographie ou, au contraire, préférez-vous qu'on s'en tienne au texte ?

— Comment donc ! avait protesté le gouverneur, je ne me suis pas mis en frais pour une douzaine de personnes ! » Et au photographe : « Allez-y, jeune homme, et faites-nous de bonnes photos. »

Dès lors, le photographe ne cessa de mitrailler le gouverneur en uniforme de faucheur.

Le président appuya la faux contre le mur, lame en haut, mais il se ravisa aussitôt, s'en ressaisit, la porta jusqu'à la table, fendant le groupe qui se pressait devant lui et dont les membres s'écartèrent avec empressement, leurs yeux inquiets rivés sur cette énorme lame qui planait au-dessus de leurs crânes. Parvenu au fauteuil qui lui était destiné, il fut embarrassé, ne sachant où reposer la faux. Julien eut alors une initiative remarquable. Il rejoignit le fils de son cousin germain utérin, s'empara de l'outil, recula de deux pas derrière le fauteuil et s'immobilisa, pareil à un suisse, toute la durée de l'interview. La photo de ce tableau fit le tour du monde et l'immense majorité des masses et de leurs élites crut à un canular, tant la présence de ce vieux montagnard au garde-à-vous avec cette faux terrible dans le dos du président de la Wotan-Pacific en tenue de faucheur évoquait une farce de théâtre ambulant tout droit sortie du *Capitaine Fracasse.*

Cependant, aucun manitou, quelle que fût sa catégorie, n'a jamais nié qu'en dépit de sa tenue et de la présence de cette sorte d'huissier sans-culotte, le gouverneur, ce jour-là, avait dominé son sujet et tracé les principales lignes de ce que serait l'évolution du monde économique et financier du demi-siècle à venir. Tant d'intelligence et de puissance visionnaire sous un bonnet à plis de paysan misérable du temps de Napoléon III continuent de déconcerter ceux qui savent et ceux qui dirigent et laisseront, assurément, pantois les lecteurs de cette histoire et leurs contemporains. C'est pourquoi il fut et il demeure si difficile aux manitous de l'époque et à leurs successeurs de se démarquer du gouverneur Faucheur-Quitus, *a fortiori* de l'effacer de leurs tablettes. Au demeurant, comment le pourraient-ils quand on sait que le cénotaphe du gouverneur se dresse aujourd'hui au pied du Loum, non loin des débris de la cahute de Rieu-Chasseur, que le cadeau à lui remis à l'occasion de son « prix du meilleur financier de l'année » est exposé sous vitrage blindé à Wall Street, synthèse harmonieuse des onze derniers mois de la vie du gouverneur, et que l'un et l'autre attirent d'innombrables pèlerins et visiteurs ? Ces manitous ne font qu'appliquer les principes édictés par le génie cancéreux qui présida dix-sept années la Wotan-Pacific.

Et tandis que les jeunes buses décrivaient des cercles de plus en plus petits, rasant, ici et là, quelques mottes particulièrement touffues, le rédacteur en chef posa sa première question.

« Monsieur le président, comment voyez-vous l'évolution économique et financière mondiale ?

— Il faut bien se pénétrer d'un fait majeur qui commandera longtemps toutes les stratégies », exposa le gouverneur en jouant avec le doigtier offert par Calas, au grand dam d'Eychartous qui devait regretter la modicité de sa fève, « ce fait, c'est l'interdépendance croissante des différentes parties du monde et la gestion économique qui reste essentiellement du ressort des souverainetés nationales... Les échanges commerciaux ont, à travers les siècles, relié entre eux les continents, puis, les liens ont été renforcés par l'activité économique et les investissements... Les derniers arrivés dans cette globalisation ont été les flux financiers... Il y a trente ans, les transactions financières internationales étaient presque entièrement liées aux transferts commerciaux ou aux activités de services. Aujourd'hui ces transferts ne représentent qu'un faible pourcentage. Pour le reste, les marchés financiers qui fonctionnent de manière constante et instantanée échappent aux contextes juridiques définis quasi exclusivement par des autorités et des règles nationales.

— Quelles conclusions en tirez-vous ?

— L'intégration financière est, aujourd'hui, internationale, elle sera un jour, sans nul doute, supranationale... Dans le même temps, la coopération des politiques nationales reste limitée... Cette situation et cette évolution, si elles ne sont pas maîtrisées par une autorité qui reste à imaginer, afin de pallier l'effacement des gouvernements, portent en elles de gros dangers, notamment celui d'un essor irrésistible de la spéculation mondiale, des délits d'initiés à grande échelle échappant à toute réglementation et à toute justice, ce qui pourrait relancer un nouveau terrorisme international, non plus fondé sur des vulgates révolutionnaires ou des religions mais, simplement, sur ce que j'appellerais le syndrome de Robin des Bois où les bombes et les miniatures nucléaires remplaceraient les flèches et l'arc, une sorte de révolte des gens et des peuples, pas seulement dans le tiers et le quart monde, qui substituerait la justice des manants, c'est-à-dire des millions, des centaines de millions d'exclus, d'oubliés, d'affamés, à celle, disparue et non remplacée, des gouvernements...

— Pouvez-vous développer ce point, monsieur le président ? »

Qu'un homme aussi considérable annonçât la possible instauration d'un terrorisme des pauvres relayant les terrorismes politiques qui avaient, un temps, frappé et indigné les pays industrialisés, constituait un message accessible à tous les présents, y compris les citoyens paysans.

« Le problème qui se pose est simple : Est-ce que nos

pays occidentaux veulent conserver les moyens d'influer sur leur propre destinée ? Dans les domaines de la sécurité, de la sauvegarde de l'environnement, de la lutte contre la maladie, la faim, etc., la nature des défis conduit à des regroupements déjà opérés plus par pragmatisme que par idéalisme... Dans le domaine financier, se développe, *de facto*, une globalisation *off shore*, elle échappe au pouvoir politique national et retarde les nécessaires prises de conscience chez les acteurs principaux... L'urgence, pour les autorités publiques, de ne pas se laisser submerger et manipuler par la société *off shore* grandit... Nos civilisations ne peuvent demeurer crédibles, efficaces et tolérables que dans la mesure où existe un équilibre entre la recherche du profit à tout prix et les valeurs individuelles et collectives qui font nos pays... Au moment même où triomphent le système bilatéral, l'économie de marché, l'esprit d'entreprise privée, l'abus de l'*off shore* risque de déclencher des réactions instinctives plus qu'idéologiques...

— Que proposez-vous, monsieur le président ?

— Aujourd'hui, le bon fonctionnement des marchés financiers, des courants économiques, l'état des balances des comptes, la gestion rationnelle des vrais investissements rejoignent les nécessités humaines et morales... Pour cela, nous devons poser la question suivante aux gouvernants que nous élisons : N'est-il pas temps de rechercher un accord pour mettre en commun certains éléments de nos souverainetés nationales afin de réussir ensemble ce à quoi nous ne pouvons plus parvenir séparément ? »

Cette demi-péroraison conduisit les manitous à approuver gravement et longuement du chef. Depuis deux à trois minutes, les jeunes buses s'en tenaient à une courbe précise : derrière le sapin, elles rasaient les mottes, reprenaient un peu d'altitude au-dessus du gouverneur et du groupe qui lui faisait face, survolaient les granges des hippies, piquaient sur la maison du président, rasaient derechef les mottes et ainsi de suite, comme si elles ne voulaient pas perdre une miette des propos du maître financier, apportant, par leur manège, un indéniable cachet à cette interview.

« Pouvons-nous, maintenant, aborder l'affaire de la CO.B.E.N. ? Où en sont les opérations ?

— La Wotan-Pacific n'a pas intérêt à laisser tomber la CO.B.E.N. dans l'escarcelle du président Caius, dont, par ailleurs, j'admire l'audace et le savoir-faire, et, s'il est vrai qu'il faut dépoussiérer la CO.B.E.N., se séparer de certains métiers pour se concentrer sur d'autres, ce à quoi s'emploie mon ami le président Anthelme, nous ne devons pas verser dans l'excès de ne lui trouver soudain que des défauts... M. Caius n'est pas homme, que je sache, à perdre son temps et son argent, si donc il a lancé cette offensive c'est que la CO.B.E.N. en vaut la peine, et si elle vaut d'être si violemment attaquée, elle vaut sûrement aussi d'être ardemment défendue, vous ne croyez pas ? »

Les manitous rirent.

« M. Caius a-t-il, selon vous, des chances de réussir son O.P.A. ?

— Il ne faut jamais sous-estimer des adversaires du calibre de M. Caius et, à ce point des opérations, il paraît plus prudent, mais aussi plus intelligent de s'abstenir de pronostic. »

Alors avait fusé la question cruciale, évidemment concoctée de longue date :

« Votre convalescence si loin des capitales n'est-elle

pas un handicap juste au moment où le groupe Caius tente de s'emparer du contrôle de la CO.B.E.N. ?

— Je n'irai pas jusqu'à proclamer que ma maladie représente un avantage, avait prononcé le gouverneur, non sans humour, cela dit, ce n'est pas à vous que j'apprendrai les performances de notre technologie de communication, ni les capacités exceptionnelles de l'état-major du groupe et les moyens d'influence de notre conseil d'administration, enfin, et quoiqu'il faille, en tous domaines, se garder de tout excès de vanité, puis-je vous rappeler, ce dont vos lecteurs se doutent, que ce n'est point là la première contre-O.P.A. de ma vie...

— Monsieur le président, vous portez une tenue pour le moins inhabituelle... Afin d'éviter que notre public ne soit par trop déconcerté, pouvez-vous nous dire quelques mots sur cette question, et aussi sur cette faux que tient, derrière vous, un monsieur qui, d'après ce que j'ai compris, serait un membre de votre famille... »

Le gouverneur, satisfait, avait répondu en souriant : « Vous avez oublié de préciser que c'est moi qui ai décidé de répondre à vos questions en cette tenue, et non vous qui me l'avez demandé, je fournis cette précision en raison du fait que, de nos jours, les exigences des journalistes à l'égard des personnalités du monde de la politique et de la finance sont devenues de plus en plus difficiles à remplir, n'a-t-on pas vu, récemment, à la télévision il est vrai, des ministres se produire et chanter des romances, persuadés par leur entourage que “ ce serait bon pour leur image ”, et même, un remarquable industriel se faire coiffer par l'animateur d'une toque infiniment plus ridicule que le bonnet que je porte et qui a le mérite de rappeler la garde-robe de nos ancêtres paysans, en tout cas des miens, de sorte que vos lecteurs auraient pu vous croire responsable de cet accoutrement, eh bien je vous dédouane de ce grief éventuel, mais, du coup, voilà que j'aggrave mon cas ! »

Le gouverneur prit le temps de dominer son auditoire d'un large sourire, avant de reprendre : « J'ose espérer que l'on retiendra de cette journée le fond de mes déclarations plutôt que mes vêtements... Ce qui permettra à tout un chacun de vérifier que le président de la Wotan-Pacific n'a pas perdu la tête, car, d'après ce qui m'est rapporté, c'est bien ce qui se murmurerait ici et là... Que ceux qui ont des actions et des obligations de la Wotan se rassurent, et surtout, qu'ils les conservent précieusement... Je m'adresse maintenant, au-delà des lecteurs de *La Semaine financière,* à tout le monde : j'ai été opéré d'un cancer à Paris, en août dernier, j'ai souhaité changer d'air, continuer de m'occuper de mes affaires ailleurs qu'à Paris ou dans les avions intercontinentaux, notamment de la contre-O.P.A. de mon groupe sur la CO.B.E.N., aussi longtemps que me le permettront mes forces physiques et mes capacités intellectuelles, et au lieu d'aller aux îles Seychelles, je suis venu au pays de mes ancêtres Faucheur-Quitus, qui tiennent une partie de leur nom de ce qu'ils étaient les meilleurs faucheurs du pays vers la fin du siècle dernier, et, les médecins m'ayant prescrit chaque jour un peu d'exercice, j'ai appris à faucher, ce qui n'est pas si simple, et je fauche environ une heure par jour, pas d'affilée, bien sûr, puis j'entretiens mon outil, celui que vous voyez là, derrière moi, entre les mains de mon lointain cousin par les femmes, M. Julien Ajas-Impérial... Sachant que cette façon de passer ma convalescence choquait certains, et n'ayant rien à dissimuler, j'ai pris, en toute connaissance de cause, la décision de me montrer en cette tenue de faucheur authentique de l'époque de Napoléon III... Où est le crime ? Où est la déviation ?

Certes, si je me montrais ainsi à Wall Street, on serait en droit de se poser des questions, mais sommes-nous à Wall Street ? Non... Où sommes-nous ? Au pied du Loum... Les gens savent-ils ce qu'est le Loum ? Non... Et qu'est le Loum ? C'est ce pic qui se dresse derrière moi et qui ressemble à un phallus, qui est le siège d'une macération interne que les scientifiques n'ont pu expliquer jusqu'ici, raison pour laquelle je me soucie de la création d'une fondation loumaire qui sera installée dans le vieux château de Faustin, le chef-lieu du canton... A ceux qui s'étonnent de mon intérêt pour cette région et qui distillent quelques rumeurs malfaisantes, je conseille de bien examiner, à la fin de l'année, c'est-à-dire quand je ne serai probablement plus là, les comptes et les dividendes de la Wotan-Pacific, de se préoccuper de leurs propres comptes à eux plutôt que de mes activités ici, à Punuseth, berceau de la famille Faucheur-Quitus... »

Ce plaidoyer, mêlé d'avertissements chargés de venin, prononcé, vers la fin, sur un ton d'exaltation, avait produit son effet. Moi-même, à force de côtoyer cet homme sans le connaître vraiment, obligé que j'étais de n'en voir que les aspects fantasques, j'étais sidéré de tant d'aisance, d'autorité, de clarté, de pugnacité, et aussi de machiavélisme. Les manitous de la Wotan contemplaient leur président avec une admiration non feinte. Pourtant, ils étaient habitués, eux, à la brillante personnalité de leur maître. Je comprenais, maintenant, pourquoi ils avaient craint si fort de retrouver amoindrie à Punuseth cette mécanique d'exception. Quel choc ils avaient dû encaisser en le voyant piquer une faux sur une enclumette !

C'est alors que M. Simonius avait offert son cadeau.

« Cher président, si je puis me permettre, j'ai pour vous un cadeau qui vient, j'ose l'affirmer, en point d'orgue de votre très remarquable exposé, et j'aimerais vous l'offrir sur-le-champ, si vous n'y voyez pas d'inconvénient. »

Cominac s'en fut quérir le long paquet dans sa voiture et s'employa à déballer la chose. Une faux apparut. Simonius s'en saisit et dit : « Cher président, cette faux, d'apparence si ordinaire comparée à celle que tient M. Ajas, ne l'est, en réalité, pas du tout... Elle exige, pour être présentée, un bref rappel historique et que voici : en 1792, nos révolutionnaires fondèrent les deux premières fabriques de faux qui, jusqu'alors, étaient de la compétence des forgerons, deux usines qui fournirent nos campagnes en grande quantité, et, pour marquer l'événement, on grava sur les lames des unes le mot " patriote " et sur celles des autres le mot " national "... Par la suite, ces faux furent appelées les " nationales " et les " patriotes "... Il n'en reste que de très rares spécimens, et j'ai eu la chance d'en dénicher un, c'est donc avec un plaisir vif que je vous offre aujourd'hui cette " patriote ", si le manche n'est pas d'époque, la lame, elle, est authentique et date de la Révolution... »

Le gouverneur, réellement ému, s'était levé. M. Simonius fit le tour de la table et lui offrit cette faux. Il y avait sur la lame un drapeau bleu, blanc, rouge. Dans le bleu était écrit : *la,* dans le blanc : *patri,* dans le rouge : *ote.* Au-dessous, figurait un rinceau. Il s'agissait, sans aucun doute, d'un cadeau hors du commun. Nous fîmes la queue afin d'admirer de près cette lame lourde d'histoire. Le manitou international se frottait les mains. Le photographe la prit en gros plan.

« Cher ami, dit enfin le gouverneur à Simonius, je ne saurais trop vous remercier de vous être donné tant de mal pour m'être agréable.

— Cher président, répondit Simonius avec un brin

d'emphase, vous m'avez déjà remercié par votre si remarquable exposé dont on se souviendra longtemps, et que tous les citoyens, ce me semble, feront bien de méditer. »

Le gouverneur prit congé de la troupe quelques minutes après. Il avait remis la faux à Cominac et appuyé une main contre son flanc droit. Agrone, sur le qui-vive, l'avait aussitôt entraîné vers la maison. Julien Ajas et Cominac les avaient suivis, chacun portant une faux. Le groupe s'était disloqué. Les buses loumaires avaient rejoint les Cuns.

Au soir de cette interview mémorable, des hardes de sangliers poussés par la faim et qui avaient dû épuiser les ressources des forêts de Coumegelée descendirent jusqu'à la route de Faustin et fougèrent les alentours de Punuseth et Runac. Au matin, les terrains semblaient avoir été labourés profond et les « Parisiens » eurent du mal à admettre que cette dévastation était l'œuvre des grands sangliers loumaires.

Le gouverneur était rentré dans sa maison Quitus persuadé d'avoir broyé la question anecdotique de sa tenue et de son apprentissage de faucheur sous le poids du message et de l'avertissement lancés aux dirigeants de la planète : l'émergence, si l'on ne bridait pas l'élan impétueux et désordonné du capitalisme de marché, de ce qu'il avait joliment nommé le « syndrome de Robin des Bois », c'est-à-dire la révolte physique, armée, des masses au chômage, dans la précarité, saturées puis indignées par le conditionnement perpétuel et cynique des médias, spécialement de la télévision, machine désormais destinée à faire accepter leur sort aux citoyens, à leur « vendre » une démocratie dévoyée, tout en donnant bonne conscience au noyau dirigeant et en perpétuant ses insupportables privilèges. Le gouverneur prévoyait qu'un jour les « élites » de ces sociétés dites « postindustrialisées » seraient tout simplement les cibles de redresseurs de torts qui, désespérant de la justice officielle, exaspérés de voir des forbans de haut vol leur échapper grâce à leurs fortunes mal acquises et à leurs relations, basculeraient dans la violence physique, entreprendraient de liquider, au couteau, au pistolet ou à la bombe, les élites susdites. C'est ce que le gouverneur avait baptisé le « syndrome de Robin des Bois », car les assassinats perpétrés auraient l'appui de millions de citoyens honnêtes, laborieux et floués, un appui dont n'avait bénéficié aucune forme de terrorisme jusqu'alors. Ces précisions nous avaient été données par notre patron deux jours après l'interview. Je me souviens qu'il s'était exclamé : Un système qui permet à un seul homme de gagner en quelques secondes un milliard de dollars, plus de cinq milliards de francs lourds, en spéculant contre la monnaie d'un grand pays d'Europe est voué au « syndrome de Robin des Bois » !

Au regard de la densité de ce discours prémonitoire, que pesait le fait de se vêtir en faucheur et d'apprendre à faucher ? C'est pourtant ce qui fut retenu de cette interview. Cominac et moi nous mîmes cette inconsistance, cette frivolité, au débit de ce temps qui vit le triomphe des apparences et de l'imposture, le déclin des valeurs morales et humaines, répudiées pour « archaïsme ». Nous n'eûmes pas tout à fait tort. Nous savons, maintenant, que Caius et son commando achevèrent la besogne. Les manitous agresseurs de la CO.B.E.N., mal engagés dans l'opération à cause de la rapidité et de la puissance de la riposte du président, jouaient leur va-tout en travaillant au corps le conseil d'administration de la Wotan et son environnement, assurant que cette histoire de faux devait être prise au sérieux, qu'elle n'avait rien de comique et de subalterne, qu'elle traduisait l'incapacité croissante du gouverneur à assumer ses lourdes responsabilités. Ils s'attaquèrent aussi au fond de l'interview, quoique plus prudemment. Ils insinuèrent que, de la part d'un financier aussi haut placé que Régis Faucheur-Quitus, faire le procès, fût-ce à mots couverts, des sociétés capitalistes, et, par surcroît, annoncer crûment un nouveau terrorisme, relevait de la folie pure. Le mot fut lâché. Le gouverneur dut s'en défendre à peu près jusqu'à sa mort.

Cette interview fit la joie du conseiller, maire de Faustin, qui, le soir même, me téléphona pour m'assurer de sa gratitude. En dépit de mes dénégations énergiques, il crut devoir à mon influence la décision du gouverneur de créer la fondation loumaire. Or, j'avais été tout aussi surpris que les autres. A l'instar de la plupart des potentats de ce monde, le président de la Wotan, en ne prévenant personne, avait marqué sa toute-puissance, mis en évidence son « domaine réservé ». Cette Fondation a, depuis, livré des travaux distingués mais aucun d'entre eux ne débouche sur un éclaircissement du mystère des variations de température du gland et de l'origine des épanchements cunsniques.

Les manitous Anthelme et Simonius regagnèrent Paris le 26 janvier.

Le dimanche soir, 2 février, Cominac me téléphona pour m'annoncer que le gouverneur, Agrone, et une équipe médicale de la métropole voisine mobilisée en catastrophe étaient partis pour Paris en avion sanitaire spécial. Le malade avait subi une hémorragie grave vers

20 heures. Le chef de l'équipe d'urgence avait assuré que sans la présence d'esprit et le savoir-faire de l'infirmière-chef le gouverneur eût été perdu. Cominac lui-même faisait ses bagages et rentrait dans la capitale par le dernier avion, à 23 h 30. Il avait juste le temps de se faire transporter par Hubert à l'aéroport. Le chauffeur continuerait sa route en compagnie d'Isidora. Tout le monde quittait Punuseth précipitamment. Cominac promit de me donner des nouvelles dès que possible. Il ne lui avait pas été loisible d'échanger un mot avec le gouverneur, bien que celui-ci ait été conscient. Cependant, en l'absence de consignes, il prit sur lui de confirmer mon contrat, d'autant, avait-il précisé sans broncher, que si le gouverneur rendait l'âme dans les heures ou les semaines qui suivaient, il avait testé vouloir être inhumé à Punuseth, cérémonie religieuse à l'ancienne comprise, sous l'autorité et la surveillance de son chef de cabinet local.

Le gouverneur fut opéré pour la deuxième fois dans la matinée du vendredi 7 février. J'appris par Cominac que le cancer avait sérieusement attaqué l'œsophage et qu'il avait fallu réparer celui-ci avec un morceau d'intestin. Le patron chirurgien n'avait pas caché au malade son hostilité au maniement de la faux, lequel impliquait un mouvement particulièrement néfaste et inadapté aux cicatrices. Le gouverneur avait semblé en prendre bonne note mais il était resté intraitable sur sa volonté de retourner au plus tôt à Punuseth, retour qui, lui non plus, n'enthousiasmait guère le chirurgien. Il n'obtint de son patient que le strict minimum : vingt jours d'immobilité quasi absolue, au long desquels le gouverneur continua de conduire la bataille contre Caius. Les réunions se tinrent dans la chambre d'hôpital, ce qui fut relevé par la presse spécialisée du monde entier.

C'est un homme plus amaigri et blême encore qui réapparut à Punuseth escorté des mêmes personnages qu'avant sa deuxième opération, auxquels s'était joint un infirmier chargé d'assister Agrone dans une tâche s'annonçant de plus en plus difficile.

Je fus convoqué à Punuseth le dimanche 1er mars. J'appréhendais ces retrouvailles. Or, s'il est vrai que le gouverneur n'était pas loin de ressembler à un spectre, il m'accueillit avec humour et vivacité. Il avait inventé un système pour ranger ses faux, un cylindre de bois évoquant une sorte de porte-parapluies, au diamètre étroit, comportant des ouvertures permettant aux manches de glisser jusqu'au sol. Les faux tenaient ainsi debout, il n'était plus besoin de les appuyer au coin d'un mur, et l'on pouvait les déplacer à loisir.

« Ces dernières semaines, entre deux réunions autour de mon lit d'hôpital, j'ai pensé à mes faux, j'ai dessiné moi-même ces porte-faux, comment les appeler autrement, n'est-ce pas ?... Et je les ai fait exécuter, qu'en pensez-vous ?

— Franchement, monsieur, c'est ingénieux et pratique. »

Le gouverneur avait souri, plein d'une satisfaction enfantine.

« Comment allez-vous, monsieur Ajas ?

— Bien, monsieur, mais vous nous avez donné des émotions.

— Des émotions ? Mais ces événements s'inscrivent dans le droit fil de ma maladie, c'est toujours curieux de voir qu'on s'étonne de voir mourir quelqu'un dont on sait pourtant qu'il est condamné... Mes deux seules craintes sont, dans le désordre : de ne pas passer l'été, la saison, par excellence, des belles et grandes fauchaisons, et de mourir avant le dénouement de la contre-O.P.A., pour le reste, il n'y a pas de suspense en perspective, monsieur Ajas, il faut que je tienne six mois, et justement, d'après les médecins, c'est là chose possible, ce n'est pas garanti, mais c'est possible, il faut que je m'assagisse un peu, grognent-ils, que je ménage mes cicatrices, bref que je réduise mes temps de fauche, c'est moi qui leur ai servi cette expression, ils semblaient avoir du mal à la comprendre, enfin, ne médisons pas, ils sont formidables et ils font tous les jours des petits miracles... »

Agrone était survenue. Elle logeait maintenant au rez-de-chaussée, dans la chambre jouxtant celle de son malade, d'où elle observait, désormais, tout ce qui se tramait autour de lui. D'évidence, elle avait entendu notre conversation.

« Vous ne devez plus faucher du tout, avait-elle bougonné, les consignes sont formelles, bien sûr je ne peux vous attacher, mais si vous fauchez, vous augmenterez vos douleurs, vous abrégerez votre vie et vous compliquerez la tâche de tout le monde. »

Personne ne parlait au gouverneur sur ce ton, pas même, autant que j'avais pu en juger, les membres de sa famille. Agrone usait du privilège de « rudesse » que s'octroient les médecins et les infirmières, qui, dit-on, masque leurs angoisses et compense la dureté de leur profession.

« Je faucherai doucement, en prenant mon temps, dix minutes le matin et dix minutes l'après-midi, avait déclaré le gouverneur, ce qui me permettra d'affiner mon geste sans me fatiguer, d'ailleurs tel est mon but, je n'ai pas appris à faucher pour débroussailler le pays mais avec de bien plus nobles objectifs, je fais dans l'esthétique et la méditation, c'est ce que les gens, même de bonne volonté, ont tant de mal à saisir, mais vous, Ajas, vous avez saisi, n'est-ce pas ? »

Je devinai que, dès le commencement de ce deuxième séjour à Punuseth, un bras de fer s'était engagé entre le grand malade et l'infirmière-chef. S'il s'était contenté d'approuver comme un vilain petit garçon pris en faute, le gouverneur aurait abdiqué toute son autorité et détruit la maigre marge de manœuvre qu'il s'estimait en droit de revendiquer. Mais il m'invitait à prendre son parti, à me placer dans le camp de ceux qui avaient compris sa singulière démarche, par là même à stigmatiser ceux qui, à l'inverse, avaient le cœur empierré et le cerveau obscurci. Et parmi ces derniers, pour mon malheur, Agrone, que je convoitais toujours secrètement, et que je redoutais de perdre à jamais si je répondais par l'affirmative. Je fus sauvé par l'impatience du gouverneur qui, préjugeant acquise ma réponse, enchaîna par une réflexion inattendue : « D'ailleurs, nous avons tous une faux dans notre cerveau ! » Agrone et moi nous échangeâmes un regard empli d'incompréhension. Le malade savoura son effet.

« Eh oui ! reprit-il, j'ai appris ça la semaine dernière de la bouche du premier assistant du patron, la faux c'est un petit arc, une extension de la méninge principale, la dure-mère, qui sépare les deux hémisphères, avouez que les hommes, ainsi que l'écrit à si juste titre l'auteur du *Paroir,* “ ne se trompent pas quand ils choisissent leurs images ”, saviez-vous ça ? Que notre naissance et notre mort sont inscrites dans notre cerveau par le truchement de la mère et du symbole de la mort ? Pourquoi dure-mère ? Voilà un sujet sur lequel devraient se pencher sans tarder les psychanalystes... Vous aussi, mademoiselle Agrone, vous avez donc une faux dans votre cerveau.

— Elle me suffit bien, et, si vous le permettez, monsieur, elle devrait vous suffire à vous aussi.

— Vous n'êtes pas seulement une infirmière hors pair, mademoiselle, mais vous êtes aussi douée d'une rare vivacité d'esprit, ce dont je m'étais déjà aperçu et ce dont je me réjouis. »

Agrone avait été sensible à cette appréciation. Le gouverneur avait arraché ses vingt minutes quotidiennes de fauche. Le match était nul.

Le mardi 3 mars, les Faustinois fêtèrent le carnaval. Certes, ce n'étaient plus la foule et la liesse d'antan mais les traditions essentielles étaient respectées. En particulier celle des masques. Au début du siècle, ces masques étaient célèbres dans la région, même au-delà, en raison de leur originalité. Ils représentaient des têtes d'animaux et les métiers exercés. Sangliers, buses, isards, mais aussi vaches, chèvres, lapins. Le masque du forgeron arborait sur une joue un marteau, sur l'autre une enclume, celui du bourrelier, un harnais sur le front. Le tout peint sur bois en couleurs vives ne correspondant pas forcément aux couleurs réelles. Ce folklore venait de loin et son origine n'avait pas été clairement identifiée. Il était d'autant plus surprenant qu'il n'existait que dans la vallée du Faustin et pas dans les vallées voisines. A côté des masques très anciens, il y avait ceux qui avaient été créés au fil du temps. Chaque famille possédait les siens. Certaines pièces dignes d'intérêt étaient conservées à la mairie et n'étaient prêtées, le jour de carnaval, qu'à des Faustinois de confiance. Les masques de la famille Ajas du Loum, peints naïvement par un arrière-grand-oncle de mon père, étaient, sans conteste, parmi les plus étonnants et controversés. Ce qui ne m'empêchait pas d'en mettre un pour l'occasion. L'ancêtre, truculent et spirituel, malgré la maigreur de son instruction, avait illustré notre sobriquet. En somme, il avait peint les armes de la famille sur deux masques jumeaux : sur l'un figuraient deux phallus, un sur chaque joue, tous deux émergeant de bourses environnées de poils noirs, et sur l'autre deux vulves, elles aussi embroussaillées. Peu de membres de ma famille avaient osé les exhiber.

Les festivités commençaient à midi, heure de sortie des écoles. Les enfants faisaient alors le tour du village et récoltaient des œufs. Au centre de la place, trônait un mannequin bourré de paille, habillé en montagnard d'autrefois. En fin d'après-midi, les femmes s'affairaient et fabriquaient des crêpes. Le soir, on mangeait ces crêpes et on dansait de vieilles danses que jouait l'Harmonie faustinoise. A minuit, on brûlait « Carnaval », le mannequin arrosé de pétrole, et on le jetait au Faustin en chantant, en dialecte du pays : « Pauvre, pauvre Carnaval, moi je reste et toi tu t'en vas. » Au préalable, Carnaval avait écouté l'acte d'accusation qui le condamnait à mourir. Chaque année, un homme du village était désigné pour prononcer ce réquisitoire. En fait, il se jouait là une véritable farce destinée à propager la bonne humeur, en quelque sorte à « chauffer » l'assistance avant de relancer les festivités d'après-minuit. Et l'on entendait l'orateur lancer des griefs du genre : « Polisson que tu as été cette année ! Non content d'avoir volé les pommes de ce pauvre M. X., remplacé le vin de messe dans les burettes par du vinaigre, tu as poussé l'insolence et la concupiscence jusqu'à te cacher sous le lit de M. et Mme Y. pendant la nuit de leurs noces, chenapan, dévergondé que tu es ! » Et tout à l'avenant. Certains « réquisitoires » étaient entrés dans la légende, car c'était tout un art de mélanger le vrai et le faux et d'allusionner à des affaires qui, dans l'année, avaient réellement défrayé la chronique, tout en les déguisant, et quelques-uns avaient maîtrisé cet art mieux que d'autres. Cet aperçu rapide de la coutume n'a pas pour objet unique de familiariser le lecteur avec le carnaval de Faustin. Il est un préalable indispensable aux événements de ce mardi gras et qui concernent directement la narration.

Le gouverneur avait manifesté le désir d'assister aux parties les plus intéressantes de cette journée. Il était donc descendu à Faustin vers 17 h 30, escorté d'Agrone, de l'infirmier, d'Hubert, de Cominac, des manitous de la Wotan (à l'exception de Brancalot que les affaires appelaient d'urgence à Paris) et de moi-même qui, à cette occasion, redevenais utile. Déjà, quelques masques étaient apparus. Tout autour de la place, les femmes avaient dressé leurs feux, c'est-à-dire installé des baquets de cuivre semblables à ceux des marchands de marrons mais entretenant de hautes flammes, et, assaillies par les enfants, avaient commencé les crêpes. Au milieu, comme cerné par ces sortes de torchères, ligoté à un poteau, le mannequin Carnaval attendait son jugement.

Le gouverneur et sa troupe occupaient le café de la place d'où il était possible, grâce à la très large et haute baie vitrée, de contempler l'essentiel de l'animation en restant au chaud, quoique la température fût fort supportable. Mais, les soirs de mars en Faustinois, il convient de ne pas se laisser surprendre par les levées soudaines d'air froid venant du nord du Loum. Je commentais le spectacle à l'intention de ces étrangers dont l'un m'employait à grands frais. Au soulagement de mes parents, en raison de cette situation particulière dans laquelle je me trouvais cette année-là, j'avais renoncé au port du masque de l'ancêtre paillard. Usuellement, les adultes mettaient leurs masques de bois à peu près à l'heure du jugement de Carnaval, et les gardaient pour danser. Le reste de la population et ceux des vallées voisines qui ne manquaient jamais le mardi gras de Faustin portaient, eux, des masques plus ordinaires en vente dans les magasins spécialisés ou même, en saison, dans les super- et hypermarchés. A l'issue d'un débat intérieur, j'avais admis qu'en qualité de salarié du gouverneur et de collègue des membres de son entourage, c'eût été de la provocation grossière que de me produire avec l'un des masques de ma famille. Sans me l'avouer vraiment, la perspective de m'exhiber ainsi devant Agrone m'avait puissamment dissuadé.

Comme j'exposais au gouverneur l'histoire des masques de bois, il s'enquit brusquement : « J'imagine qu'une vieille famille comme la vôtre doit aussi avoir son totem ?

— Bien sûr, monsieur.

— Alors, nous vous verrons le porter ce soir ? »

Je me souviens qu'à cet instant précis Cominac et Eychartous partis à la chasse aux crêpes en rapportaient deux belles piles.

« Croyez-vous que je puisse les goûter ? » avait demandé le gouverneur à Agrone. Et j'avais alors espéré que la question du masque se volatiliserait.

« Vous pouvez manger presque tout ce que vous voulez, avait répondu l'infirmière, sur un ton indéfinissable, presque détaché, qui m'avait surpris mais que j'interprétai peu après, lors d'une conversation qu'elle m'accorda : de toute façon, et quelle que fût sa nourriture, le gouverneur n'assimilait pratiquement plus. Il pouvait manger ce qu'il voulait. Il passait aux toilettes de plus en plus de temps. Voilà tout. Ce soir-là, il mangea une crêpe et but un verre d'eau.

Je m'apprêtais à aborder le sujet de la condamnation de Carnaval lorsque Agrone, déjouant la manœuvre, dit d'une voix suave et avec un sourire perfide : « Monsieur Ajas, vous n'avez pas répondu au président au sujet de votre masque. »

Cette intervention de ma maîtresse d'une nuit m'agaça et m'incita à diriger la réponse contre elle : « L'ancêtre Ajas qui a peint nos deux masques était un poète paillard, et ce qu'il a dessiné et colorié n'est pas décemment montrable à une dame telle que vous, et c'est tout spécialement pour éviter de vous choquer que j'ai décidé, cette année, de ne pas mettre de masque... D'un certain point de vue, avais-je conclu en me laissant quelque peu emporter, c'est dommage, car l'ancêtre a fait deux masques, l'un représentant les attributs virils de l'homme, l'autre le sexe d'une femme, et nous aurions pu les porter, vous et moi, avec bonheur. »

Cette repartie fit rire le groupe. Agrone concéda bonne figure en riant, elle aussi. Cependant, je commençais à la connaître, et je vis bien son dépit. J'ajoute que l'idée me vint alors d'une deuxième étreinte extraordinaire avec l'infirmière-chef, où nos visages seraient couverts par les masques de la famille. Et puisqu'elle ne cessait de m'énerver et, qu'après tout, je l'avais déjà sauvagement possédée, je me promis, quand l'opportunité s'en présenterait, de lui glisser cette proposition scabreuse dans l'oreille.

Le gouverneur lui servit une revanche immédiate en prononçant : « J'espère quand même que nous verrons ces œuvres d'art.

— Je vous les porterai à Punuseth, suggérai-je.

— Décidément, vous ne paraissez pas pressé de les mettre, constata le président, de nos jours, peintures et sculptures s'exposent sans problème, grâce au ciel, j'ai dans mon salon, à Paris, un tableau au moins aussi suggestif que les masques de votre ancêtre, il ne choque personne, il est vrai qu'il vaut plusieurs millions. »

Alors, je m'étais levé en disant : « Je vais les chercher, je n'en ai pas pour longtemps. »

En partant, j'avais foudroyé Agrone d'un regard de mâle excédé et vindicatif. A nouveau, j'avais ressenti au bas-ventre cette douleur vulgaire qui pointait chaque fois que la conduite cruelle de l'infirmière m'exaspérait. Moi qui par délicatesse à son égard avais choisi, cette année, de laisser ces masques à la maison, voilà que j'étais sommé, avec sa complicité active, d'aller les chercher. Elle méritait bien d'être punie par là où elle avait péché. Tandis que je me frayais passage dans la foule joyeuse qui grossissait à vue d'œil, la vision d'un accouplement masqué avec Agrone grandissait et me taraudait sans pitié.

Soudain, tout comme à Punuseth l'apparition de Simonius en traîneau m'avait dégrisé, survint un épisode qui me rendit à la raison. En lisière de la place, devant l'étude du notaire Dontome, une voix connue m'interpella. Je m'arrêtai, tournai la tête, et considérai le groupe d'où avait jailli cette voix. Ils étaient quatre, et portaient des masques de confection ordinaires et peu engageants : un visage de madone noire affligée d'un rictus, une tête de corsaire, l'emblème du signe du Scorpion, et enfin, peut-être le plus bizarre, un crâne revêtu d'un heaume et de son cimier. Ils formaient un quatuor sinistre sur lequel, bien que ce fût jour de carnaval, les gens se retournaient. Pris isolément, ils n'auraient pas produit le même effet. Réunis, ils étaient remarquables et remarqués.

« M. Ajas m'a déjà entendu, reprit la voix, mais il ne sait toujours pas qui je suis alors il cherche. »

La voix parlait sous le masque de corsaire.

Le quatuor se mit à rire.

« Alors ? » dit encore le corsaire.

Il leva le masque. C'était Élisée, de retour au pays. Et les trois autres se découvrirent aussi.

« Content de me revoir, monsieur Ajas ? » dit Élisée en me tendant la main.

Je la pris machinalement, l'esprit ailleurs, essayant d'analyser le plus rapidement possible les implications de ce retour.

« Monsieur Ajas, je suis heureux de tomber sur vous par hasard et de vous présenter mes collègues et amis François Xavier, mais oui ! Il ajoute toujours : sans trait d'union !... Pierre Davy, et surtout, notre président, M. Caius, venu rencontrer le président Faucheur-Quitus sur ses terres... Président, messieurs, je vous présente Marcellin Ajas du Loum, dont je vous ai beaucoup parlé, le chef de cabinet local du gouverneur, l'homme qui sait tout sur le pays, son passé et ses habitants... »

Trois autres mains se tendirent que je serrai avec plus de vigueur. Maintenant, je savais à quoi m'en tenir.

Ainsi surgirent à Faustin le président Caius et sa garde rapprochée de « raiders », ceux qui, en ce temps-là, opéraient des raids sur les sociétés, le plus souvent importantes, parfois énormes, les dépeçant aussitôt et les revendant par lambeaux en empochant de colossaux bénéfices sans avoir déboursé un sou. Des busards très jeunes : Davy, l'homme masqué de la madone au rictus, avait trente-cinq ans, Xavier le scorpion, à peine trente ans ! Tous déjà multimilliardaires ! A quarante-quatre ans, Élisée faisait figure de vieux monsieur. C'est ce trio, sous la houlette d'Élisée, qui avait poussé Caius à s'attaquer à la CO.B.E.N. C'est encore Élisée qui avait convaincu son patron de se transporter en Faustinois et d'y organiser une antenne le temps qu'il faudrait, car, selon le manitou international, c'était à Punuseth et non à Paris ou Londres que se jouerait le sort de la bataille. Évidemment, je n'avais aucune idée de tout cela quand nous nous rencontrâmes en ce mardi gras devant l'étude du notaire.

« Le président Faucheur-Quitus m'attend demain chez lui à 11 heures, dit M. Caius, mais il ignore que je suis déjà là et que j'ai cédé aux caprices de ces jeunes gens qui ont insisté pour qu'on achète des masques et qu'on soit à l'unisson...

— Si vous voulez saluer le gouverneur, dis-je, il est au café de la place où lui et son équipe mangent des crêpes.

— Merci du renseignement, dit M. Caius, nous y allons de ce pas. »

Je revins à contrecœur avec les masques de la famille. J'avais pris soin de les placer dans l'un des sacs à provisions de ma mère. Il y avait encore beaucoup d'enfants et, les années précédentes, j'attendais minuit et demi ou une heure pour les exhiber dans l'arrière-salle des cafés où ils déclenchaient la joie de tous et les chansons paillardes. Il m'était désagréable de les montrer à des gens étrangers à nos traditions et légendes et qui n'y verraient que de minables et obscènes graffitis. En tout cas, j'étais fermement décidé à ne pas les poser sur mon visage, dussé-je braver l'autorité du gouverneur.

Mais celui-ci était parti, ce qui m'épargna l'affrontement. Agrone, l'infirmier et Hubert l'avaient remonté à Punuseth. Il avait rejeté son morceau de crêpe, essuyé un accès de douleur. Caius et ses manitous avaient assisté à cette retraite précipitée. Ils en paraissaient sincèrement affectés. Du coup, sous le prétexte d'aller aux nouvelles, je rentrai chez moi avec mes masques. Je n'avais pas envie de carnavaler en leur compagnie. Comme je les quittais, je les vis rapprocher leurs chaises et entamer à voix basse des discussions avec les deux manitous de la Wotan et Cominac.

Ils y étaient encore quand je réapparus aux alentours de 23 h 30 car je ne voulais pas manquer le point fort des festivités : le procès de Carnaval et sa mise à mort. D'autant que, cette année-là, le major, longtemps sollicité en vain, avait enfin accepté de prononcer le « réquisitoire ».

« Sacripant, homme de peu, cette année tu t'es surpassé car tes méfaits ont été innombrables ! Tu as enfermé deux jeunes filles dans le clocher, tu as crevé les pneus de la voiture du garde-chasse, tu as triché aux cartes, mais tout cela n'est rien par rapport à la façon dont tu as dépensé l'argent que le diable t'a permis de gagner au Loto ! Tu aurais pu le distribuer aux pauvres, réparer la maison de ta pauvre mère, rembourser tes dettes, en placer une partie à la Caisse d'épargne, mais non, au lieu de cela, tu as choisi de te pavaner, de jouer au riche, de provoquer les humbles, tu as acheté une grosse Mercedes, tu as spéculé en Bourse, de sorte que te voilà, aujourd'hui, plus riche et plus insolent ! Tu empoches en un jour ce que tes voisins et tes anciens camarades d'école gagnent en six mois, en travaillant dur et honnêtement ! A ton échelle, tu es devenu un spéculateur, un parasite, un esbroufeur, l'argent nourrit ta vanité ! Voilà le maître mot qui te convient le mieux, tu es devenu la vanité personnifiée, et c'est cette vanité cousue d'or que nous jugeons cette nuit et que nous précipiterons tout à l'heure dans l'abîme ! Car tu seras puni, Carnaval en paillettes, par les hommes et par

Dieu ! Ton or ne te protégera ni de la mort ni du châtiment ! Médite l'Ecclésiaste ! D'avoir gagné au jeu du hasard et d'avoir impudemment usé de cet argent pour grossir ton magot, jouir des bassesses et des excès matériels de ce bas monde, sera porté à ton débit, non seulement au-delà des sombres rivages où tu vas bientôt aborder mais aussi dans la mémoire des hommes ! Tu as perdu de vue que l'homme, par lui-même, séparé des autres hommes et de la nature, n'est rien, que la rutilance de ses habits, l'épaisseur des tapis qu'il foule ne sont rien, tu t'es laissé guider par ton estomac et ta vanité et non par ton cœur et le respect d'autrui ! Aussi vas-tu finir comme les bêtes, contrairement à ce que tu as cru ! Écoute ces paroles, Carnaval : c'est pour cela qu'une même mort est à l'homme et aux bêtes, et que leur condition est égale. Comme l'homme meurt, ainsi les bêtes meurent. Ils respirent de la même manière, et l'homme n'a rien de plus que la bête : tout est soumis à la vanité ! Et tout va vers le même lieu. Ils ont été faits de la terre, et ils retournent également à la terre... Adieu, Carnaval ! L'heure est venue d'expier tes crimes ! Nous allons maintenant te préparer à ta fin dernière par le feu et l'eau ! »

Tel fut le « réquisitoire » du major. On s'attendait qu'il fût différent de tous ceux prononcés jusqu'ici mais il le fut au-delà de ce que la population avait imaginé. Le major avait respecté la tradition au début, en évoquant des faits qui s'étaient réellement produits, mais personne n'avait gagné au Loto et il n'existait en Faustinois aucun citoyen assez riche pour justifier la suite. J'avais écouté le discours à la table des manitous. Ils en étaient tout remués.

« Qui est cet homme ? m'avait demandé M. Caius.

— Un brave militaire à la retraite. »

On se doute que j'interrogerais, ultérieurement, mon vieux compagnon de veillée.

« Je leur ai joué un bon tour, s'était-il contenté de dire.

— A qui, major ?

— Eh, à tous ces messieurs qui, depuis quelque temps, farfouillent par chez nous. »

Nous avions médité le propos.

« Pourquoi croyez-vous que j'aie tout d'un coup accepté de me donner en spectacle à mon âge ? L'idée m'est venue de m'amuser.

— Si je comprends bien, avait grondé le doyen Antus, vous ne pensiez même pas ce que vous avez dit... C'est dommage, j'ai pensé un moment que la grâce vous avait touché. »

Le major s'était esclaffé comme un galopin.

Cette facétie de notre compagnon baroudeur qui, à l'instar du doyen Antus, lui aussi guerrier héroïque, avait l'argent en horreur, finissait sa vie bien remplie dans la juste suffisance, trouvait son luxe dans un verre de fine, une grande bouteille, quelque cuissot en daube, avait assombri la soirée de carnaval du commando Caius. Bien qu'il ne leur fût pas adressé en propre, le major ignorant l'existence de ces manitous-là, *a fortiori* leur présence au café de la place, ce petit discours les avait contrariés. Le manitou Xavier m'avoua plus tard que les circonstances et le décor avaient largement contribué à leur dérangement et à celui de leur patron qui y avait vu un mauvais présage. Cette espèce de vieil illuminé admonestant puis condamnant à mort ce mannequin à minuit, sur la place d'un village perdu au bout du monde, cette parodie d'exécution avaient impressionné le grand manitou international. Voilà comment un homme incarnant l'une des plus belles réussites industrielles et financières de cette époque, un carnassier impitoyable, un insatiable dévoreur d'usines, avait tremblé à Faustin cette nuit-là. Déjà mal à l'aise, ainsi que je l'ai précédemment analysé, devant la maladie et la passion du gouverneur, M. Caius fut ébranlé un peu plus par cet épisode. Il était venu à Faustin après de fortes hésitations, poussé, bousculé, harcelé par ses jeunes manitous convaincus de la nécessité de sa présence physique sur les lieux du cancer, des diableries, des fauchaisons délirantes. Le rapport d'Élisée, à son retour à Paris, fondé sur son étude de la situation faustinoise, avait, à la fin, emporté la décision.

Mais les fauconneaux, par manque d'expérience, par leur mépris ostentatoire de tout ce qui ressortissait à l'atavisme, au sentiment, à la religion, à l'idéologie, bref à l'humain autre que celui mis en scène par les télévisions, pénétrés de l'obsolescence des vertus enseignées par les maîtres républicains d'antan, formés aux seules règles des kriegspiels économiques, détournés de l'Histoire par les déferlantes du capitalisme libéral triomphant, fascinés par les tourbillons des milliards de dollars captés par leurs écrans électroniques, les fauconneaux avaient ignoré la secrète étoffe dont était fait le président Caius. Certes, celui-ci avait génialement saisi et anticipé comment s'édifieraient les fortunes à la charnière des millénaires, identifié ce que les experts appelaient les « créneaux porteurs », déchiffré les nouvelles et mirobolantes ressources offertes par une conception révolutionnaire du crédit et de la banque, compris l'urgence de profiter de ce système avant qu'il ne s'effondre avec le cortège habituel d'excès, de désarrois et de chaos. M. Caius avait donc réussi des « coups » d'une audace et d'une intelligence extrêmes, édifié une fortune très imposante. Mais il avait aussi vécu, enfant, des drames affreux, la noire misère, entendu des bottes crever, à l'aube, la porte de l'humble logis de son père et de sa mère, vu ceux-ci jetés dans un camion, regardé ce camion s'enfoncer dans la grisaille abjecte, pleuré sur ces parents qu'il ne reverrait plus jamais. Cet homme-là, Caius, ne croyait pas un mot des slogans et autres certitudes affichées, selon lesquels des assassinats de ce genre ne seraient plus perpétrés, de tels processus d'extermination ne se reproduiraient plus. M. Caius disposait d'une antenne dont étaient dépourvus ses jeunes manitous. Au contraire, en dépit de sa vie trépidante, ensoleillée par ses succès et son argent, il décelait autour de lui de nombreux signes qui le rendaient pessimiste. Le passé de Caius l'avait doté d'une conscience de la précarité, de l'éphémère, et je sais, aujourd'hui, qu'il lui advint plus d'une fois de contempler son compte en banque et ses maisons, incrédule et inquiet. Cette histoire de faux ne lui plaisait pas du tout au sens où elle jurait avec la « modernité », et son incohérence même lui rappelait qu'un ordre n'est jamais définitivement établi, que le « progrès » n'abolit pas la « bête ». Qu'il fût accueilli, quelques heures après son arrivée à Faustin, par un cérémonial étrange, d'un autre temps, que le hasard lui ait destiné, à lui et à ses collaborateurs, des masques si patibulaires, et, qu'au surplus, il lui fût donné d'ouïr une imprécation inattendue, de nature à lui poser problème, à se représenter lui-même, en un cauchemar, empaillé, brûlé, précipité au torrent, ce cumul de signaux macabres, joint aux traumatismes jadis subis, déprima le grand manitou international au-delà de ce qui fut prétendu. Son agressivité proverbiale s'émoussa, ses capacités de négociation s'amoindrirent.

Ce mardi gras à Faustin fut-il le tournant de la bataille de la CO.B.E.N. ? Élisée, dans un livre, le nia et démontra avec brio que ladite bataille fut perdue le jour où le président de la Wotan-Pacific emporta l'appui de la Banque d'affaires privée première, la B.A.P.P., hors laquelle, en ce temps-là, il n'y eut guère de salut pour les « raiders ». Élisée n'a pas tort. Le béotien que je suis l'a appris depuis. A l'époque, comme quatre-vingt-dix-huit pour cent des gens, j'ignorais tout de cette fameuse et surpuissante institution. Cela admis, l'empereur Caius disposait, lui aussi, d'appuis sérieux au sein de cette banque mondiale et, avec plus de pugnacité, il aurait pu rechercher l'obtention d'une neutralité, voire d'un renversement d'alliances. Je demeure persuadé que son voyage à Faustin mutila sa volonté. Dès le lendemain, après la réunion chez le gouverneur à Punuseth, à laquelle participaient ses manitous et ceux de la Wotan, y compris Brancalot, revenu en hâte de Paris, j'eus confirmation qu'un malaise étreignait M. Caius. Lui aussi avait, sur les instances d'Élisée, apporté son cadeau. Une faux qu'il remit à son pair et adversaire cancéreux en tremblant, comme envoûté lui-même par l'outil et son symbole. La cérémonie eut lieu à l'intérieur, le gouverneur, fatigué, n'ayant pas souhaité quitter son fauteuil. Je n'y ai pas assisté. Elle me fut racontée par Cominac. J'ai vu le cadeau de Caius. Une faux du néolithique reconstituée avec des silex authentiques, qui fut présentée par Caius en ces termes :

« Cher président, quoique nous soyons opposés dans l'une des plus rudes batailles financières de ces trente dernières années, ce que vient de rappeler la réunion que nous venons de tenir, vous savez combien, à l'instar de tous nos pairs dans le monde, je vous admire et vous respecte, c'est pourquoi, étant informé de vos exercices de convalescence, je me suis mis en quête d'un outil digne d'intérêt, à la hauteur de votre passion nouvelle, et, bien conseillé, j'ai pu trouver les moyens de vous offrir celui-ci, cette faux singulière, qui exige quelques explications... 8 000 ans avant Jésus-Christ, l'agriculture est née au Moyen-Orient, et avec elle la plupart des instruments et outils agricoles non mécaniques que nous connaissons aujourd'hui, en particulier les serpes et les faux... Il a fallu beaucoup de temps et de nombreuses fouilles pour reconstituer ces faux... Les archéologues ont été longtemps intrigués par la découverte de milliers de microlithes dans les tranchées, des silex triangulaires ne dépassant pas trois millimètres... L'un d'eux imagina qu'il pouvait s'agir là de dentelures de scies, hypothèse qui devint certitude grâce à des découvertes sous-marines... Ces petits triangles de silex, aux pointes acérées, étaient incrustés dans des morceaux de bois, collés à la résine, et constituaient des scies aussi efficaces que nos scies d'aujourd'hui... Puis, ces « dents de requins » furent incrustées dans des bois de formes différentes, ce qui donna les serpes, puis les faux... La preuve en fut fournie par l'existence, sur certains silex, de ce que les spécialistes nomment le « lustré des céréales », un polissage très caractéristique qui témoigne que ces silex ont coupé de l'herbe et du blé... Le manche de ces faux se terminait par une pierre creusée qui donnait un ballant au couple lame-manche... La faux que j'ai le plaisir de vous offrir, cher président, est une réplique fidèle de ces faux de nos ancêtres du néolithique, ses silex sont authentiques, le manche et la pierre sont des reproductions exactes exécutées par l'atelier du musée de l'Homme qui a bien voulu m'aider dans mon entreprise... Le plus étonnant, avait conclu M. Caius, tout bonnement ému, c'est que cet outil fauche ! Faites très attention à cette lame aussi tranchante que nos lames d'acier ! D'ailleurs, pour plus de sécurité, j'ai fait confectionner un fourreau de protection... »

Élisée, qui tenait la faux néolithique durant l'allocution de son président, fit un signe au manitou Davy, qui exhiba au malade un fourreau blanc.

Le gouverneur, me rapporta Agrone, luttait, dans son fauteuil, contre un accès de faiblesse et un réveil de la douleur. Il luttait afin d'admirer cet objet magnifique. Ces milliers d'années évoquées par cette faux de nos ancêtres devant cette assistance médusée, ces jeunes gens qui, eux, se battaient afin de ne pas céder à l'hilarité, ce qui eût irrémédiablement compromis leurs carrières, ces fanatiques des salles de marché qui, par la grâce, ou la faute, de l'un d'entre eux, parmi les plus éminents, se trouvaient amenés à vivre cette situation à leurs yeux grotesque et annonciatrice du déclin de leurs chefs ! Avant de renvoyer ses visiteurs, en un effort qui lui coûta, le gouverneur avait remercié M. Caius : « Je suis trop faible, à l'instant présent, pour vous dire correctement combien je suis touché et émerveillé par ce cadeau, mais, quand je serai reposé, je compte bien le faire et, par-dessus tout, essayer cet outil devant vous. »

Ils avaient pris congé. L'infirmière avait soulagé son malade et procédé aux soins. Pendant l'opération, le gouverneur avait dit :

« Que s'est-il passé à Faustin, après mon départ ? Il paraît qu'un militaire à la retraite a vilipendé l'argent et voué aux gémonies ceux qui s'en occupent.

— Il ne s'adressait à personne en particulier monsieur, mais seulement au mannequin de paille. »

Alors, le gouverneur s'était assoupi.

Il s'était produit un autre événement la nuit du carnaval. Je me dois de le narrer, même s'il attente à la bonne tenue de l'histoire.

Agrone, avant le « réquisitoire », avait ramené le gouverneur défaillant avec le concours de l'infirmier et d'Hubert. Et moi, j'étais revenu au centre du village pour y voir condamner et mourir M. Carnaval. Les manitous avaient quitté les lieux après l'« exécution ». Libéré des étrangers, j'avais retrouvé mes compatriotes faustinois. Les enfants aussi avaient évacué la place. Dès lors, il redevenait possible de renouer avec nos rites. Des amis d'enfance avaient entonné : « Marcellin, les masques ! Marcellin, les masques ! »

J'avais obtempéré sans me faire prier. Escorté de quelques-uns, j'étais retourné chez moi afin d'y quérir les deux masques loumaires. Ensuite, nous avions regagné la place. J'avais mis le masque mâle et prêté l'autre à une amie tirée au sort par notre joyeuse compagnie et autorisée par son mari. Les chœurs paillards s'étaient mis à l'œuvre et la dame et moi nous avions dansé. A la fin de la chanson d'ouverture, tous étaient entrés dans la danse. Nous avions bu et mangé jusqu'à deux heures ! Après, nous étions rentrés chez nous.

Comme j'approchais des étables de mon père, un masque à chaque main, je surpris une ombre rôdant sous l'auvent de la maison. Plutôt éméché, je pressai le pas, déposai les masques à terre et bondis sur cette ombre qui ne chercha pas à fuir.

« Vous ici ! m'exclamai-je, stupéfait, que faites-vous là ? Que se passe-t-il ? » La prenant aux épaules, je secouai

Agrone. Elle restait coite. « Eh bien, expliquez-vous ! » m'énervai-je, sentant remonter les pulsions éprouvées quelques heures plus tôt.

« Je suis venue voir ces fameux masques », dit-elle d'une voix contrite qui aiguisa mon désir.

Que diable se passait-il dans la tête de cette femme ? Elle me raillait, m'agaçait, me provoquait depuis des semaines, et tout à coup elle se livrait comme une bonne sœur défroquée débauchée par Satan. Comment comprendre ce genre de femme ? De cet instant, je n'eus qu'une idée fixe. Pour la forme, je m'étais enquis tout en pensant à autre chose :

« Comment êtes-vous descendue ?

— Hubert s'est dévoué... J'étais curieuse de cette tradition de carnaval que je n'avais jamais vue nulle part... Je lui ai dit que je me débrouillerais pour remonter... Le gouverneur est sous morphine, il dormira au moins jusqu'à 8 heures, de toute manière, l'infirmier est resté là-haut... »

Je repris le tutoiement de la nuit loumaire.

« Et les masques ? Tu m'as dit que tu voulais les voir, c'est surtout pour ça que tu es descendue, non ?

— Oui, avait-elle soufflé.

— Tiens, les voilà ! »

J'avais, d'autorité, posé la vulve sur son visage et le pénis sur le mien. Et, tandis que des effluves non délicats émanant du pic navré excitaient mes sensibles narines, je poussai l'infirmière vers l'étable du père. Là, sans fioritures ni douceur, je la basculai entre deux vaches, retroussai sa jupe bleu marine, me débraguettai frénétiquement et pénétrai en hennissant l'impudente centauresse. Encore aujourd'hui retentit à mes oreilles le bruit des entrechocs de nos masques, des totems de la famille

Ajas du Loum décorés par l'ancêtre appliqué à peindre le blessé pic phallique, ses contreforts testiculaires velus, ainsi que les fentes innombrables ouvertes de bout en bout des prairies frisottées et des mottes touffues.

De narrer l'épisode m'a grandement incommodé.

A la mi-mars, le chirurgien qui avait dirigé les deux opérations du gouverneur apparut au pays. Il s'appelait Cornicor. Sa réputation s'étendait bien au-delà de la France. Il profitait du congé scolaire de Pâques pour séjourner à la montagne avec sa fille Sabrina âgée de seize ans. Il avait choisi Faustin afin de visiter son malade. Agrone, redevenue indifférente, quoique moins hautaine qu'avant l'étreinte des masques, avait fini par lâcher que son patron, non divorcé, était séparé de corps, me donnant l'impression que cela faisait son affaire. Je surpris des apartés, des regards, des sourires, qui n'avaient pas grand-chose de professionnel. Et je compris que l'infirmière ne m'était pas destinée, qu'elle n'espérait rien d'un provincial de quarante ans à cheval sur les terres loumaires infectées et les pages culturelles du *Grand Journal républicain.* Astreinte à une tâche éprouvante en un lieu ensauvagé, elle avait cédé à un étalon de montagne et joui de fornications décapantes. Maintenant, elle attendait la mort du patient. Après quoi, elle me tirerait sa révérence à la cheftaine en disant : « J'ai eu de la chance de vous avoir à mes côtés, monsieur Ajas, vous m'avez beaucoup aidé à supporter cette épreuve, je garderai de vous le souvenir d'un homme ardent, serviable et honnête. » Et je ne la reverrais plus. Au fond, j'avais toujours perçu que cette liaison mourrait ainsi, sans quoi, nous aurions roucoulé entre nos deux étreintes. Je n'étais pas son homme. Voilà tout. De cela, je pris mon parti plus sereinement qu'on ne le pourrait croire. J'ai l'assurance qu'elle m'en sut gré. Dans l'aventure, je n'avais pas seulement perdu. Le chirurgien et moi, nous entretînmes des relations cordiales. Il augmenta les doses d'insuline et de morphine. Il avait apporté de Paris un appareil, un bocal, une poudre orange soluble, un tuyau pour amener le liquide ainsi obtenu à la bouche, un système de valve permettant de régler le débit et d'alimenter le malade lentement, au goutte-à-goutte, et de le soutenir, selon lui, deux à trois mois. En fait, le magnat cancéreux résista six mois. Mais les périodes hors du fauteuil se raréfièrent et raccourcirent. De la Passion à l'Assomption, son état empira puis se stabilisa jusqu'à sa mort. Caius et son commando avaient regagné les capitales après la réunion et la remise du cadeau. Le gouverneur renvoya les manitous de la Wotan à Paris car il jugeait l'affaire de la CO.B.E.N. pratiquement résolue. Seuls restèrent Cominac, Hobé, Hubert, Isidora, l'infirmier et Agrone. Pour autant, il ne cessa pas de manier et manipuler ses faux, à faucher quelques carrés. Il avait invité les Ajas-Impérial, Rieu-Chasseur et moi-même à expérimenter la faux néolithique et son efficacité surprenante. Souvent, renonçant à faucher lui-même au-delà de deux ou trois minutes, assis devant sa porte, au soleil, mais la bouche et le nez préservés des fétidités renaissantes du phallus de granit par une écharpe, il demandait à Julien, son fils Étienne, Rieu-Chasseur ou moi de faucher sous ses yeux.

L'aggravation de l'état du gouverneur était venu aux

oreilles des Faustinois qui déploraient que le descendant d'Augustin, qui avait redonné vie au pays, ne puisse plus s'adonner au fauchage comme il l'aurait voulu et mérité. En avril et mai, l'herbe poussait déjà dru en piémont, et c'était pitié que le magnat n'ait plus la force de faucher, justement au début de la saison propice et quand, grâce aux leçons et aux entraînements de l'hiver, il avait acquis une maîtrise enviable de l'outil. Ses journées s'écoulaient sur le seuil de la maison Quitus reconquise, face au Loum, entouré de ses faux, découpées en périodes de prostration. Si nous fauchions, son regard s'animait et il ne nous ménageait pas ses commentaires. A deux reprises, il dissuada sa famille de lui rendre visite. L'annonce de l'abandon de Caius, de son intention de revendre les actions de la CO.B.E.N. ramassées à un prix qui ferait l'objet de négociations fut publiée en « scoop » à la une de la principale revue financière mondiale, *Gold Leaves.* La photographie du gouverneur, en couverture et en couleurs, était l'une de celles prises à Punuseth lors de l'interview à *La Semaine financière.* On l'y voyait en tenue d'apparat de faucheur, inspirée par celle d'Augustin, et son oncle germain utérin, Julien Ajas-Impérial tenant la faux géante. Titre : « Caius K.-O. » Légende : « *Chairman* Régis Faucheur-Quitus en convalescence dans sa propriété de Faustin. » Le gouverneur eut droit aux félicitations émanant du monde entier. Parmi elles, celles du président Caius, beau joueur et préservant ses arrières. A la suite de cette défaite cuisante, son commando devait exploser. François Xavier manœuvra même pour intégrer la Wotan-Pacific et y parvint. Élisée se lança avec un certain bonheur dans le journalisme économique et l'édition tout en dirigeant son propre cabinet de « consultants ». Davy s'occupa des vignobles de sa famille.

Il reste à narrer deux épisodes notables avant la mort et les obsèques de Régis Faucheur-Quitus. L'un survint le 28 mai, l'autre le 15 août.

Le mois de mai est toujours mauvais en Faustinois, gris, laid, oppressant. C'est la période de dégorgement de printemps du pic phallique. La température est clémente mais, de la mi-mars à la fin mai, les Cuns vomissent des volutes jaunâtres qui, si elles fertilisent les terres alentour et engraissent touffes et mottes, irritent les voies respiratoires tant des hommes que des bêtes. Ce dérèglement d'un mois qui, presque partout ailleurs, est l'un des plus agréables de l'année, pèse sur la psychologie des populations, les rend moroses, dépressives, à l'instar, dit-on, des pays nordiques quand la nuit a disparu. Autrefois, il n'était pas rare d'enregistrer du côté des hameaux loumaires de Coumegelée, Runac et Punuseth, des morts subites que l'on disait dues au cœur mais qui, en réalité, étaient des suicides. Il n'y avait jamais de printemps aux parages du dard de granit trois fois entaillé.

Le maire, sachant le cancer engagé dans sa phase ultime, ayant mesuré la popularité du gouverneur, et pour le remercier de ses dons et interventions multiples, avait décidé de le nommer citoyen d'honneur de Faustin et de convier le peuple à une manifestation de sympathie à Punuseth le jour de l'Ascension. Le gouverneur apprécia cette initiative. Pour l'occasion, il revêtit ses habits de grand manitou international, arbora ses barrettes et attendit sur le seuil de la maison Quitus, carré dans son fauteuil, l'arrivée des Faustinois et de leur premier magistrat. Il était entouré de ses voisins, hippies, Ajas-Impérial et Rieu-Chasseur, de Cominac, d'Hobé, d'Hubert, de l'infirmier, d'Isidora, d'Agrone, et de moi-même. Il y avait un secret dont, au sein de ce groupe, j'étais seul détenteur : au cours des jours précédents, j'avais instillé au creux des oreilles de mes compatriotes que le bonheur du gouverneur serait complet s'ils montaient là-haut avec leurs faux et, en guise de spectacle, s'ils fauchaient l'un des prés plainiers des Ajas. En cette fin de matinée de l'Ascension, le financier cancéreux et le petit aréopage que nous constituions autour de lui entendirent, s'élevant de derrière la bosse boisée de Runac, des sons lugubres de trompettes et de clairons.

Le vacarme délogea les buses de leurs fentes cunsniques et l'une d'elles, pattue et menaçante, piqua vers nous, rasa la toiture de la maison des hippies, survola les escouades de tambours, trompettes et clairons, répéta le manège puis fusa vers le gland, sans doute informer ses congénères que cette charge stridente ne les visait pas.

« Qu'est-ce qu'on entend ? s'étonna le gouverneur, une chasse à courre ?

— Non, répondis-je, c'est l'Harmonie faustinoise qui vient à vous pour la cérémonie. »

Les musiciens exécutaient la *Marche loumaire,* un air composé au siècle dernier par le directeur du cours complémentaire de Faustin, du nom de Demapal, un enseignant à la poigne de fer, sachant juste ce qu'il fallait pour enfoncer quelques notions d'orthographe et autres problèmes de robinets dans le crâne de bronze des écoliers du pays, leur permettant d'acquérir le terrible mais significatif Certificat d'études primaires de jadis, de les arracher ainsi à leur sort de galériens de la montagne et de leur ouvrir la voie de la basse et moyenne administration, ce qui, à soi seul, justifiait la statue qu'on lui avait érigée à sa mort dans la cour de l'établissement. Ce Demapal se piquait d'être plus qu'un maître de village : il peignait, poétisait, et même composait de la musique.

En 1895, date cruciale que peu de censeurs et censeuses déchiffreront, le Loum fut ébranlé par une explosion interne d'une violence sans précédent connu, des Cuns furent expulsées des langues épaisses sanguino-blanchâtres et formidablement nidoreuses donnant une idée de la densité et de l'ampleur de la décomposition du dedans et du dessous du phallus, dégageant des gaz qui, au bout d'une semaine, causèrent la mort par vomissements asphyxiants de dizaines de bêtes, de deux femmes et d'un homme, auxquels on dut ajouter le détraquement mental de deux autres femmes qu'il fallut interner à vie. Ce M. Demapal avait alors composé une mélopée de caractère neurasthénique à formule quasi inconnue, pompeusement intitulée *Chant de malheur de la montagne pour tambours, clairons et trompettes.* En raison de son caractère dépressif et macabre, ce chant, interprété à chaque anniversaire de la catastrophe, ne fut plus rejoué après la guerre de 14-18, conflit dévastateur qui avait englouti une bonne part de la jeunesse faustinoise.

Au gouverneur qui s'était inquiété de la sombritude de cette musique, j'avais exposé ce bref historique en insistant sur l'aspect exceptionnel de l'hommage que la population voulait lui rendre. Puis, semblables aux carrés de soldats de Napoléon surgissant à Austerlitz, avaient émergé de la forêt de Runac les musiciens de l'Harmonie et, derrière, à la stupeur du gouverneur et de ceux qui l'entouraient, les mâles adultes de Faustin, chacun portant sa faux sur l'épaule. Le gouverneur, en proie à une émotion très vive, regardait en silence monter vers lui ce bataillon de faux en marche précédé des trompettes et clairons lugubres. Les faucheurs s'arrêtèrent à une centaine de mètres, au bas des prés plainiers d'Ajas-Impérial. Le vieux Julien, comprenant le sens de la manœuvre, avait considéré son petit-neveu germain utérin avec une indéniable affection. Le conseiller, ceint de son écharpe tricolore, s'était avancé seul. A dix pas du gouverneur, il avait déclaré : « Monsieur le gouverneur, la population de Faustin, son conseil municipal, son maire ont tenu à vous rendre un hommage particulier en raison de vos services... En six mois à peine, vous avez placé notre ville, votre ville, le pays natal de votre famille, sous les projecteurs du monde entier, vous avez résolu de nombreux problèmes en faveur des familles de Faustin dans la difficulté et la peine, vous avez donné vie au projet de fondation loumaire et permis au château de Faustin de reprendre ses couleurs... C'est pourquoi, à l'unanimité, le conseil municipal a accepté ma proposition de vous nommer citoyen d'honneur de la ville. »

Ici crépitèrent les applaudissements et fusèrent les hourras.

« Mais il y a plus, reprit le maire, nous savons tous combien vous vous êtes passionné pour votre trisaïeul Augustin Faucheur-Quitus, le roi des faucheurs du pays loumaire, et ce que fut votre volonté, alors que votre vie ne vous y avait pas préparé, que vous aviez tant de dossiers complexes à gérer, ce que fut votre volonté d'apprendre vous-même à faucher... Nous savons aussi que les résultats obtenus sont à la hauteur de votre réputation et de celle de votre ancêtre, aussi, tout comme nous aurions pu vous présenter un spectacle de danses folkloriques, nous avons choisi de vous offrir la fauche en collectif de l'un des prés plainiers de votre parent Ajas-Impérial ici présent, la fauche d'une prairie par plusieurs faucheurs exigeant une méthode spécifique... Nous sommes certains que vous y prendrez du plaisir... Mais d'abord, laissez-moi vous décorer ! Harmonie : aubade ! »

L'Harmonie joua une musique tonifiante. Le conseiller s'approcha, suivi de Canitreille portant une médaille sur un coussinet de velours vert. Le gouverneur s'était levé. Agrone le surveillait avec anxiété. Le conseiller donna l'accolade. Puis il épingla le ruban et la médaille sur la veste du malade à l'endroit du cœur. Les applaudissements redoublèrent. C'est alors que le gouverneur dit au maire : « Je ne me sens pas trop mal, il est d'usage que des personnalités posent la première pierre d'un édifice, je vais, moi, donner le premier coup de faux... Qu'on m'apporte la faux néolithique. »

Pendant que j'obéissais, le conseiller s'était adressé à la foule :

« M. Faucheur-Quitus va donner le premier coup de faux ! »

Les faucheurs avaient crié leur allégresse.

Revenu avec l'outil, le patron me dit : « Expliquez-leur ce qu'est cette faux. » Ce que je fis : « Cette faux est celle des premiers agriculteurs, des premiers faucheurs, de ceux qui, voilà 8000 ans, coupaient ici l'herbe et le blé ! Regardez comme ils étaient ingénieux ! Voyez ces silex aiguisés, collés à la résine, incrustés dans ce bois, et cette pierre creuse qui équilibre le manche ! »

Les Faustinois, subjugués, assistèrent au spectacle du gouverneur fauchant avec l'outil du néolithique. Ils ne savaient quoi admirer le plus : le savoir-faire du potentat au seuil de la mort, qui avait si bien et si consciencieusement appris en six mois, ou l'efficacité incroyable de cette faux préhistorique. Ajas-Impérial et Rieu-Chasseur en avaient les larmes aux yeux.

Le gouverneur s'était arrêté au bout de deux ou trois minutes et avait repris sa place. Agrone lui épongeait le front. Les faucheurs de Faustin s'étaient alors scindés en colonnes et ils avaient fauché le pré. Ensuite, ils avaient regagné Faustin pour participer au banquet républicain. Le gouverneur avait dû y renoncer. Juste à la fin de la fauchaison délirante, il était rentré, soutenu par l'infirmier et par Agrone. Un orage avait éclaté peu après. Autour du Loum, en cette fin de mois de mai, vers 16 h 30, avait commencé prématurément une longue nuit empuantée.

Tel fut l'épisode des faux en marche précédées des trompettes et clairons lugubres.

Le prix du meilleur financier de l'année fut attribué à Régis Faucheur-Quitus par un jury composé de douze des plus puissants financiers mondiaux réuni à New York et remis au lauréat à Punuseth le lundi de la Pentecôte. Je puis témoigner que le gouverneur y fut sensible pour une raison autre que la vanité et que voici : cette distinction recherchée venait à point rappeler que ces derniers mois consacrés à des retrouvailles tardives mais spectaculaires avec les aïeux n'avaient pas effacé quarante années de travail et de réussite professionnelle. « Ils ne pourront plus dire que j'étais devenu fou, avait ironisé le malade, ou alors, c'est qu'ils le sont eux-mêmes. »

Le jury décida de se transporter à Punuseth le 15 août pour y remettre le trophée. Ce jour-là, le gouverneur présida à une mise en scène grandiose qui mobilisa l'ensemble de ses collaborateurs et la population. La famille descendit de Paris au grand complet. Les manitous et les administrateurs de la Wotan aussi. Simonius, radieux, arborait, cette fois, une magnifique casquette de capitaine au long cours. Caius avait envoyé des fleurs. Les grands manitous internationaux avaient établi leurs quartiers dans l'hôtel le plus luxueux de la métropole la plus proche. Ils débarquèrent à Punuseth le 8 juin à 11 heures, heure à laquelle le lauréat cancéreux jouissait de sa meilleure forme.

Dès que le cortège des voitures fut signalé à Faustin, les escouades de faucheurs et l'Harmonie, mobilisées derechef, entrèrent en action. Le cortège s'immobilisa à Runac. Les grands manitous descendirent de leurs voitures. Ils découvrirent avec un saisissement certain le tableau qui s'offrait à leurs yeux : le dard phallique graniteux et bleuté pointant dru vers l'azur, les buses rasant les touffes et parfois, d'un coup de bec, ouvrant des mottes, risquant des raids juste au-dessus de leurs têtes, les masses faustinoises à l'ouvrage sur les pentes herbues, fauchant au rythme des trompettes et clairons maîtres de la scansion et rappelant, quoique dans un genre musical différent, les prisonniers noirs cassant des cailloux et chantant *Let your hammer ring*. En tête, détaché du bataillon, le manitou national Eychartous exerçait son nouveau talent avec ardeur.

« Est-ce bien Eychartous qui fauche, là-bas, devant tous les autres ? s'était enquis le président, ou suis-je victime de quelque mirage ?

— C'est bien lui, monsieur, avait répondu Cominac.

— Il savait donc faucher et il me l'a caché ?

— Non monsieur, il a simplement suivi votre exemple pour vous faire plaisir, mais je sais qu'il s'est pris au jeu et que, par la suite, il en a retiré de grandes satisfactions.

— J'ai toujours pensé qu'il avait de l'avenir », avait alors murmuré le gouverneur.

C'est ce jour-là qu'Eychartous gagna les galons de manitou international.

Les femmes de Faustin, allègres et mutines sous le soleil loumaire, avaient dressé des buffets un peu partout autour de Runac et Punuseth, et les vieux surveillaient les moutons embrochés. Un discours devait être prononcé lors de la remise du prix et le gouverneur avait insisté pour que tous ses compatriotes l'entendissent. Il avait ordonné à Hubert de monter un haut-parleur à Runac et un micro à Punuseth. Les grands manitous internationaux avaient voyagé sous la houlette du président du jury, M. Ducis Le Tain, directeur général de l'I.F.M., l'Institut de la finance mondiale. Sa garde d'honneur était formée de MM. Aristide, Prat de Montjoie, Maurice et Wilfried, tous hommes qui tinrent entre leurs mains les finances mondiales avant, pendant et après ce temps-là, jusqu'à l'ère spasmodique et disloquée.

Les messieurs montèrent à pied de Runac à Punuseth. Leurs collaborateurs les avaient dotés de chapeaux blancs aux larges bords. Derrière eux, deux hommes portaient un paquet contenant le prix honorant le lauréat.

Le gouverneur se leva et les reçut avec effusion. Ces hommes, avec qui il avait passé l'essentiel de sa vie terrestre, tantôt ses alliés tantôt ses adversaires, s'il les avait eus souvent au téléphone, il ne les avait plus revus depuis sa sortie d'hôpital. Aussi fut-il compréhensible que l'apparence physique du gouverneur provoquât un choc sur les grands manitous. C'était un squelette, un cadavre sur échasses, qui s'était dressé devant eux.

Ducis Le Tain se ressaisit le premier et dit :

« Président, comme nous sommes heureux de vous voir, et comme nous sommes comblés, touchés par ce spectacle apaisant et bucolique que vous avez bien voulu nous réserver.

— Président, avait répondu le gouverneur, regardez, et surtout, sentez, humez l'odeur de cette herbe fraîchement coupée, ne vous rappelle-t-elle pas votre petite enfance ? Vos vacances à la campagne ? »

Et tous d'interjecter, relayés par la troupe des subalternes :

« En effet ! Tout à fait ! Absolument ! C'est bien cela !

— Permettez-moi de me rasseoir, avait dit le gouverneur, comme vous le savez, si mon cerveau, par bonheur, a échappé au désastre, mon corps, lui, est devenu très faible.

— Je vous en prie, président », avait prononcé Ducis Le Tain tout en faisant un geste vers les gens du cortège, les invitant à avancer et à se regrouper. Ensuite, il était allé vers la femme du gouverneur, lui avait baisé la main, il avait salué le reste de la famille et dit : « Cher président et ami, nous sommes venus jusqu'à vous pour vous remettre le prix du meilleur financier de l'année... En qualité de président du jury, je suis chargé de prononcer le discours d'usage... Êtes-vous prêt à l'entendre ?

— Oui, cher ami, je suis prêt. » Et à Cominac : « Demandez une pause à nos faucheurs afin qu'ils puissent entendre eux aussi. »

Cominac s'approcha du micro : « Mesdames, messieurs, le président Ducis Le Tain va remettre au gouverneur Faucheur-Quitus le prix du meilleur financier de l'année, mais il va d'abord dire quelques mots, nous décrétons donc une pause pour l'écouter ! »

Les faucheurs acclamèrent cette proposition. Comme autrefois, ils couchèrent leurs outils ou les suspendirent à des branches d'arbres et ils se désaltérèrent à leurs gourdes. Le grand manitou Ducis Le Tain prit la parole.

Tandis que je narre ce pan, me reviennent cette scène en ce lieu et le discours du directeur général de l'I.F.M. pendant que faucheurs, trompettistes et clairons arrosaient leurs gosiers, élevant haut les gourdes et captant le jet rouge avec adresse, et que, dans le ciel d'azur, éblouies par les miroitements du gland, les buses tournoyaient et créaient l'illusion qu'à tout instant elles pouvaient s'abattre sur cet immense amphithéâtre qu'était devenue la zone Runac-Punuseth.

« Cher président et ami, c'est l'opération de la CO.B.E.N. qui est à l'origine de l'hommage qui vous est rendu aujourd'hui, mais je suis sûr que, au-delà de cette opération particulière, le jury, en choisissant votre nom parmi les cinq personnalités, selon les règles traditionnelles d'attribution de ce prix, a entendu rendre hommage à l'ensemble de votre action à la tête de la Wotan-Pacific... Voilà maintenant dix-sept années que vous présidez aux destinées de cette puissante institution... Au cours de cette période, cette maison s'est constamment située parmi les toutes premières dans ses deux domaines d'excellence, l'investissement industriel, le conseil aux entreprises en matière de fusions et d'acquisitions... Vous n'êtes donc pas seulement le meilleur financier de l'année, mais bien des dix-sept années précédentes, ayant su toujours tracer, durant une période pourtant particulièrement difficile, la voie de nouvelles initiatives utiles à vos clients et profitables à votre maison... Dans votre cas, je ne sais d'ailleurs s'il est vraiment adéquat de vous qualifier de meilleur financier de l'année... Le mot “ meilleur ” implique nécessairement une comparaison, alors que vous-même possédez une originalité certaine, tant sont singulières vos qualités... Et parfois déconcertantes aux yeux de beaucoup de vos pairs... N'en donnez-vous pas un nouvel et fort exemple en décidant de diriger vos affaires depuis ce hameau de Punuseth, dans la maison natale de vos lointains aïeux, et de vous y adonner à une activité délicate s'il en est, à savoir l'apprentissage et le maniement de la faux ?... Mais, revenons-en à votre métier... Peut-être serait-il préférable de vous remettre aujourd'hui le prix de la finance tout court, car vous êtes certainement l'homme qui incarne le mieux cette activité qui allie l'expertise au jugement, la connaissance des hommes et l'appréciation des circonstances, l'imagination et la rigueur, le risque et la prudence... Je crois pouvoir affirmer sans offenser personne que vous fûtes le premier financier du vieux continent à vous imposer au sein du monde si exigeant des *investment bankers* américains... Quand vous avez pris la tête de la Wotan-Pacific, celle-ci ne s'écartait guère de sa vocation initiale, l'investissement industriel, et c'est vous, qui, percevant l'avenir avec une rare prescience, avez fondé sa branche Conseil... Aujourd'hui, vous intervenez dans un grand nombre d'opérations, et vous venez de réussir avec une maestria qui étonne les plus blasés d'entre nous la contre-O.P.A. sur la CO.B.E.N... Avec le mouvement mondial de privatisations et les restructurations industrielles en cours, à l'intérieur de chaque pays comme à travers les frontières, vos deux métiers se retrouvent à l'épicentre des principales activités économiques et financières mondiales... Enfin, permettez-moi d'évoquer votre rôle de mécène, l'intérêt que vous avez toujours porté aux œuvres de création, il n'est que de voir les tableaux que vous possédez en propre pour mesurer la sûreté de votre goût... D'ailleurs, ne venez-vous pas de créer cette Fondation Ioumaire qui intrigue tant, et dont nous comprenons soudain l'objet et l'importance quand nous découvrons ce pic d'une étrangeté bouleversante qui domine le pays de vos aïeux... Enfin, nous avons réfléchi au sens qu'il convenait d'attribuer aux faux et aux fauchaisons, et nous y avons vu votre attachement pour vos racines, puisque, nous le savons maintenant, vous devez la moitié de votre patronyme à votre ancêtre

Augustin, roi des faucheurs de Faustin vers le milieu du siècle dernier, et aussi le symbole de la noblesse et du danger, les membres du jury ont beaucoup parlé à ce sujet, et nous avons accouché d'une idée qui, nous l'espérons, vous agréera... Cher président, le fauchage est un art, la finance est un art, et vous êtes un très grand artiste ! »

Tel fut le discours de M. Ducis Le Tain, que j'ai reproduit *in extenso* et fidèlement car j'en détenais un exemplaire. Les masses faustinoises n'avaient pas tout saisi mais elles avaient compris qu'il s'était agi d'un vibrant éloge du gouverneur. Les vivats retentirent en piémont loumaire.

« Et maintenant, cher président, avait reprit M. Ducis Le Tain, le jury va vous remettre votre prix. »

Sur un signe de lui, les porteurs du paquet s'avancèrent et entreprirent de le défaire. Alors apparut, rutilante, étincelante, brillant de dix mille feux, un objet extraordinaire, une faux dont la lame et le manche étaient en or massif et constellés de pierreries, une véritable œuvre d'art, d'un prix inestimable.

Tous ceux qui assistèrent à cette scène, en dehors des manitous prévenus, en eurent le souffle coupé. De loin, les faucheurs ne distinguaient pas tous la nature de cet objet mais, aveuglés par son flamboiement, ils en avaient déduit qu'on offrait là au gouverneur un joyau.

Le grand manitou cancéreux s'était levé, les deux mains enserrant le bas de son ventre taillé en pièces, soutenu par l'infirmier sous l'œil de plus en plus inquiet d'Agrone. Lui et Ducis Le Tain s'étaient donné l'accolade. Puis, il s'était emparé de cette faux en or, en avait examiné la lame, éprouvé le tranchant avec un doigt, et, tout à coup, il avait progressé à petits pas vers le carré vert qui s'étendait devant la maison et là, il avait fauché un peu d'herbe.

« Elle fonctionne », avait-il commenté en essayant de sourire en dépit d'un assaut de la douleur.

Alors, il était rentré et la fête s'était poursuivie sans lui. C'est cette faux splendide, valant une fortune, que l'on peut admirer aujourd'hui à Wall Street. Les autres outils sont exposés au château de Faustin. Cependant, toutes ces faux restèrent à Punuseth jusqu'à la mort du gouverneur. Un peloton de gendarmes s'installa dans l'une des maisons vides de Runac, et deux d'entre eux veillèrent en permanence, jour et nuit, sur la maison du malade en attendant qu'il meure et pour dissuader d'éventuels voleurs.

Le vendredi 16 octobre, la famille du magnat cancéreux fut invitée à rejoindre Punuseth au plus tôt, Agrone étant persuadée que le malade ne passerait pas le week-end. Le samedi, le gouverneur ne parlait presque plus. Il avait fait grouper ses faux au pied du lit et leurs accessoires, pierre, coudié, doigtier sur une tablette.

Voici, maintenant, que je vais narrer les dernières heures de la vie du gouverneur Faucheur-Quitus, puis ses obsèques et son inhumation.

Le samedi 17 octobre, le gouverneur fut victime de troubles graves de l'élocution. Sa phrase se fit pâteuse, discontinue, comme si la langue soudain trop lourde répugnait à s'activer. Le phénomène s'accéléra à une vitesse foudroyante au point qu'en fin de journée, quand la famille au grand complet débarqua à Punuseth, le malade ne s'exprimait plus que par lambeaux de mots, expulsés au prix d'efforts pénibles à observer. Mais, bourré de drogue, il ne souffrait pas et il restait lucide. Il ne cessait, en guise de communication avec son entourage, de rouler de gros yeux hors des orbites, parvenant, de la sorte, à transmettre quelques messages.

A l'arrivée de la famille, Hobé, Hubert, Isidora, Cominac et moi nous cédâmes la place au chevet du mourant. Il m'incombait d'exécuter ses instructions au sujet de son enterrement, aussi avais-je du pain sur la planche. J'avais déjà discuté de cela à deux reprises avec le doyen Antus. Nous avions constitué ce que les maréchaux de la guerre économique de cette époque appelaient une *task-force,* c'est-à-dire la mobilisation conjoncturelle d'hommes et de femmes de capacités complémentaires, au service d'une opération précise, limitée dans le temps, au terme de laquelle le groupe se dissoudrait. En l'occurrence, il s'agissait de mener à bien, et selon ses dispositions testamentaires, les funérailles du gouverneur. Cette *task-force* fut composée du doyen Antus, de Canitreille, de deux vieilles et pieuses Faustinoises, Augustine et Antoinette, mémoires du pays, se souvenant des détails des rites de leur enfance, d'un prêtre de quatre-vingt-seize ans retiré à l'hospice religieux de la sous-préfecture, ayant longtemps officié jadis à Coumegelée, et de moi-même. Nous reconstituâmes le passé mortuaire, conformément aux vœux du financier au ventre dévasté, et, pour l'en assurer de son vivant, les règles d'antan furent appliquées dès l'extrême-onction. Le gouverneur demanda lui-même que lui fût administré ce sacrement sans tarder, le dimanche 18 vers 16 heures, quand il pouvait encore émettre quelques chapelets de mots. Les enfants furent expédiés chez les hippies où ils retrouvèrent leurs amis des vacances de Noël.

L'alcôve fut préparée par Augustine et Antoinette à recevoir le saint viatique. On avança une table, couverte d'un linge blanc, sur laquelle on déposa un crucifix entre deux cierges allumés, un verre d'eau bénite avec un petit rameau de buis, un verre d'eau ordinaire, une assiette contenant six boules de ouate et un morceau de mie de pain. Le doyen Antus apparut à 21 heures et dit en latin : « Paix à cette maison et à tous ceux qui l'habitent. »

Il déposa le saint sacrement sur la table tout en lisant des prières, toujours en latin. Les assistants s'agenouillèrent.

Étaient présents lors de l'extrême-onction : les adultes de la famille, les domestiques, les soignants, les Ajas-Impérial, Rieu-Chasseur, Hobé, Cominac, Hubert, Dégeilh, le docteur de Faustin, Antoinette, Augustine et moi. Tout ce monde occupait l'alcôve et son entour jusqu'au milieu de cette immense pièce du rez-de-chaussée.

Le doyen mit l'huile sainte sur la table puis, revêtu du surplis et de l'étole violette, il aspergea le malade avec le rameau trempé dans l'eau bénite, ainsi que les assistants, tout en récitant : *Asperges me, domine hyssopo, et mundabor* — « Purifiez, Seigneur, et je serai sans tache ». Après quoi il se lança dans l'*Oremus*. Puis il prit l'huile sainte et fit des onctions au mourant : sur les yeux fermés, les oreilles, les narines, la bouche, les mains et les pieds, en accompagnant chacun de ces actes des paroles latines adéquates. Ensuite, le doyen purifia ses doigts avec la mie de pain. Antoinette, Augustine et Josette Ajas récitèrent le *Confiteor*.

Le gouverneur paraissait de plus en plus serein. Trois fois il esquissa un sourire à l'intention de sa femme et de ses enfants, comme s'il voulait les rassurer. Beaucoup d'entre nous n'avaient jamais vu pareille cérémonie. Le doyen Antus s'appliquait à la tâche. La présence, au bout du lit, de cette sorte de faisceau de faux, au premier chef de cette faux en or constellée de pierreries, nous fascinait, accroissait singulièrement notre sensation de vivre là un moment d'irréalité. Antus venait de terminer le *Misereatur* lorsque un souffle de vent d'automne caressa les échines, indiquant que quelqu'un avait entrouvert la porte et tardait à la refermer. Étienne Ajas tapota mon épaule. Me retournant, j'aperçus, au fond de la pièce, Canitreille qui m'adressait le signe de le rejoindre d'urgence. Ce que je fis, plein de curiosité.

« J'ai la faux, chuchota-t-il à mon oreille.

— Quelle faux ?

— La faux d'Augustin... C'est bien cela que tu voulais ?

Je la cherchais depuis six mois, je l'ai trouvée tu sais où ? Dans une grange de Bagnères. »

La nouvelle me causa un choc violent. Je n'y pensais plus, à cette faux, je ne l'espérais plus. J'avais lancé Canitreille sur la piste sans y croire vraiment et voilà qu'il avait abouti juste à temps pour que le gouverneur la voie.

« Où est-elle ?

— Ici dehors. »

Nous sortîmes. La faux, toute nue, était là, appuyée contre le mur.

« Le manche aussi, c'est le bon, regarde comme il est usé.

— Attends, murmurai-je, je reviens. »

Je m'étais souvenu de Cominac et de ma plaisanterie : « Nous offrirons un cadeau commun au gouverneur ! »

Je l'attirai dehors et lui montrai l'outil.

« Tu te rends compte ? »

Il le contempla, ému. Il dit :

« Il faut la lui montrer tout de suite, il peut perdre conscience d'une minute à l'autre. »

Nous rentrâmes. Je tenais la faux. Nous nous frayâmes passage sans ménagement, pressés, excités que nous étions. Je brandis la faux géante de l'ancêtre. L'assistance, médusée, nous vit nous approcher du lit. Le doyen Antus donnait le crucifix à baiser au mourant.

« Seigneur, ayez pitié de nous. »

Et tous de reprendre, tout en suivant nos faits et gestes, comme hébétés :

« Seigneur, ayez pitié de nous. »

Tous sauf nous, les deux chefs de cabinet, aux côtés du prêtre, et cette faux de colosse entre nous.

« Monsieur, soufflai-je, c'est une faux authentique de votre trisaïeul Augustin, nous l'avons enfin trouvée grâce à Canitreille, elle était dans une grange de Bagnères, c'est notre cadeau à nous, Cominac et moi... »

Alors, et je prends ici à témoin les survivants de cette scène prodigieuse, et les descendants des présents qui en reçurent narration, des gouttelettes perlèrent aux coins des paupières du gouverneur, ses yeux s'exorbitèrent encore davantage, tellement que nous crûmes qu'il rendait son dernier soupir. Mais non, c'était autre chose, un message ultime, exténuant, anéantissant, un message émis par ces globes énormes et effrayants fixant un point, se portant sur un autre, revenant au point initial puis de nouveau à l'autre si bien que, étudiant les directions de ces regards agoniques désespérés, nous finîmes par les déchiffrer, localiser les points en question : Julien Ajas-Impérial était l'un, la table portant les accessoires le deuxième.

« Approchez-vous », intimai-je à Julien.

Le grand oncle germain utérin fit trois pas vers le mourant. Derechef, celui-ci roula les yeux vers la table.

« La table ? » interrogea Julien.

Le gouverneur approuva en battant des paupières.

Julien s'en fut vers cette table. Son regard allait du gouverneur aux accessoires.

« Ça ? » s'enquit-il en soulevant la pierre à faux.

Le gouverneur rebattit des paupières.

J'avais compris.

« Il veut que vous aiguisiez la faux », dis-je précipitamment.

Et le gouverneur battit des paupières pour la troisième fois.

Alors Julien se redressa, prit la faux de mes mains et il aiguisa la lame de longues minutes. Le gouverneur avait écouté les yeux fermés, un vrai sourire aux lèvres. Une émotion indicible s'était emparée de l'assistance. Jusqu'au moment où le docteur Dégeilh, sourcils froncés, s'était soudain penché sur le lit. Puis il avait dit à Julien : « Je crois que vous pouvez vous arrêter là. »

Le président de la Wotan-Pacific avait expiré.

Le doyen Antus avait récité :

« *Subvenite sancti dei* (venez à son aide, saints de Dieu)... *Requiem aeternam dona ei* (donnez-lui, Seigneur, le repos éternel)... Amen.

— Amen. »

LE 19 octobre, à l'angélus de six heures, les cloches des églises du canton de Faustin sonnèrent le glas. La veille, Antoinette et Augustine avaient procédé à la toilette du mort en présence des adultes de la famille et d'Agrone. J'avais, par décence, attendu dehors. Mais j'étais entré aussitôt après, car animé de la détermination absolue de faire respecter les dernières volontés du défunt, consignées de sa main dans trois feuillets dont je possédais l'exemplaire original et Mme Agnès Faucheur-Quitus un double. En particulier, le gouverneur avait souhaité être exposé et inhumé dans sa tenue d'apparat de faucheur et j'entendais superviser l'opération. Au demeurant, à aucun moment de ces funérailles, un membre de la famille ne tenta de contrevenir à ces dispositions testamentaires. Cependant, n'en pouvant préjuger, je me montrai, au début, sourcilleux et méfiant. La seule ébauche de discussion s'éleva entre Victorien, le fils du disparu, et moi, lorsque, le gouverneur ayant été habillé ainsi qu'il l'avait souhaité, je décidai de coucher auprès de lui la faux d'Augustin, lame orientée du côté du mur. Il évoquait quelque preux chevalier étendu avec son épée.

« Est-ce bien nécessaire ? » s'était timidement insurgé

Victorien, tout en sollicitant du regard la parentèle.

« Le président étant habillé en faucheur, cela me paraît aller de soi, avais-je soutenu.

— Que la faux soit à ses côtés sur le lit de mort n'est expressément mentionné nulle part », avait observé Victorien.

J'avais sorti les trois feuillets de ma poche et lu :

« Après mon dernier soupir, mon corps, revêtu de la tenue inspirée de celle de mon trisaïeul Augustin, sera exposé sur mon lit de l'alcôve tandis que les *autres* faux seront rassemblées en faisceau au pied de ce lit et que ma famille recevra les visites coutumières d'autrefois... Les *autres* faux, ce qui implique que l'une d'elles est ailleurs.

— Oui, mais ce n'est pas précisé.

— La faux ne peut être qu'incluse dans la " tenue ", elle en est partie intégrante, tout comme l'épée des chevaliers, ce qui, soit dit en passant, exclut qu'il s'agisse de la faux en or. »

Alors, la baronne Agnès, d'un impérieux mouvement du menton, avait clos la discussion.

Victorien fut, de toute la famille, celui qui supporta le moins bien les onze derniers mois de la vie de son père. Que celui-ci, en son cancer et ses délires, ait, malgré tout, brillamment dirigé son groupe, remporté la plus éclatante victoire de sa carrière, ne lui suffit pas à reléguer les fauchaisons au simple rang des activités physiques revigorantes ou des fantaisies du malade. Victorien eut le sentiment de voir déchoir et se ridiculiser son père. L'intervention de sa mère, cette nuit-là, m'épargna de lui faire remarquer que, de ce point de vue exclusif de l'effet de dérision, le mal était déjà fait à cause de cette tenue mortuaire de faucheur du siècle dernier, de la présence du bonnet à plis sur la table de chevet, et qu'ajouter à cela une faux sur le lit n'aggravait guère le décor.

Le défilé des visiteurs se déroula sans interruption au long de la journée de lundi. Les premiers manitous, ceux de la Wotan-Pacific, Anthelme, Simonius, une partie des membres du conseil d'administration, arrivèrent tard dans la soirée et s'astreignirent à au moins deux heures de veillée. Les médias avaient annoncé la mort du président à toutes leurs éditions. Celles des journaux télévisés du soir présentèrent des portraits louangeurs du vainqueur de Caius. Celui-ci, interrogé, ne tarit pas d'éloges à l'endroit de feu son adversaire et déclara qu'il assisterait aux obsèques. La photo historique du gouverneur prise lors de son interview à *La Semaine financière* fut produite. Vue de Paris par les mortels ordinaires, cette passion pour la faux se réduisit à un hobby de riche. Les masses salariées qui, chaque matin, s'ébranlent en direction de leurs bureaux, de leurs tours de verre et d'acier et de leurs ateliers, eussent été surprises d'apprendre que ladite passion avait mis l'élite de la finance et du *haut management* dans tous ses états. Réagissant ainsi, le peuple rendait justice à la clairvoyance du magnat cancéreux qui avait lui-même comparé sa passion à celle de M. Aristide, président de la Banque privée Première, l'un des hommes les plus influents de la planète et grand amateur de trains électriques.

Afin que MM. Aristide, Ducis Le Tain, et autres Maurice, Wilfried et Prat de Montjoie, sans omettre Caius et son commando, puissent se recueillir devant la dépouille de leur pair, la mise en bière, prévue mardi à 8 heures, fut retardée jusqu'à 11 heures.

Tout le monde fut donc là pour les obsèques qui commencèrent à 15 heures, en présence d'une foule véritablement immense car les curieux de la région, attirés par cet enterrement à l'ancienne d'un si puissant personnage en un lieu déserté depuis si longtemps par ses habitants, avaient grossi les rangs du peuple faustinois.

Le gouverneur avait, une fois de plus, banni les télévisions qu'il exécrait pour des raisons jamais vraiment élucidées. Seul, je n'aurais pu résister aux pressions formidables des chaînes. Cette volonté du président ne fut respectée que grâce au concours des manitous sollicités par la famille, elle-même peu soucieuse de voir téléviser l'événement.

Un haut-parleur, destiné à retransmettre la messe à l'extérieur, fut installé sur le toit de l'église trop exiguë pour contenir tant de monde.

A 15 heures, le glas sonna, annonçant le départ du curé et des enfants de chœur de Runac en direction de Punuseth. Il ne faisait pas froid et il ne pleuvait pas. La température était même au-dessous de la norme de saison. Cependant, un méchant brouillard, descendu pendant la nuit, non seulement ne s'était pas dissipé dans la matinée mais s'était épaissi, en sorte que la visibilité s'était fortement réduite. Grâce au ciel, si j'ose l'écrire, il n'enfermait pas les puanteurs loumaires, ce qui, pourtant, advenait souvent en automne.

Derrière l'enfant de chœur portant la croix, se mirent en marche le curé suivi des enfants des écoles de Faustin munis de bougies allumées. La foule recula pour laisser le passage à ce cortège lunaire. A peine engagés d'une centaine de mètres dans la montée de Punuseth, on ne distinguait plus que de fragiles et tremblotantes lueurs de bougies. Le doyen Antus avait revêtu une lourde cape noir et argent exhumée des coffres de ses lointains prédécesseurs. Nous autres, famille, voisins, domestiques, collaborateurs et manitous, nous attendions le clergé devant la maison du mort. Le cercueil reposait sur un brancard *ad hoc* utilisé jadis pour les enterrements de première classe où le défunt était transporté, non par un corbillard, mais à bras par six hommes. Nous voyions approcher lentement ces lumières vacillantes conférant à ce début de cérémonie une espèce de pompe désuète et fantastique.

Enfin, le cortège émergea de ce manteau blanchâtre. Le doyen bénit le cercueil et récita le *De Profundis.* Canitreille et Rieu-Chasseur recouvrirent la bière d'un drap noir. Caius, Simonius, Ducis Le Tain et Nogaret furent invités à porter la faux que chacun avait offerte. Et Cominac, celle d'Augustin retrouvée. Ducis le Tain ne put réprimer un mouvement de recul. Mais il fut pris au piège. Et ce fut un spectacle étonnant que celui du directeur général de l'Institut de la finance mondiale chargé de cette faux en or en piémont loumaire. Caius ne parut même pas se rendre compte de l'étrangeté de la situation. Pâle, les yeux excavés, engoncé dans un lourd pardessus noir, il semblait évoluer dans un autre monde. Élisée ayant esquissé un geste pour le libérer de la faux néolithique et la porter à sa place, il l'avait repoussé avec humeur avant de replonger dans sa rêverie sombre et énigmatique. Simonius, lui, avait accepté en frétillant. Il n'était pas homme à se démonter pour si peu et ce retour aux sources des funérailles catholiques le charmait visiblement. Ne serait-il pas, incessamment, nommé président de la Wotan-Pacific ? Sémillant, roublard, ubiquiste, moderne, en somme, il incarnait pour la Wotan vénérable une mutation radicale, l'avènement de son premier président « médiatique ».

Ajas-Impérial, son fils Étienne, les trois manitous de la Wotan et moi-même, nous nous saisîmes des bras du brancard, et, dans le sillage du curé, nous entamâmes la descente et entraînâmes les autres.

En entrant dans l'église, la chorale de la sous-préfecture, requise par le conseiller pour l'occasion, entonna le *Miserere*.

L'autel présentait un ordonnancement bizarre. A gauche, un alignement de têtes de mort. A droite, un portrait du défunt. Trois cierges de gros calibre, arborant un crêpe noir noué, brûlaient de chaque côté. Les lustres des deux chapelles, celle de la Vierge et celle de saint Jacques, étaient allumés, de même que de petites veilleuses sur les rebords des parois latérales de l'église. Des tentures aux longues franges d'argent masquaient le retable et, derrière le maître-autel, *La Lapidation de saint Jacques*, patron du Faustinois. Au centre de la nef, un catafalque de trois étages avait été dressé, entouré d'une série de cierges fichés en des chandeliers de bois noir disposés à chaque étage, dont seuls se souvenaient les vieillards.

Le doyen Antus célébra l'office en exécutant à la lettre les prescriptions du clergé de l'an 1878. Durant la messe, les faux furent appuyées contre le catafalque parmi les gerbes de fleurs. La faux en or fut disposée face au transept. Au cimetière, la chorale chanta le *Requiem Aeternam*, soutenue par de nombreuses voix de la foule. Les petits-enfants du défunt, autorisés à assister aux funérailles, se penchèrent sur l'ouverture du caveau ancestral afin de jeter un œil aux restes des ancêtres, mais ils furent aussitôt repris par leurs parents horrifiés et tremblants qui ne purent cacher qu'ils subissaient là plusieurs épreuves en une.

Comme le doyen présentait, selon la coutume, ses condoléances à la famille, une musique et des paroles jaillirent du haut-parleur. Tous nous tressaillîmes, sauf le doyen, qui continua, impassible, de serrer les mains. C'était encore un coup du major, poursuivant, décidément, son idée fixe. Il avait mis un disque. Je n'avais jamais entendu cela, et beaucoup, y compris les manitous, étaient dans mon cas. Nous sûmes, plus tard, qu'il s'agissait des *Chants sérieux* de Johannes Brahms interprétés en allemand par Kathleen Ferrier. Et donc, sur le moment, nous n'y comprîmes goutte. Nous eûmes, par la suite, tout le temps de nous cultiver.

> *J'ai tourné mon esprit autre part, et j'ai vu les oppressions qui se font sous le soleil, les larmes des innocents, que personne ne console, et l'impuissance où ils sont de résister à la violence, étant destitués de tout secours. Et j'ai préféré l'état des morts à celui des vivants.*

Mon regard avait croisé celui d'Agrone, comme cela, par hasard, inadvertance. Ou alors était-ce « écrit » ?

Les mots allemands nous étaient incompréhensibles. En conséquence, ils ne pouvaient être responsables du fait.

Agrone. Nous ne nous verrions plus à partir du lendemain de ces obsèques. Dix-huit mois plus tard, prise en otage par un détenu, elle finirait égorgée dans une infirmerie de prison.

> *Ô, Mort, que ton souvenir est amer à un homme qui vit en paix au milieu de ses biens,*
> *A un homme qui n'a rien qui le trouble, à qui tout réussit, et qui est encore en état de goûter la nourriture !*

Manitous du monde entier, venez au pied du Loum vous recueillir devant le cénotaphe du gouverneur, écrivez, auparavant, à l'Office du tourisme faustinois afin de vous y renseigner sur les périodes propices, celles où le dard n'infecte ni ne purule, et tentez alors de vous y remémorer la présente narration.

Et ces *Chants sérieux* qui n'en finissaient pas tandis que s'écoulaient la foule sceptique et les manitous mortifiés.

Ô Mort, ta sentence est douce à un homme pauvre, à qui les forces manquent,
Qui est dans la défaillance de l'âge, accablé de soucis, sans espérance, et à qui la patience manque !

Elle sera douce aussi à ceux qui, comme moi, vécurent ces événements.

DU MÊME AUTEUR

Aux Éditions Albin Michel

LA POMPÉI
roman
1. La Mort inouïe de la comtesse
2. Les Démons de la cour de Rohan

L'HITLÉRIEN
roman

LA MÉDIATRICE
roman

Aux Éditions du Seuil

LA RHUBARBE
roman
Prix Médicis 1965

LE LOUM
roman

L'IMPRÉCATEUR
roman
Prix Fémina 1974

LA BÊTE
roman

Aux Éditions du Mercure de France

LA POSITION DE PHILIDOR
roman

Aux Éditions de la Table Ronde

LES PLAIES ET LES BOSSES
entretiens avec Maurice Chavardès

La composition de cet ouvrage
a été réalisée par l'Imprimerie Bussière
l'impression et le brochage ont été effectués
sur presse CAMERON *dans les ateliers de B.C.A.*
à Saint-Amand-Montrond (Cher),
pour le compte des Éditions Albin Michel.

Achevé d'imprimer : juillet 1993.
N° d'édition : 13111. N° d'impression : 1425-93/342.
Dépôt légal : août 1993.